Roy Jacobsen

Weißes Meer

Roy Jacobsen

WEISSES MEER

Roman

Aus dem Norwegischen von
Gabriele Haefs und
Andreas Brunstermann

Osburg Verlag

Titel der norwegischen Originalausgabe:
Hvitt hav

This translation has been published
With the financial support of NORLA.

Erste Auflage 2016

www.osburgverlag.de

Lektorat: Bernd Henninger, Heidelberg
Umschlaggestaltung: Judith Hilgenstöhler, Hamburg
Satz: G&U Language & Publishing Services GmbH, Flensburg
Druck und Bindung: CPI books GmbH, Leck
Printed in Germany
ISBN 978-3-95510-105-3

I

1

Der Fisch kam zuerst. Der Mensch ist nur ein zählebiger Gast am Meer. Jetzt kam der Vorarbeiter herein und fragte, ob eine der Frauen Fische halbieren könne, eine unverhoffte Menge Kabeljau sei eingetroffen. Ingrid sah vom Heringsfass auf und richtete den Blick auf den Kai, wo tanzende Schneeflocken in schwarzen Holzplanken verschwanden, trocknete die Hände an der Schürze ab und folgte dem Vorarbeiter in die Sälzerei und stellte sich neben die Arbeitsbank und eine Wanne mit ausgenommenem Fisch. Die beiden sahen einander an. Mit einem Kopfnicken deutete er auf ein Messer auf dem Tisch, es ähnelte einer kleinen Axt.

Ingrid zog einen ellenlangen Kabeljau aus der Spülwanne und legte ihn auf den Tisch, durchtrennte die Kehle, klappte den Kiemendeckel auf und schnitt die Gräten durch, vom Nacken bis zum Bauch, führte den Schnitt bis zur Schwanzflosse, hackte die Wirbelsäule am After entzwei, schnitt die Gräten auch auf der rechten Seite durch und zog das Rückgrat heraus, als risse sie einen rostigen Reißverschluss auf, und hielt es in der linken Hand; auf dem blutverschmierten Tisch ähnelte der Fisch einem weißen Flügel, bereit dafür, gespült und zum Entwässern auf einen Stapel gelegt zu werden, bereit dafür, gesalzen und umgeschichtet und getrocknet und gewässert und gestapelt und verkauft zu werden als das elfenbeinweiße Gold, das diese knochendürre Küste schon achthundert Jahre am Leben erhält, seit sie zum ersten Mal in einem Manuskript erwähnt wurde.

»Lass ma den Rücken sehen.«

Ingrid nahm das Gerippe in die rechte Hand und verbarg den Schnitt, den sie sich zwischen Daumen und Zeigefinger zugezogen hatte.

»Ganz sauber.«

Fügte hinzu, dass sie bleiben könne, so lange es nötig sei, mit dem Herbst wisse man nie …

»Aber zieh dir Fäustlinge an.«

Ingrid sah auf das Blut, das sich mit dem des Fisches vermischte und einen Tropfen bildete, der fiel, als der Vorarbeiter ihr den Rücken zukehrte und auf quietschenden Gummisohlen das Büro betrat.

Ingrid wünschte sich fort, zurück nach Barrøy, aber niemand kann allein auf einer Insel sein, und in diesem Herbst gab es dort weder Tiere noch Menschen, Barrøy lag leer und öde da; seit letztem Oktober war die Insel nicht einmal zu sehen gewesen, und auf der Hauptinsel konnte Ingrid auch nicht bleiben.

Sie halbierte Fisch, zehn Stunden am Tag, hielt Schritt mit zwei Sälzern und konnte nach einer Woche nachts nicht schlafen auf dem eiskalten Dachboden, wo sie zusammen mit Nelly und zwei jungen Mädchen vom Festland wohnte, die wegen des Krieges hier waren. Die Mädchen weinten sich in den Schlaf, doch verbargen es, sie kehlten Heringe aus, schnitten sie auf und salzten sie in Fässern ein, gaben Lake hinzu, tranken Ersatzkaffee und schliefen, wuschen sich alle zwei Tage mit kaltem Wasser, das Haar einmal pro Woche, mit ebenso kaltem Wasser, rostrot unter einem Sternenhimmel aus blitzenden Heringsschuppen, und Ingrid halbierte Kabeljau wie ein Mann.

Mitte der zweiten Woche verschwand einer der Sälzer, und Nelly wurde geschickt, um mit Ingrid zu arbeiten. Am Tag darauf gab es ein Unwetter und die Boote suchten Schutz bei den Inseln. Auch am folgenden Tag kamen sie nicht herein, und als sie am dritten Tag schließlich aus dem Schnee herangekreuzt kamen, hatten sie keinen einzigen Fisch an Bord.

Aber da warteten viele auf sie, ein ganzes Dorf wartete, um Männer in Empfang zu nehmen, die lebend nach Hause zurückkehrten, wieder einmal. Dann noch ein Unwetter, mit Liegezeit und wartenden Netzen im Meer, ein Fang, der zu nichts zu gebrauchen war, außer Guano vielleicht, es kam auf so vieles an, besonders auf die Preise in einer anderen Welt als dieser; die Fische wurden zusammengebunden und aufgehängt, und das merkwürdige Herbstabenteuer war vorüber.

Ingrid und Nelly schichteten den gesalzenen Fisch um, entfernten, was schlecht war, und achteten darauf, im neuen Stapel nach oben zu legen, was im letzten ganz unten gelegen hatte. Dann war es auch Schluss mit dem Hering, die fremden jungen Mädchen wurden entlassen, bekamen ihren mageren Lohn, pflückten einander die Schuppen aus dem Gesicht, wuschen sich im kalten Wasser das Haar, trockneten und kämmten einander und sorgten dafür, dass die Haarreifen saßen, wie sie sollten, ehe sie lachend mit dem Dampfschiff davonfuhren, in Kleidern, die niemand zuvor gesehen hatte.

Mit dem Dampfschiff kam ein Brief von Ingrids Tante, Barbro, die sich im Krankenhaus befand, doch er war geschrieben von einer Schwester mit der Handschrift eines Arztes, die Ingrid zwar lesen konnte, deren Bedeutung sie jedoch nicht begriff. Die Tante würde es nicht in den Norden schaffen, weil der Oberschenkelhalsbruch nicht heilte, weil es keine Transportmöglichkeit gab …, aber rechtzeitig vor Weihnachten käme sie zurück, das stand zweimal da, Barbro war neunundfünfzig, Ingrid fünfunddreißig, am Abend schlief sie früh ein und träumte nicht.

Sie erwachte auch früh, blieb liegen und lauschte dem Wind, der am Schieferdach zerrte, und dem Meer, das rauschte und zwischen den Kaimasten hindurchfegte, begleitet von Nellys Atemzügen, Nelly schlief wie ein Mensch, das war hier das Einzige, was so war, wie es sein sollte, das Geräusch von Nellys Schlaf, eine Nacht nach der anderen, jetzt war es nicht mehr auszuhalten.

Ingrid stand auf, wusch sich im Zinkeimer und packte den Koffer, aß nicht und kochte nicht Kaffee, lief mit dem stinkenden Arbeitszeug hinter die Konservenfabrik, wo die Deutschen Abfall verbrannten, und warf es in die Feuertonne, starrte in die Flammen, bis Leute am Kai erschienen, es schneite leicht.

Sie ging wieder hinauf, kochte eine Art Kaffee, füllte eine Tasse und setzte sich auf den Stuhl an Nellys Kopfende, Nelly, die immer wie eine glückliche Tote aussah, Ingrid wartete, bis der Widerschein an der Kaimauer ihr verriet, dass auch der Vorarbeiter gekommen war, dass jetzt der Tag graute, im Dunkeln, ehe sie aufstand und mit dem Koffer hinunterging und sagte, dass sie abrechnen wolle.

Er legte einen abgegriffenen Bleistift weg und wirkte überrascht, sagte, dass sie ihm jetzt zuvorgekommen sei, er sie aber auch nicht entbehren könne, am Abend komme ein Fang herein, sie war sowohl notwendig als überflüssig, der übliche, vertrackte Schwindel der Lohnarbeit, und Ingrid kam von einer Insel, mit einem Himmel, der Dach und Wände bildete, also wiederholte sie, dass sie das Geld *jetzt* haben wolle, und wartete geduldig auf alle Schubladen, die auf- und zugezogen wurden, auf raschelnde Papiere, auf zweideutige Seufzer über Stundenzettel und auf die ebenso umständliche Aufzählung der zerknitterten Scheine, als sei es eine Beleidigung, um Lohn zu bitten, als sei es am Zahltag der Herr, mit dem man Mitleid haben müsse, und nicht der Sklave.

Ingrid lief über den vereisten Weg zum Laden und wartete, bis Margot aufmachte, kaufte die Waren, die sie brauchte, bekam auch Kaffee und Margarine, für Marken und Geld, lieh sich Margots Karre und fuhr die Waren hinunter zum Boot, das während des ganzen Herbstes unter dem Kai gelegen hatte.

Mit der Schöpfkelle befreite sie es vom Schnee, trug die Waren und den Koffer an Bord, ging mit der Karre wieder hinauf und begegnete auf dem Rückweg zwei deutschen Soldaten, die im Windschatten der Sälzerei saßen und rauchten, sie mussten dort die ganze Zeit gesessen und sie beobachtet haben.

Sie ging die Treppe hinunter und an Bord, löste die Vertäuung und setzte sich an die Ruder. Einer der Soldaten trat auf den Kai und rief ihr etwas nach, fuchtelte mit der Hand und der Zigarette, ein rotes Auge im Winter. Sie ließ die Ruder ruhen und schaute fragend zu ihm hinüber. Er wiederholte etwas, das sie nicht hörte, das Schneegestöber nahm zu, das Boot glitt weiter und der Soldat verschwand.

Ingrid ruderte hinüber zum langgestreckten Gråholmen, folgte den Felseninseln im Abstand einer Ruderlänge, bis sie verschwanden, es gab keine Sicht, das Meer war schwer und ruhig.

Am Seezeichen auf der letzten Schäre setzte sie Kurs, hielt den Winkel zwischen Kielwasser und Dünung, bis sie nach einer guten Stunde auf Oterholmen traf. Es tauchte auf der Backbordseite auf, und sie hätte es auf der Steuerbordseite haben müssen. Sie änderte den Kurs, ruderte weiter in einem neuen Winkel zwischen Dünung und Kielwasserwellen und erreichte Barrøy eine halbe Stunde, nachdem Oterholmen verschwunden war.

Ingrid brachte die Waren an Land, öffnet die Türen des Bootshauses und zog das Boot mit der Winde herein, die ihr Vater in ihrer Kindheit einmal montiert hatte, sie richtete sich auf und blickte umher, die Häuser dort oben in der grauen Masse auf dem krummen Rücken der Insel, bei klarem Wetter erkennbar aus fünfzehn, zwanzig Seemeilen, jetzt nur kleine schwarze Kästen unter einer dünnen Milchschicht, kein Licht, und keine Spuren im Schnee.

Sie legte sich das Trageholz auf die Schultern, hakte die Waren ein und ging hinauf. Die Kästen wurden zu Haus und Heim, umgeben von Bäumen, die verkohlten Fingern glichen. Sie trat ein, ging von Raum zu Raum, zündete die Lampen an, machte Feuer in Küche und Stube. Auch hier konnte sie nicht sein. Sie ging wieder hinunter zum Bootshaus, sah nach, ob es verschlossen war und rückte die Böcke in den Windschatten, als hätte sie es zuvor nicht schon getan. Die Molen aus runden Steinen und das Gitter aus Laufrollen im grünen Meer, Oterholmen kam zum Vorschein und verschwand wieder. Nicht ein Boot. Keine Vögel. Sie drehte sich um und blickte auf die Häuser, eines davon jetzt mit zwei gelben Augen, ehe sie zum zweiten Mal hinaufging, nun gab es immerhin drei Spuren.

2

In der Küche war es warm geworden. Ingrid zog einen Teil ihrer Kleidung aus, mahlte Kaffee und setzte den Kessel auf, räumte die Waren in die Speisekammer, holte mehr Brennholz, und der Kaffee war fertig. Sie zog den Rest ihrer Winterkleidung aus und trank den Kaffee auf ihrem Stuhl am Flügelfenster, blickte hinaus auf die Schatten im Westen, Moltholmen, Skogsholmen, die Lundeschären und die verschlafene Meeresküste irgendwo weit drinnen, an diesem Tag, der nie zu etwas werden würde. Noch immer aß sie nichts. Sie sah sich um nach einem Ort, wo sie beginnen könnte, unter dem Ofen oder dem Tisch, in der Ecke zur Speisekammer?

Sie stand auf und zog den Torfkasten hervor und begann, die Zeitungen in Fetzen zu reißen, knüllte die Stücke zu kleinen Bällen zusammen und stapelte sie auf dem Fußboden wie ein Schneelicht. Sie fielen auseinander. Sie stapelte sie abermals übereinander, eine Zeitung, die sie einmal abonniert hatten, als Barrøy eine Gemeinschaft war, mit Menschen und Tieren und einem Leuchtfeuer, mit Unwettern und Standhaftigkeit, mit Arbeit, mit Sommer und Winter und Reichtum, sie legte die Kugeln auf Scheite und Torfstücke, um ein Feuer zu entzünden, ein Gedanke, auf den niemand zuvor gekommen war, ein Haus auf einer Insel abzubrennen; es gab ein paar Ruinen im Osten von

Barrøy, aber keine Brandstätte, und plötzlich gab es keinen Zweifel mehr, dass diejenigen, die Karvika verlassen hatten, es freiwillig getan hatten, nicht aufgrund einer Katastrophe; sie waren es nur leid geworden, hatten in den Spiegel geblickt, hatten gepackt und waren fortgefahren, es war ein unerträglicher Gedanke.

Ingrid nahm eine Lampe und ging hinauf in den Nordsaal, danach in den Südsaal, betrat Barbros Kammer im Osten, ihr eigenes Kinderzimmer mit Kastenbett und Nachttisch und verblichenen Zeichnungen aus Schultagen, die sie nicht mehr gesehen hatte, seit sie im September hier gewesen war und Kartoffeln geerntet hatte; das Haus war kleiner geworden, die Türen niedriger, die Fenster schmaler; der Geruch nach Menschen hatte wie Farbe in diesen Wänden gesessen, jetzt war es nur der Geruch nach schwerer, feuchter Erde; sie fuhr mit den Fingerspitzen über die Tautropfen und setzte sich auf das Bett der Eltern, in dem die Mutter gestorben war.

Lars soll Barrøy übernehmen, waren ihre letzten Worte gewesen.

»Und geh fort, du bis jung, kehr dem Meer den Rücken zu, lern von mir …«

Ingrid sagte nein.

Du bist nicht stark genug.

Doch, sagte Ingrid zu einer sterbenden Mutter.

Und im nächsten Frühjahr kam Lars nicht von den Lofoten zurück, er hatte die Liebe gefunden, schrieb er, und er blieb dort mit Boot und Ausrüstung und Mannschaft, ein Jahr nach dem anderen, auch als der Krieg ausbrach. Mit jeder Sonne, die aufstieg, und jedem Sturm, der herniedersank, wurden Ingrid und Barbro einsamer, mit jedem geschlachteten Tier und jedem Sack Daunen, den sie behielten und nicht verkauften, eine junge und eine nicht mehr so junge Frau auf einer Insel, die auf einen Brief von Lars warteten, gewissenhafte und regelmäßige Schreiben, zwei Frauen, die eines Tages auch mit ein paar grünen Schnörkeln bedacht wurden, die Unterschrift von Hans, Lars' dreijährigem Sohn, die längsten drei Jahre in Ingrids Leben. Jetzt währte der Krieg schon vier Jahre, und Hans hatte einen Bruder bekommen, Martin; mit ihm kamen weitere Schnörkel, an eine Tante und eine Großmutter, die nicht zurückschrieben, weil die eine zu stolz war und die andere nicht konnte.

Ingrid ging in den Nordsaal und beschloss, hier zu schlafen, wo es eine Luke im Boden gab, damit die Wärme aus der Küche heraufsteigen konnte. Sie schüttelte und schlug das Federbett und richtete das Bett her und ging wieder hinunter und trank lauwarmen Kaffee, während sie abermals Barbros Brief las, ihn zusammenknüllte und auf den Haufen auf dem Boden legte.

Aber sie zündete ihn nicht an.

Sie betrat die Stube, um den Ofen zu versorgen und sah, dass die Tür zur Kammer des Großvaters angelehnt war. Sie legte eine Hand auf die Klinke und wollte die Tür schließen, aber das hatte sie erst vor Kurzem getan, sie hatte diese Tür geschlossen, und jetzt stand sie wieder offen, es war still, und kein Luftzug im Haus.

Sie hörte einen Knall, so fern, der anhaltende Donner im Bauch der Erde, sie wich in die Küche zurück und blieb wie angewurzelt stehen, viel zu lang, ehe sie wieder eintrat und die Kammertür aufriss und sich schrecklich ärgerte, weil sie es nicht sofort getan hatte, denn jetzt konnte der Betreffende schon wieder verschwunden sein.

Aber es gab keinen Geruch, keine schleppenden Schritte, keine murmelnden Stimmen und kein Geräusch einer Katze, nur dasselbe schwache Rauschen, drinnen wie draußen. Sie nahm die Lampe von der Stubenwand, ging ganz in die Kammer hinein, mit einem Hammer, und stellte fest, dass niemand da war, weder im Bett noch darunter, auch nicht im Eckschrank oder der Kiste, die sie öffnete und schloss, bis sie auf dem Deckel sitzenblieb, mit der anhaltenden Stille so laut in den Ohren dröhnend, dass der Schrei heraus musste.

Dann war die Stille vollkommen.

Sie zog sich an und trat hinaus in den rieselnden Schnee, betrachtete die Häuser, die Scheune, den Steg und den Kai und das Bootshaus am Meer, plötzlich erstaunt über all das, was sie auf der Insel gehalten hatte und doch streng genommen überhaupt nichts war. Bald würde der Schnee sich in Regen verwandeln, die Insel würde braun wie Schafräude werden und das Meer grau, sofern der Wind nicht drehte.

Ingrid schritt südwärts durch die Gärten, vermied die Pforten und kletterte über die Zäune, wie damals als Kind. Aber sie war kein Kind. Sie lief weiter zur Südspitze der Insel und starrte auf die Reste des Leuchtfeuers, das sie und Barbro mit dem letzten Rest von Hans' Dynamit gesprengt hatten, als der Krieg ausbrach, zersplittertes Glas in klaren, schreienden Farben, Tangfetzen und Teer wie schwarzes Haar an rostigen, verdrehten Eisenbalken, der Petroleumtank glich einer verbrannten Rose. Sie setzte sich auf den Baumstamm, den sie eines Tages im Wasser treibend gefunden und mit Bolzen und Pardunen festgemacht hatten, damit das Meer ihn nicht wieder an sich nähme, den unheimlichen, knochenweißen Riesen, von dem sie glaubten, er werde eines Tages etwas wert sein, vielleicht ein Vermögen, jetzt hatte er drei Jahrzehnte als Bank für Menschen gedient, die niemals saßen.

Und Ingrid war kein Kind mehr.

Sie wartete, bis sie zu frieren begann, ging nordwärts, an den Klippen im Westen entlang, ohne Spuren zu entdecken und ohne etwas anderes zu hören, als das öde Jammern des Meeres, vorbei am Hammer mit dem Schwedenkai und den drei Kaischuppen, es gab mindestens ein Gebäude zu viel; und sie begriff, hätte sie Nelly am Morgen geweckt, hätte sie sich gestattet, eine Stimme zu hören und ihr Lächeln zu sehen, würde sie noch immer in der Handelsstation stehen und totem Kabeljau das Rückgrat herausreißen, während die Gedanken aufgestiegen und herabgefallen wären.

Ingrid stand im neuen Schuppen und wickelte sich das feuchte Haar zu Knoten, die sie wieder herunterfallen ließ, wiederholte die Bewegung und fragte sich, wieso sie noch immer nicht hungrig war. Sie entdeckte ein Loch im Ärmel des Wollpullovers und wusste nicht mehr, wo es herkam. In einer länglichen Dose auf der Bank lagen Netzhölzer nach Größe geordnet. Ingrid nahm das größte in die Hand, sah die Zahnabdrücke von Lars, der als Kind an allem herumgekaut hatte. Noch immer hatte sie getrocknetes Fischblut an den Nägelrändern. Das Loch im Pullover stammte von einem Zusammenstoß mit einem Nagel an der Treppe, als sie morgens mit dem Koffer hinuntergegangen war. Auf dem Regal über der Arbeitsbank lagen Rollen mit Garn in allen Dimensionen, Messer, Wetzsteine, Angelhaken, Korken … und Nadeln, Barbros Nadeln.

Ingrid zog den Schemel hervor und setzte sich vor dem Eisenhaken unter das Fenster, fädelte Garn in eine Nadel ein und begann Netze zu knüpfen. Eine Stunde später hatte sie drei Faden mit fünfzehn Netzknoten. Ihre Hände waren weich und zart in der kühlen Luft. Ingrid war hungrig wie ein Wolf, trat in die nächtliche Dunkelheit und lief zurück zum Haus, sie hatte das Wetter falsch eingeschätzt, das Feuchte war zu Schnee geworden, leicht und trocken wie Ruß, und sie hatte keine Angst mehr.

3

Ingrid aß und schlief und erwachte und hatte weiterhin keine Angst. Sie aß langsam, zog sich auch langsam an und trat hinaus in das spröde Novemberlicht und ließ das Boot zu Wasser. Einmal mehr hatte der Wind gedreht, er war stärker geworden und kam aus Südwest. Sie ruderte um die Landzunge und in meterhohe Wellen hinein, südlich durch den Sund bis zu dem Bolzen, den Lars hier eingeschlagen hatte, befestigte eine Leine daran, ohne aus dem Boot zu steigen – und ohne es zu zertrümmern –, ruderte mit der Strömung quer über den Sund bis nach Moltholmen, wo der Vetter ebenfalls einen Bolzen eingeschlagen hatte und wo ein Flaschenzug hing. Sie schob die Leine durch die Öse, wieder ohne aus dem Boot zu steigen – und ohne es zu zertrümmern –, und ruderte zurück nach Barrøy, sie hatte gedacht, es könnten achtzig, neunzig Faden sein, es waren fast hundertundfünfzig, die Leine war zu kurz.

Sie brach in Tränen aus, band ein Flottholz an die Leine und ließ sie los, ruderte mit dem Meer nordwärts zum neuen Schuppen und holte mehr Leine. Die See war rauer geworden. Sie kämpfte sich wieder hinaus und fand das Flottholz, verknotete die Leinen und ruderte mit einem Ende zur Vertäuung auf Barrøy, nass bis auf die Haut, glühend heiß, erschöpft und wütend, aber jetzt hatte sie eine Laufkette über dem Sund und konnte ein Netz oder zwei hinausziehen, konnte fischen, ohne ins Boot zu steigen, bei jedem Wetter, bis der schwerste Frost einsetzte, vielleicht noch länger.

Sie ließ sich nach Norden treiben und nahm das Boot herein, stellte fest, dass die Ebbe einsetzte und wunderte sich darüber, sie hatte geglaubt, das Wasser steige, aber sie hatte weiterhin keine Angst.

Sie ging ins Haus und schlief auf der Bank neben dem Ofen und erwachte erst, als es Abend wurde. Sie war steif vor Kälte, stand auf und machte Feuer, kochte Essen und fragte sich, ob sie Netze im Dunkeln auslegen sollte, besann sich anders und öffnete eines der Bücher, die sie mitgenommen hatte, es stand nichts darin.

Sie zog sich an, lief hinunter zum neuen Schuppen und holte zwei Netze, ging nach Süden zu der Vertäuung am Sund und zog das erste Netz wie lautlose Spinnweben in die schwarze Dünung hinein, verknotete es mit dem anderen und zog es hinterher, eine Kette mit zwei Netzen, es war keine besonders gute Kette, sie zog sie fünfzehn Faden lang hinaus, machte sie fest und lief nach Hause.

Sie schlief lange und nackt im Bett der Eltern im Nordsaal, stand wieder einmal am Morgen auf, holte die Netze ein und konnte frischen Kabeljau kochen, ging danach hinaus und fügte noch ein Netz hinzu. Drei. Sie konnte bis auf vier oder fünf ausweiten. Sie hatte Stockfisch vom letzten Winter, der Erdkeller war voller Kartoffeln, sie hatte gepökelten Köhler und ein halbes Fass Hering. Sie hatte Marmelade, Mehl, Kaffee, Sirup, Trockenerbsen, Kaufbutter und Zucker. Jetzt hatte sie auch frischen Fisch. Der Zeitungspapierhaufen lag nicht länger auf dem Fußboden, sondern zusammen mit dem Anmachholz in der Kiste unter dem Ofen. In einer Wolkenlücke erschienen zwei Flugzeuge, Ingrid hörte Schüsse, die auf das Fort im Norden der Hauptinsel abgegeben wurden, und die Lücke am Himmel schloss sich wieder.

Am Morgen danach bekam sie acht Kabeljaue und einen großen Köhler. Sie aß frischen Fisch und Leber und salzte den Rest ein, blieb in der Wärme der Küche sitzen und sah sich um, bis etwas sie dazu brachte, aufzustehen und in die Scheune über dem Stall zu gehen, wo sie die Daunensäcke aufbewahrten. Am ersten hing ein Zettel mit dem Namen Barrøy. 1 Kilo. 1939. Sie öffnete ihn und schob die Hand in einen Sommer. Sie schloss den Sack wieder und öffnete den nächsten. Auf dem stand 1937. Noch ein Sommer. Ingrid dachte, dass sie ins Dorf rudern und sich eine Katze anschaffen würde.

Sie ging zurück ins Haus und setzte Wasser auf, wusch sich und schrubbte die Nagelränder, bis sie aufplatzten, wusch sich das Haar und verdrehte es zu Strängen, die sie über ihren Körper herunterhängen ließ, damit das warme Wasser über Bauch und Hüften und Schenkel laufen konnte, bevor es sich in der Bütte verlor. Ingrid zog sich an und setzte sich an den Küchentisch und öffnete dasselbe Buch. Noch immer stand nichts darin. Aber jetzt konnte sie schlafen wie Nelly.

Sie legte sich hin und dachte an die Katze. Bald würde Barbro kommen. Die Gedanken an Barbro. Und Suzanne.

Suzanne war für Ingrid wie eine Tochter gewesen. Aber sie hatte Ingrid und Barrøy verlassen, als sie kaum älter als vierzehn war, auch sie hatte es freiwillig getan.

Ingrid stand auf und lief hinunter in die Stube und nahm die Briefe aus der Kommode, die ihr Vater einmal gekauft hatte, als er verrückt gewesen war, Suzannes geübte Handschrift aus der Hauptstadt, wo sie zunächst als Dienstmädchen für eine wohlhabende Familie gearbeitet hatte, dann als Telefonistin in einer Zentrale von beachtlicher Größe und mit beeindruckendem Namen. Ingrid las langsam, folgte dem Takt der Worte, sie nickte, schüttelte den Kopf und legte die Briefe wieder weg und sah Suzanne vor sich, am Tag, als sie die Insel verlassen hatte, in den schönsten Kleidern, die aufzutreiben waren, aufgekratzt und überschäumend, und zerbrechlich wie Glas, sie war nicht nur mit ihrem kostbaren Wesen aufgebrochen, sondern auch mit allen Ersparnissen der Insel, es war kein schöner Anblick.

Ingrid blies die Lampe aus und ging in die Mansarde und schlief wie Nelly, nachdem sie abermals an Barbro gedacht hatte, und daran, dass sie die Uhr auslösen wollte, die sie bei Margot verpfändet hatte, die Pendeluhr mit römischen Ziffern und hübsch geformten Zeigern; sogar eine Inselbewohnerin braucht eine lautlose Trennung zwischen den beiden Tagen, die vergehen, ehe eine Uhr erneut aufgezogen werden muss.

4

Als Ingrid so lange auf Barrøy war, dass auch der Gedanke an ein Uhrwerk verschwand, ging ein Seehund in das äußerste Netz.

Sie zog ihn an Land und sah, dass er tot war. Es war ein kleiner Seehund, vielleicht ein Jungtier. Sie ließ ihn für die Adler liegen. Doch er hatte große Teile der Netze zerstört, also zog sie die Kette mit sich nach Norden, um die Netze zu flicken, doch da entdeckte sie einen weiteren Seehund, der oben im Schnee lag und schwach die Flossen bewegte. Sie trat näher heran. Der Seehund blickte sie mit einem schwarzen und einem weißen Auge an. Schon früher hatten sie einmal einen Seehund auf der Insel gehabt, aber der war scheu gewesen und ins Wasser geflohen, als Menschen kamen. Dieser wirkte müde und krank und war nicht größer als der tote.

Ingrid legte die Netze beiseite, grub einen Stein aus und erschlug das Tier. Zwei Adler hoben von Moltholmen ab und kamen flügelschlagend zu ihr herüber. Sie riss einen Arm in die Luft, die Vögel scheuten zurück, ruderten auf gewaltigen Schwingen und sanken wieder hinab auf die Schäre, hockten da und pickten und sahen zu ihr herüber. Der eine hatte einen fast weißen Kopf, der andere war brauner und etwas kleiner.

Ingrid überlegte, den Seehund abzuflensen, wusste aber

nicht, wie das getan werden musste, und ihr Vater hatte gesagt, man müsse vorsichtig mit Seehundfleich sein, es könne Trichinen enthalten.

Ingrid wollte weitergehen, doch als sie die Netze aufhob, sah sie einen braunen Stoff unter dem Schnee, er sah aus wie Friesstoff. Sie hob eine zerfetzte Jacke auf und ein paar Knäuel Holzwolle fielen heraus. An einem mit der Jacke verbundenen Hanfseil hing eine Hose mit einem halben Bein, und noch mehr Holzwolle. Ingrid hatte solche Kleider noch nie gesehen. Sie nahm sie mit sich zum Trockengerüst und hängte sie auf wie Wäsche, ging in den neuen Schuppen und spannte die Netze zwischen die Türhaken, zupfte Tang und Gras ab und entschied, dass sie genug Netze hätte, um diese zum Trocknen hängen zu lassen, hier war es einfacher, sie zu flicken.

Sie überlegte, neue Netze auszulegen, dachte aber, dass sie einige Tage eingesalzenen Fisch essen könnte, und lief in leichtem Schneetreiben nach Hause. Jetzt stand ein Mann drüben am Trockengestell und sah sie an, ein Mann mit einem Bein. Hinter ihm schickten sich die beiden Adler an, den einen Seehund zu zerfleischen. Es sah aus, als sähe auch der Mann zu ihnen hinüber, es war unmöglich zu erkennen, in welche Richtung er blickte, er hatte keinen Kopf.

Ingrid ging hinein, kochte Essen und aß, schrubbte den Boden in Küche und Windfang und Flur, wischte die Treppe bis hinauf zur Mansarde, holte einen Wollfaden hervor und vernähte das Loch im Pullover, begriff, dass es nicht von einem Nagel in der Handelsstation stammte, sondern vom Messer, mit dem sie die Kabeljaue halbiert hatte. Morgen würde sie backen, Brote und Fladen und

Kartoffelfladen, ein Backtag, das Haus mit dem Duft eines lebendigen Heims füllen – und mit betäubend harter Arbeit.

Sie ging in die Scheune, holte einen Sack Wolle und begann zu reinigen und zu karden. Sie brachte das Spinnrad in die Küche und verbrachte den Rest des Tages mit Spinnen. Der Rhythmus. An den Innenwänden gab es keine Tautropfen mehr. Es roch nicht nach feuchter Erde. Sie hatte aufgehört, in der Stube zu heizen. Der Almanach hing an einem Nagel in der Speisekammer, die Katze, die sie bald anschaffen würde, die Wanduhr, die sie nicht mehr brauchte, der Faden, der zwischen lanolinglatten Fingern hindurchglitt, und jedesmal, wenn sie aus dem Fenster blickte, stand dort der Fremde am Trockengestell und sah sie an.

Sie überlegte, ob sie sich daran gewöhnen würde, ihn dort zu haben, wie eine Vogelscheuche, oder die Fetzen herunterreißen und ins Meer werfen sollte, sie vergraben, verbrennen …

Bevor die Dunkelheit hereinbrach, zog sie sich an, ging hinüber und stellte fest, dass die Fetzen wie angenagelt im Frostwind hingen. Zwei dunkle Flecken im Schnee, unten am Ebbestreifen, wo die Seehunde gelegen hatten. Die Adler waren nicht zu sehen. Doch sie hörte die Geräusche, auch die eines anderen Vogels, pulsierende Wolken kosmischen Staubs, die ihr in den neuen Schuppen folgten, wo sie feststellte, dass die Netze trocken waren und sie mit dem Flicken beginnen konnte. Vogelgeräusche, die ihr auch auf dem Heimweg folgten, aber da war es Nacht, und der Mann am Trockengestell war unsichtbar.

5

Auf einer Insel zu wohnen, bedeutet zu suchen. Seit sie geboren wurde, fiel Ingrid das Suchen leicht, nach Beeren, Eiern, Daunen, Fisch, Muscheln, Senksteinen, Schiefer, Schafen, Blumen, Kistenbrettern, Reisig …, die Augen eines Inselbewohners suchen, egal womit Kopf und Hände gerade beschäftigt sind, rastlose Blicke über Inseln und Meer, die sich an die winzigste Veränderung heften, das unscheinbarste Zeichen registrieren, die den Frühling sehen, bevor er kommt, und den Schnee, ehe er seinen weißen Anstrich auf Gräben und Senken malt, sie entdecken die Tiere, bevor sie sterben, und die Kinder, bevor sie fallen, und sie sehen den unsichtbaren Fisch im Meer unter Schwärmen weißer Flügel, das Augenlicht ist das pumpende Herz des Inselbewohners.

Doch als Ingrid an diesem Morgen hinaustrat und am Wetter erkannte, dass sie auch heute nicht ins Dorf kommen würde, beschlich sie das Gefühl, nach etwas zu suchen, das sich nicht finden ließ, egal, wie hart und angestrengt sie starrte, es ähnelte dem Gefühl, einen Fehler zu begehen, ehe man ihn beging; und wieder nur dieselben zerrissenen Wolkenteppiche, die über den Himmel glitten und hier und da schräge Schauer über das rastlose Meer warfen, kein Leben in Sicht.

Sie lief südwärts über die Strände im Osten, fand keinen

Seehund und keine Kleider und wurde von zunehmender Unruhe erfüllt, die ihr befahl, laut zu reden, denn früher oder später muss der Mensch eine Stimme hören, auch wenn es die eigene ist, das weiß jeder Inselbewohner, und so sagte sie, dass sie endlich diese Katze beschaffen müsste, und erschrak angesichts des fremden Geräuschs, wiederholte den Satz, bis er trivial und tröstend wurde, dann kam eine weitere Unruhe in ihr auf, das Gefühl, sich auf der eigenen Insel verlaufen zu haben oder sich auf einer anderen Insel zu befinden, oder noch schlimmer: das Gefühl, nicht allein auf der Insel zu sein, auf der sie sich befand.

Ingrid war aufgefallen, wie schnell die Adler die Seehunde zerfleischt hatten, im Schnee hatte sie das Blut gesehen, das von neuem Schnee bedeckt worden war und als blasse Erinnerung wieder auftauchte. Sie lief schneller, stapfte durch einen Tanghaufen und stieß auf weitere Kleider, zerlumpt, braun und nass, mit Knäueln aus Holzwolle wie die Füllung in einer Puppe, aber auf andere Art abgenutzt, als hätten sie anderen Menschen gehört, mit anderen Gewohnheiten und anderen Leben.

Sie breitete sie im Schnee aus, diverse gleichartige Kleidungsstücke und eine Strickjacke und eine Jacke, und versuchte sie zusammenzusetzen, wie sie zusammengehört haben mussten, es kamen ein großer Mensch und zwei kleinere dabei heraus, und dann blieb etwas übrig, ein halber Mensch, und alle waren Männer.

Sie fegte die Kleider ins Netz, das sie immer bei sich trug, und wollte sie im Norden der Insel verbrennen. Aber sie waren nass, und in der gefrorenen Erde konnten sie nicht vergraben werden, und so hängte sie alles neben ihn, der schon am Trockengestell hing, und beschloss ein weiteres Mal, die ganze Insel zu umrunden.

In der Bucht, wo sie die ersten Kleider gefunden hatte, sah sie wieder die Adler, den weißköpfigen Riesen und den kleineren braunen, sie saßen auf einer Schäre im Meer, schlugen mit den Flügeln, hackten aufeinander ein und wetzten die Krallen, als stritten sie um eine Beute.

Aber es gab dort keine Schäre, im ganzen Sektor war nur offenes Fahrwasser, hundert Faden tief, und die Schäre bewegte sich in der Dünung.

Ingrid lief auf die Landspitze, wollte umkehren und das Fernglas holen, glitt aus auf einem Stein und entdeckte eine weitere Schäre, wo ebenfalls keine sein sollte, auch die bewegte sich, verschwand und kam wieder zum Vorschein, wie ein Treibholz, ein Walrücken. Und über beiden hingen gackernde Wolken wütender Vögel, die sich zusammenzogen und ausbreiteten, sie tauchten und hackten und stritten in einem Wirbel aus Federn und Geräuschen, bevor alles in einem gewaltigen Schneeschauer verschwand.

Ingrid verbarg das Gesicht in den Händen und rief mit lauter Stimme. Übelkeit stieg in ihr auf, das Herz pochte, sie musste auf alle viere hinunter und bekam keine Luft, denn nun begriff sie, was sie gesehen hatte.

Sie rieb sich feuchten Schnee ins Gesicht und lief in Richtung Haus, stieß auf weitere Kleider, zwei ganze Garnituren und eine Hose ohne Bund, ein grauer, zerrissener Mantel …, sie schleifte sie mit sich durch die Gärten und hängte sie an das Trockengestell und ging ins Haus und zündete alle Lampen an, auch die in der Stube.

Sie legte Holz in beiden Öfen nach, stand in triefnassem Mantel da und starrte auf eine kopflose Armee drüben am

Trockengestell, flatternd im lautlosen Wind, einer mit einem Bein, einer mit einem Arm, ein Torso, zwei fröhlich flatternde Mäntel, dem einen fehlte ein Arm … dann wurde ihr klar, dass sie sich um die Sachen gekümmert hatte, weil es sich dabei um persönliche Besitztümer handelte, egal wie zerlumpt und wertlos sie auch sein mochten, und diese Knäuel aus Holzwolle?

Ingrid lief hinunter zum Schwedenschuppen und holte das Fernglas, einen schweren, ausziehbaren Zylinder aus etwas, das ausgestopftem schwarzem Leder glich, mit Messingringen und zwei kleinen Schrauben, vage erinnerte sie sich, dass der Vater es nie verwendet hatte, weil es die Sicht verdrehte, und jetzt dachte sie, dass sie es ohnehin nicht brauchte, sie wusste ja, was sie gesehen hatte.

Sie legte das Fernglas weg, als ob es ihr die Finger verbrannte, haspelte zwei trockene Netze auf, bis die Finger kalt wurden, schleifte die Netze hinter sich her durch den Schnee, machte die Senkleine an der Öse des ersten fest und sah die Fließleine mit den Korkplatten in die Wellen gleiten, befestigte die runden Schieferplättchen an der Senkleine, achtete darauf, sie nicht an den Felsen zu zerbrechen, machte das nächste fest und zog es hinterher, zwei Netze, die üblichen fünfzehn Faden von Land aus, dann hob sie den Blick von den Leinen und vom Meer und richtete ihn auf Moltholmen und sah die erste Leiche.

Die Fließleine entglitt ihr, Ingrid warf sich ins Meer und packte sie, stapfte an Land und machte sie fest, legte die Handflächen auf die Knie und drückte den Rücken durch, starrte über den Sund und sah immer noch, was sie sah, das hatte sie auch gestern schon gesehen und hatte trotzdem geschlafen wie Nelly.

Sie schlug die Fäustlinge gegeneinander und sah den Mann halbwegs auf dem Felsen liegen, die Beine vom Meer umspült, als hätte ihn jemand am Bolzen vertäut.

Doch das Meer sank, und bald würde er auf trockenem Land liegen, bis die nächste Flut ihn wieder losriss und weitertrieb, und Scharen von kreischenden Harpyien sich herunterstürzten und an der braunen Gestalt rissen und zerrten.

Ingrid ging nordwärts zum Bootshaus und ihr fiel auf, dass sie zweimal in der Scheune gewesen war, einmal, um nach den Daunen zu sehen, und einmal, um Wolle zu holen; auch da drinnen hatte sie etwas gesehen, ohne zu verstehen, was es bedeutete, und unzählige Male war sie draußen gewesen, aber nicht im Beerengarten auf der Rückseite, dort waren sie nie im Winter, wer kommt schon auf die Idee, das eigene Haus zu umrunden …?

Sie lief am Trockengestell vorbei und über das Moor, zögerte, ehe sie die Tür zum Windfang öffnete, trat ein und blieb stocksteif im eigenen Heim stehen, lief mit pochendem Blut in den Ohren von einem Raum in den anderen, hielt inne und lief wieder hinaus, umrundete das Haus und entdeckte vage Spuren unter dem Neuschnee, als hätte jemand einen Sack durch den Garten und dann hinauf auf die Scheunenbrücke geschleift.

Sie ging hin und stellte fest, dass die Türen von innen verriegelt waren, sie lief um das Gebäude und in den Stall und erinnerte sich, dass sie Wassertropfen auf der Treppe gesehen und gedacht hatte, sie stammten von einem Loch im Dach, dann kletterte sie auf den Heuboden und konnte im fahlen Licht zwei Füße sehen, die unter einem alten Schaffell hervorragten. Sie riss es weg und sah einen Mann in mittleren Jahren, kahlköpfig, mit blauschwarzen Bartstoppeln in einem abgemagerten, kalkweißen Gesicht, ein toter Mann. Aber jemand hatte seine Augen geschlossen und die Hände über der Brust gefaltet, es sah aus, als ob er betete. Ingrid bewegte sich weiter hinein und entdeckte noch einen Mann, unter zwei Daunensäcken und einer alten Pferdedecke. Sie zog sie weg und sah, dass er dieselben braunen Fetzen trug, gefüttert mit denselben Holzwolleknäueln, die aus Ärmeln und Löchern herausfielen, und darüber eine Uniform mit Abzeichen und Winkeln, eine deutsche Uniform, auch er hohlwangig, kahlköpfig und abgemagert, aber er hatte keine Bartstoppeln, er war zu jung, und er war am Leben.

6

Ingrid kniete sich hin und schüttelte ihn. Er reagierte nicht. Durch einen Riss im Hosenbein leuchtete ihr eine tiefe Wunde oben auf dem rechten Schenkel entgegen, die Ränder der Wunde waren zu dicken blauen Lippen aufgeschwollen. Sie drückte die Finger darauf, sah lebendes Blut und hörte ein fernes Stöhnen. Eine Hand sah aus, als sei sie von einem Feuer verbrannt, aber der Großteil der Finger war unversehrt, an der anderen fehlten die Nägel, auch sie war schwarz.

Ingrid presste ein paar Tropfen aus der Uniform und prüfte den Geschmack, kein Salzwasser, also musste es ein fremdes Boot auf der Insel geben, vermutlich am einzigen Ort, wo sie nicht gesucht hatte, bei den Ruinen in Karvika, sie ängstigte sich vor den Ruinen in Karvika, das hatte sie immer getan.

Sie richtete ihn halbwegs auf, ging in die Hocke, verschränkte die Hände über seiner Brust, registrierte, dass er erstaunlich leicht war, und schleppte ihn zur Scheunentür, löste den Riegel ab und zog ihn durch den Garten in die Küche hinein, bugsierte ihn auf die Bank und legte eine Decke über ihn.

Sie griff nach der Schöpfkelle im Eimer, richtete den Mann auf und befeuchtete seine aufgeplatzten Lippen. Er wand sich und stöhnte. Sie stopfte ihm ein Kissen unter den Kopf und holte einen Trichter, schob ihn ihm in den Mund, bis er sich erbrach und mühsam die geschwollenen Lider öffnete und versuchte, das Gesicht mit den Händen zu bedecken.

Sie hielt ihm die Kelle vor die irrsinnig blickenden Augen.

Er nickte, trank ein paar Tropfen, hustete und hob die zerschundenen Hände, als wolle er sie betrachten und vorzeigen, ihr, oder Gott, während Tränen aus seinen schwarzen Augenhöhlen flossen, und an seinem Schädel herab, in rußschwarzen Strömen, die kein Bett fanden in den glatten jungen Zügen und ihn aussehen ließen, als wäre er nie ein Mensch gewesen und könnte es auch nie werden.

Sie nahm die Hand, der nur die Nägel fehlten, und hielt sie fest, starrte in den Raum, registrierte ein flehendes Zittern, als ob er sich darauf vorbereitete zu sterben. Sie begann, den schlotternden Körper zu schütteln, rief nein nein und griff nach der Kelle und zwang mehr Wasser in ihn hinein, rief mehrere Brechanfälle hervor, die sich auflösten und weniger wurden und ihn in einen wimmernden Säugling verwandelten, und der Gestank, der sich in der Küche ausbreitete, war unerträglich.

Ingrid erhob sich, betrat die Speisekammer und blieb regungslos vor den Regalen mit Konservendosen und Marmelade stehen, nahm ein Glas Johannisbeergelee und schöpfte den Inhalt in eine Tasse, vermengte ihn mit heißem Wasser, atmete durch den Mund und begann, ihm die dünne rote Suppe einzuflößen. Er hustete und spuckte und musste schlucken, um nicht zu ertrinken, bekam ein paar gierige Schlucke hinunter, erbrach sie wieder, schluckte ein paar kleine Portionen, Ingrid konnte sie zählen, und er behielt sie bei sich, ehe er dann ohnmächtig wurde.

Ingrid stellte die Tasse auf den Tisch und trocknete ihr Gesicht am Pullover ab, hörte zwei Schluchzer, die ihre eigenen waren, und sagte laut zu den Wänden, dass das hier nicht wahr sei, ehe sie sich erneut davon überzeugte, dass er atmete, sie trat in das Schneetreiben hinaus und starrte in die Dunkelheit.

Um zu begreifen, dass kein Weg daran vorbeiführte.

Sie ging hinunter zum Bootshaus und ließ das Boot zu Wasser, ruderte um die nördliche Landspitze, wo ihr der Wind entgegenblies und sie sich unter dem Felsvorsprung von Barrøy hielt, kämpfte sich durch die Gischtwellen südwärts bis zur Netzkette, wo der Wind die Geräusche herübertrug, von den Vögeln über Moltholmen.

Mit einer Kraftanstrengung schaffte sie es über den Sund und sprang an Land, das Boot blieb liegen und schlug gegen die Steine. Sie wickelte sich die Bootsleine ums Handgelenk, griff nach einem Ruder und schlug in dem heulenden Schwarm um sich. Der Tote kam zum Vorschein, mit einer blauschwarzen, klaffenden Wunde im Gesicht und einem bis zum Rückgrat geöffneten Bauch, wie ein ausgenommener Kabeljau, mit Händen wie abgenagte Knochenstümpfe und Füßen, die verbranntem Holz glichen. Sie warf das Ruder ins Boot, bekam den Toten vom Bolzen gelöst und hinunter in den Tang, jedoch nicht an Bord. Sie wickelte die Bootsleine um einen Schenkel, sprang ins Boot und zog ihn hinter sich her, unter Wolken von Vögeln, die sich immer waghalsiger über dem Kielwasser in die Tiefe stürzten. Doch jetzt hatte sie Rückenwind, und es ging schnell, bis sie im Windschatten des neuen Schuppens die Bootsleine vom Bug lösen konnte und hinauf zum Kai ging und sie am Haken des Krans anbrachte und den Mann herauszog; kopfunter blieb er über dem Wasser hängen wie an einem Galgen.

Der weißköpfige Adler hockte wie ein zahmes Tier auf dem Kai neben Ingrid, sie trat nach ihm, er wich zurück, sie trat abermals und schrie und ließ die Kurbel los, bekam sie wieder zu fassen und machte sie fest, fand eine Holzstange und schlug wie wild nach dem mächtigen Vogel, der träge zur Seite wich. Sie lief zurück zum Kran und hievte den Mann die letzten Meter hinauf auf die Steine, öffnete die Tür zum Schuppen, schleppte ihn hinein und entdeckte, dass eines der Hosenbeine leer war.

Ingrid verschloss die Tür, schrie gegen den Vogelschwarm an, der sich krächzend auf Kai und Kran und Dach niedergelassen hatte, bestieg wieder das Boot und ruderte zurück zum Bootshaus und stellte fest, dass sie weinte, und begriff, dass sie es die ganze Zeit schon tat, seit sie das Haus verlassen hatte.

Sie wischte sich die Tränen am klatschnassen Pullover ab und lief den Hügel hinauf und wieder hinein in den Gestank, der die Küche erfüllte wie starker Bratengeruch, und sah, dass die Tasse mit dem Johannisbeergelee leer war.

Sie riss sich den Pullover herunter und band sich ein Tuch vors Gesicht, nahm die Decke weg und begann ihn auszuziehen.

Unter der Uniform dieselben braunen Fetzen, Holzwollknäuel und eine undefinierbare graue Masse, sie ähnelte Papier, das sich in Auflösung befand. Sie pflückte es von ihm ab wie Hautschuppen von einem sonnenverbrannten Rücken, Stoff, Haut, Ruß, Schimmel, und stopfte es in den Ofen, wo die Flammen zu ersticken drohten. Sie legte Holz nach, und die Temperatur stieg, während er mit einer Stimme schrie, die nicht die eines Menschen war.

Dann musste sie sich erbrechen, bevor sie weiterarbeiten konnte.

Als er nackt vor ihr lag, schwarz, rosa, gelb und blaugrün wie eine verkohlte Weltkarte, gab sie lauwarmes Wasser in eine Schüssel und schickte sich an, die unverwundeten Teile von ihm zu waschen; er wimmerte und schlug nach ihr. Sie musste sich auf ihn setzen und befreite ihn auch von etwas, das sie nicht einordnen konnte, Unterwäsche oder verbrannte Haut. Er wurde abermals ohnmächtig und lag schlaff wie ein Toter da, aber atmend.

Sie beendete die Arbeit, stopfte die restlichen Fetzen in den Ofen, stieg hinauf in den Südsaal und holte ein Federbett und eine neue Decke, bekam die Decke unter ihn und das Federbett auf ihn und öffnete Fenster und Türen, füllte alle vorhandenen Töpfe mit Wasser und stellte sie auf den Ofen und heizte kräftiger ein als an einem Backtag, während sie sich wieder und wieder davon überzeugte, dass sein Schlaf nicht der Tod war.

Sie riss sich die eigenen Kleider herunter und verbrannte auch die, wusch sich ungestüm, zog trockene Sachen an, und der Gestank war ebenso widerlich.

Sie zog ihm das Federbett weg und begann, ihn von Neuem zu waschen, massierte die dünne Haut, die stellenweise glatt und weiß war wie ein Kabeljaubauch, holte Puder und Brandsalbe und Nadel und Faden, erhitzte die Nadel über einer Kerze und machte sich daran, die Wunde an seinem Oberschenkel zu nähen. Es gingen Wellen durch seinen schmächtigen Körper, aber er hatte einen Puls, regelmäßig, und stöhnte die ganze Zeit, bis Ingrid die Nadel weglegte und die Wunde verband.

Sie schloss die Fenster, ging in die Stube und sah sich im Spiegel über der Kommode, schmatzte mit steifen, fühllosen Lippen und ging zurück und setzte sich und blickte abwechselnd auf ihn und hinunter auf ihre eigenen Hände, geschwollen und schwammig von Nässe und Frost, doch sie zitterten nicht, und als sie die Augen wieder öffnete, lag sie in Embryostellung auf dem Fußboden neben einem Ofen, der kalt geworden war in einer Küche ohne Licht, und draußen war es still.

Sie rollte sich auf den Rücken und lauschte den Atemzügen von der Bank, ruhig und gleichmäßig, hinter den Fensterscheiben herrschte schwarze Nacht.

Sie erhob sich wie ein fremder Mensch, zog ihm das Federbett weg und sah ihn an, deckte ihn wieder zu, machte Feuer und zog sich an und ging los, um das Boot zu suchen, mit dem sie gekommen sein mussten, und fand es da, wo sie es vermutete, auf einem flachen Vorsprung in Karvika, ein ovales, schmutzigweißes Fahrzeug aus Planken und Metallzylindern, mehr Floß als Boot, mit einem Fernglas vermutlich von der Hauptinsel aus zu erkennen, jedenfalls bei Tageslicht und klarem Wetter. Jetzt war es dunkel, aber sternenklar, sie konnte es daher nicht verbrennen und schaffte es auch nicht, es über den Felsvorsprung und außer Sichtweite zu ziehen.

Ingrid setzte sich.

Das Wetter war ruhig. Keine Vögel. Sie stand auf und löste die Spunde am Boden der Fässer, schob das Boot wieder ins Meer und füllte es mit Steinen, drückte es mit den

Füßen hinaus und sah, wie es sich füllte und gleich einem weißen Schatten versank, und nur die matten Sterne spiegelten sich an der Oberfläche, Ingrid hatte die Fäustlinge vergessen und konnte die Finger nicht bewegen.

Wieder im Haus zog sie sich abermals nackt aus und untersuchte jeden Fleck ihres Körpers, als suche sie nach Läusen, schrubbte sich ab, bis die Haut rot und heiß wurde, bis ihr gleichzeitig warm und kalt war, und sie ging in die Stube und starrte in den Spiegel, und ihr Gesicht war trocken und ihr Körper feucht.

Sie trocknete sich ab, setzte Kartoffeln und Fisch auf, kochte alles lange und stampfte es zu einem Brei zusammen, den sie mit Leber vermengte, und setzte sich hin, um ihn zu füttern.

Er schlief.

Sie legte eine Hand auf die Wunde.

Er öffnete die hautlosen Augenlider und blickte sie an mit Pupillen, die gläsernen Quallen im schwarzen Meer ähnelten. Sie zeigte ihm den Löffel, er nickte und öffnete den Mund, bekam den Löffel hinein und saugte, schaffte es zu schlucken. Sie gab ihm noch einen Löffel voll, dann einen weiteren, und warmes Johannisbeergelee, er hustete und trank, bekam mehr und wurde wieder ohnmächtig inmitten eines Bissens, den sie ihm abwischte, ehe sie eine Hand erst auf seine Stirn legte, dann auf den Hals, um nach Fieber und Puls zu fühlen, und ließ die Hand so lange liegen, bis es einer Liebkosung glich, ehe sie sie wieder zurückzog und sie anstarrte und ihm zweimal über die Wange streichelte, weil es unmöglich war, es sein zu lassen. Dann aß sie den Rest der Mahlzeit auf und ging hinauf und legte sich angezogen aufs Bett.

7

Ingrid glaubte, Wasser zu fühlen. Es rann in ihre Ohren und füllte die Gedanken – mit Wörtern. Sie spürte das Gewicht der Daunen und ihre eigene Körperwärme; die Hände taten nicht länger weh, sie waren nicht einmal mehr rot, der Hals war trocken, sie sagte nichts, und die fremden Wörter strömten weiterhin durch die Luke im Boden zu ihr herauf.

Sie setzte sich auf, steckte die Füße in dicke Socken und lief hinunter, doch nicht in die Küche, stattdessen zog sie eine Jacke an und ging hinaus, um Brennholz zu holen. Der Himmel war grau, es schneite still und leicht, kein Boot auf dem Meer, aber noch immer das Geräusch der Vögel, und wieder die Rufe, sie kamen aus dem Haus.

Sie trat ein und erkannte am Gestank, dass sie ihn abermals waschen musste, sie nahm sich Zeit zum Einheizen, während er sie durch einen Fieberschleier ansah und die fremden Wörter wiederholte, mit einer Stimme, die für einen jungen Mann wie ihn erstaunlich tief war, jetzt waren es jedenfalls die Geräusche eines Menschen.

Als sie es endlich wagte, ihn direkt anzublicken, streckte er die Hand aus, an der nur die Nägel fehlten, und verbarg die andere. Sie blieb bei ihm sitzen und hielt die Hand, bis seine Augenlider wieder zufielen. Dann wusch sie ihn, wie ein Mensch gewaschen werden musste, es dauerte seine

Zeit, er weinte, aß, wartete, draußen die Stille, es schneite jetzt heftiger, und er schlief ruhig.

Als es nicht länger aufgeschoben werden konnte, band Ingrid sich drei Tücher vors Gesicht und ging südwärts hinaus über die Insel, mit einem Messer und einem alten Längssegel ihres Vaters, folgte den Geräuschen und fand den Ersten bei der russischen Säule, er war nicht mehr Mensch als der, den sie auf Moltholmen gefunden hatte. Sie scheuchte die Vögel weg, schnitt ein Stück vom Segel ab und bedeckte ihn, legte Steine auf die Enden und fragte sich, was sie tun würde, falls sie eine Frau finden sollte.

Sie fand den Nächsten auf der Landzunge, wo sie gestanden und die beweglichen Schären gesehen hatte. Auch ihn bedeckte sie mit einem Segel. Der Dritte lag gleich südlich der Stelle, wo die Netze vertäut waren. Sie deckte ihn mit Segel und Steinen zu und lief an der Netzkette vorbei, ohne ins Meer hineinzublicken, und fand den Vierten draußen vor dem Schwedenkai. In Schulzeiten hatte Ingrid von den Missionsgebieten gelesen und davon geträumt, Menschen zu retten, nun rettete sie Tote, Hüllen, von Würmern und Vögeln des Inhalts beraubt. Sie fragte sich, weshalb sie hier wohl trieben, dachte, dass ein Schiffbruch erfolgt sein müsse, eine Katastrophe, an dem Tag, an dem sie in Großvaters Kammer gestanden hatte, mit einem Geräusch in den Ohren, das sie nie zuvor gehört, das eine fremde Angst in ihr geweckt hatte, denn sie wusste ja trotz allem, was es bedeutete.

Ingrid lief zum Bootshaus und ließ das Boot zu Wasser, sammelte die menschlichen Überreste in einem Zugnetz und schleppte sie zum Kai, hievte sie hinauf in einem Orkan aus Vögeln und schleppte sie in den neuen Schuppen und deckte sie mit alten Jutesäcken zu und fragte sich, was wohl geschehen würde, wenn längere Zeit mildes Wetter herrschte, und was sie tun sollte, falls sie eine Frau fände?

Sie lief hinauf ins Haus, vermied abermals die Küche, holte die alte Krag des Vaters hervor und nahm einen der Flickenteppiche aus Großvaters Bett mit sich, legte sich draußen auf dem Wall in Stellung und zielte auf das Schieferdach des neuen Schuppens, das schwarz von Vögeln war, feuerte einen Schuss nach dem anderen ab, lud nach und richtete den Lauf auf den weißköpfigen Riesen, der auf einem der Firste saß. Eine schwarze Schwinge ging in die Luft und verschwand, ein Schwarm aus Möwen und Raben und Krähen kämpfte sich hinauf in den grauen Himmel, kehrte unversehens um und stürzte sich wieder in die Tiefe. Ingrid lud nach und schoss. Auch einer der kleineren Adler hob einen Flügel in die Luft, zwei Raben, eine Mantelmöwe; Ingrid wurde klar, dass Westwind herrschte, wodurch die Schüsse im Dorf gehört werden konnten, jetzt hatte sie auch das kostbare Schieferdach in Stücke geschossen, sie feuerte, bis ihr die Munition ausging, stand auf und schüttelte den Schnee vom Flickenteppich.

Als sie in die Küche kam, stand er nackt auf dünnen, wackligen Beinen, stützte sich mit der Hand, der nur die Nägel fehlten, an der Tischkante ab und verbarg abermals die andere wie einen Schandfleck hinter dem Rücken – und starrte sie angsterfüllt an.

Sie zeigte ihm das Gewehr, stellte es in die Ecke, dann fiel ihr ein, dass sie immer noch die Tücher vor dem Gesicht hatte, nahm sie ab und sagte, er solle sich setzen und ihr die verbrannte Hand zeigen.

Er schien sie nicht zu verstehen.

Sie drückte ihn auf die Bank und griff nach der Hand, die keine Hand war, sondern ein schwarzer Fuß mit fünf Zehen ohne Nägel. Mit einem Lappen fegte sie die Kohlenreste vom Flickenteppich und warf den Fetzen in den Ofen, holte Salbe und Mullbinden hervor und schmierte ihn ein und verband ihn, während er lautlos weinte und zum Fenster hinstarrte.

Sie sagte, vermutlich würden sie Ostwind bekommen, dann könnte sie hinüberrudern und herausfinden, was geschehen war, Hilfe holen … Er wiederholte die fremden Wörter, sie klangen wie ein Echo vom Morgen, und jetzt schien es ihr, als lauteten sie Mama.

Sie fing seinen Blick auf, zeigte auf sich selbst und sagte Ingrid. Er nickte und sah hinunter auf die verbundene Hand. Sie wartete, bis er wieder aufsah und zeigte auf ihn und fragte nach seinem Namen. Er legte das weiße Bündel an die Brust und sagte Alexander. Ingrid nickte und sagte Alexander und lächelte und wiederholte Ingrid, Ingrid und Alexander, wie um etwas Unumstößliches festzuschreiben, stand wieder auf und vermischte Johannisbeergelee mit heißem Wasser und stellte die Tasse vor ihn hin und sah zu, während er sie zwischen den beiden Stümpfen balancierte und trank und sich den Mund mit dem Verband abwischte und abermals mit großem Ernst Ingrid sagte und das eine Wort, von dem sie glaubte, es müsse Mama bedeuten.

Alexander, sagte Ingrid.

Sie sagte, dass seine beiden Hände wieder heilen würden, jedenfalls würde er sie benutzen können, für etwas.

Er starrte verständnislos vor sich hin.

Sie wiederholte es. Er nickte und starrte auf die Fensterscheibe, die einer dünnen Eisschicht glich. Ingrid kochte mehr Fisch und Kartoffeln und fütterte ihn, als er ihr deutlich machte, den Löffel nicht halten zu können. Sie aß selbst etwas und nahm die Kaffeemühle hervor, presste sie zwischen die Knie und entdeckte zum ersten Mal ein zaghaftes Lächeln in dem hübschen Gesicht, der Duft von kostbarem Kaffee in einer Küche, und das Geräusch einer Mühle. Noch nie hatte Ingrid weißere Zähne gesehen und musste plötzlich an die Uniform denken, die er über seinen Lumpen getragen hatte. Sie begann, ihm weitere Fragen zu stellen, die er nicht verstand.

Sie drängte ihn, etwas zu sagen, er murmelte ein paar Wörter, und sie klangen nicht deutsch. Sie fragte, woher er komme und wie alt er sei, und bekam andere Wörter zur Antwort, auch die wiederholten sich, daher entschied sie, dass sie bedeuten mussten: Ich verstehe nicht.

Es konnte viele Gründe geben, weswegen er eine deutsche Uniform getragen hatte. Wie zum Beispiel?

Ingrid stand auf, schüttete Kaffee in den Kessel und wartete ab, bis der Kaffeesatz sich hob wie eine Gasblase im schwarzen Moor und platzte, sie hob den Topf und schlug ihn zweimal hart auf die Ofenringe und schenkte zwei Tassen ein, stellte die eine Tasse aber nicht vor ihn hin. Sie führte ihre Tasse an die Lippen und trank und ließ ihn nicht aus den Augen, während sie fragte, ob er Kaffee wolle, und sie hörte ihn antworten:

»Da, spasiba.«

Sie nahm die Tasse und fragte abermals, ob er etwas wolle, er blickte gereizt und erschöpft nach rechts und links, während er die beiden Wörter wiederholte und noch einen Satz hinzufügte, der ebenfalls nicht deutsch klang. Sie reichte ihm die Tasse.

Er legte die weißen Bündel auf den Tisch und stieß die Tasse um. Sie bat um Entschuldigung, wischte auf und füllte die Tasse aufs Neue, glitt hinter ihn auf die Bank, sodass er sich an sie lehnen musste, und führte die Tasse an seine Lippen. Er verdrehte den Kopf und blickte verwundert zu ihr auf, schlürfte ein paar Tropfen in sich hinein, während sie das Gewicht eines Mannes spürte und nicht die geringste Spur von dem entsetzlichen Gestank. So blieben sie sitzen, begleitet vom Geräusch abgehackter Atemzüge, als sei sie nie zuvor eine Frau gewesen, aber zum ersten Mal konnte sie sich der überwältigenden Gewissheit hingeben, dass es eine andere Insel gibt.

8

Ostwind kam und es klarte auf. Doch Ingrid ruderte nicht ins Dorf. Sie lief mit dem Messer und dem alten Längssegel ihres Vaters um die Insel, folgte den Vogelschwärmen und fand weitere namenlose Bündel, zerschundene und schleimige Hülsen, die einmal Leben und Leiden gewesen waren, mit kobaltblauem Schlick in aufgerissenen Augenhöhlen groß wie Fäuste, schwammartigen, hefefarbenen Teig und von Meer und Salz grün gewordene Knöchel, verfaultes Fleisch, Algen und Schleimaale.

Sie deckte sie zu, legte Steine auf die Zipfel, ging nordwärts den langen Weg und holte das Boot, schleppte die Toten zum neuen Kai und hievte sie hinauf, ohne darüber nachzudenken, ob sie es tat, um die Insel von diesen Geschöpfen aus dem Meer zu erlösen, oder weil jeder Tod etwas verlangte, dem nur gehorcht werden musste.

Sie hatte die Flinte dabei, nahm die Ruder in regelmäßigen Abständen herein und feuerte Schüsse ab und ließ den Schwarm explodieren und wie einen Pilz in die Wolken aufsteigen, ehe er wieder herunterfiel und sie und das Boot und die Schlepplast in ein undurchdringliches Chaos aus Geräuschen und Flügeln einhüllte – jetzt riss der Wind jedenfalls die Schüsse mit sich aufs Meer hinaus.

Sie ging nach Hause, zog sich aus und verbrannte die Kleider, wusch sich lange und ohne Scham unter dem schwarzen Blick, den sie schon gestern, oder war es am Tag davor, wie keinen Blick eines anderen je auf sich hatte ruhen spüren, sie wusste, dass sie davon nie genug bekommen würde, er gab ihr Stärke, sie war nie stärker gewesen.

Ingrid kochte und sie aßen, sie saß auf einem Stuhl, während sie sich zurücksehnte nach der Bank und seinem Körper. Sie kochte Kaffee, und sie tranken eingehüllt in ihr eigenes Schweigen, bis Ingrid aufstand, in die Mansarde ging und ein paar Kleider heraussuchte, alte Sachen des Vaters, die sie an ihm ausprobierte, ihre Finger an seinem Körper, er sah aus wie ein frischgebackener Schiffsjunge, ein Fischer, ein Seemann, ein Bauer und ein Siedler.

Sie lachten leise, er zeigte auf sich selbst und sagte Alexander und zeigte auf sie und sagte Ingrid, er wurde diese Wörter nicht leid, und das wurde sie auch nicht. Dann zog sie ihn wieder aus und schnitt seine Zehennägel, hielt seine unversehrten, marmorweißen Füße und wusch ihn langsam, während sie in ihrer eigenen Sprache redeten und jedes Wort verstanden.

Bevor die Dunkelheit herabfiel, machte Ingrid sich abermals auf den Weg, mit Gewehr und Segelfetzen, und sie fand, was sie fand, lief nach Hause, zog sich aus und verbrannte alles, was sie angehabt hatte, stand nackt vor ihm und massierte jeden Fleck ihres Leibs. Sie wusch ihr Haar und den Körper mehrmals in frischem Wasser, kämmte das Haar und flocht es zu Zöpfen, und er sagte kein Wort und ließ sie nicht aus den Augen; nachdem sie gegessen hatten, sagte sie, er solle aufstehen und gehen, ob er gehen könne, ein paar Schritte?

Unbeholfen stand er auf und stakste zum Fenster, danach zur Speisekammer, drehte sich um und schnitt Grimassen, die nicht ohne lautloses Lachen waren, und blickte hinunter auf seine nackten Füße. Er ging zur Flurtür und zurück zum Fenster, starrte auf sein Spiegelbild, wich plötzlich zurück, drehte sich um und sah sie verzweifelt an, bis sie aufstand und seine verbundene Hand nahm und ihn in den Flur und die Treppe hinaufführte, und in den Nordsaal und mit ihm zusammenlag für den Rest des Lebens.

9

Ingrid baute ein Versteck im Verschlag hinter der Tür, die von der Holzverkleidung im Südsaal nicht zu unterscheiden war, es ähnelte einem Daunennest. Und da er jetzt allein gehen konnte, nahm sie ihn mit hinaus in die Dunkelheit, wartete, während er auf dem Klo saß und sie ihn durch die geöffnete Tür reden hörte. Sie liefen südwärts durch die Gärten und sprachen nicht, doch sie hörte ihn weinen. Sie zeigte auf den Himmel und die Nordlichter, abnorme Kaskaden aus Regenbögen zur falschen Jahreszeit, nannte die Namen der pechschwarzen Berge auf dem Festland, lehrte ihn Wasser, Wind, Schnee und Gras, das nicht vorhanden war, Tang, Boot, Fisch, Katze …

Eines Abends nahm sie ihn mit in die Scheune, zog die Pferdedecke von dem Toten weg und fragte, wer der sei, die Uniform hatte sie über ihn gelegt.

Er sah die eingeschrumpfte Mumie nicht an, murmelte aber zweimal Alexander. Sie blickte ihn erstaunt an.

Er sagte Sascha.

Sie hielt die Uniform hoch und fragte, ob sie Freunde gewesen seien, mit demselben Namen? Er nickte und zitterte, um die Kälte zu illustrieren, und sie glaubte, dass er die Uniform gestohlen haben musste, um sich warm zu halten, begriff im selben Moment, dass auch die Holzwolleknäuel Wärme bedeuteten, dass auch dies darauf hinwies, dass er

Slawe war. Sie fragte, ob er Russe sei, und er sagte »Da«, aber erst, nachdem sie die Frage dreimal wiederholt hatte. Sie fragte, ob er Soldat sei, und er erwiderte ja und nein, sie hatte sich nie zuvor schöner gefühlt, und sie hörte auf zu fragen.

Sie bugsierte ihn auf die Ruderbank achtern, wo er wie eine verängstigte Landratte hockte, während sie zwischen der Insel und Moltholmen durch den Sund ruderte und die Leinen auf beiden Seiten löste. Sie schleppten die Netze im silbrigen Kielwasser hinter sich her, hievten sie hinauf und zerrten sie in den Kaischuppen, ohne hinzusehen, was sie da taten. Doch jetzt waren keine Vögel da. Und sie versuchte, ihn zu trösten.

Sie gingen nach Hause und zogen einander aus und wuschen einander und lagen im Nordsaal wie Mann und Frau, Ingrid dachte nicht einmal an die Kindheit, an die Eltern, an Barbro, Suzanne, Lars, all das, was sie vermisste, was sie selbst durcheinandergebracht und zerstört hatte, es fühlte sich an, als ob es ihr an nichts fehlte.

Ingrid murmelte zu den Dachpfetten hinauf, dass sie morgen ins Dorf rudern und Lebensmittel kaufen, eine Katze anschaffen und herausfinden werde, was geschehen sei.

Sie spürte an seinem Arm, dass er nickte.

Sie fragte, ob er verstehe, und beschloss, dass er es tat.

Sie sagte Katze und miaute. Er sagte Koschka, und sie spürte sein Lächeln unter ihren Fingerspitzen. Sie schärfte ihm ein, in dem Versteck zu bleiben und nicht herauszukommen, was immer er auch hören mochte, Schüsse oder Schreie, sondern wie ein Toter dazuliegen, bis sie die

Tür wieder öffnete, das könnte ein paar Stunden dauern, höchstens einen halben Tag. Er sagte spasiba und »Katze« und »Versteck«.

Als Ingrid Segel setzte und in dichtem Schneetreiben zum Dorf hinüberglitt, glaubte sie vorbereitet zu sein, erfüllt von der Hoffnung, Barrøy sowohl von den menschlichen Überresten als auch von einem Verdacht zu befreien, eine Hoffnung, die nur die Besatzungsmacht erfüllen konnte, sofern Ingrid ihre Karten richtig ausspielte.

Wie üblich vertäute sie das Boot unterhalb der Handelsstation, lief ins Dorf hinauf und registrierte nicht nur eine ungewöhnliche Stille, sondern auch, dass etwas ganz Wesentliches von harter Hand fortgerissen worden war, Wachposten, Fahrzeuge, Pferde, eine Leere, von etwas verursacht, das Ingrid nicht benennen konnte.

Im Laden erfuhr sie von Margot, dass britische Flugzeuge ein paar Meilen weiter südlich einen deutschen Truppentransporter versenkt hätten, die Rede war von Hunderten Toten, vielleicht sogar Tausenden.

Ingrid sagte:

»Oh?«

Ja, Margot hatte es von ihrem Sohn gehört, der das Fort im Norden der Insel mit Waren belieferte.

»Mit Soldaten?«

»Ham se gesagt.«

»Deutsche?«

Margot sagte ja und verzog das Gesicht, blickte sie prüfend an, und Ingrid war nicht länger vorbereitet; sie fragte, ob die Truppenunterkunft hinter der Schule aufgegeben worden sei. Margot sagte, die meisten seien ins Fort verlegt worden, wo sich Funkeinrichtung, Gefangenenlager und Geschützstellungen befanden, der Kommandant sei aber heute hier.

Ingrid kniff die Augen zusammen und blickte sich um, dann fragte sie, ob Jenny und Hanna immer noch Katzen hätten.

Margot sagte, sie hätten wohl nichts anderes, Mutter und Tochter, mit denen Ingrid schon Heringe eingesalzen hatte, als sie noch ein junges Mädchen war, und die in einer grauen Hütte nördlich der Konservenfabrik wohnten.

Doch als Ingrid aus dem Laden trat, geriet ihr verschwommener Plan abermals ins Stocken, dann schritt sie hinauf zum Militärposten hinter der Schule, wo sie von einem einzelnen Mann in Uniform angehalten wurde. Ingrid sagte, dass sie mit dem Befehlshabenden sprechen müsse. Der Soldat wand sich und sagte auf gebrochenem Norwegisch, dass das nicht möglich sei.

Ingrid sagte auf Deutsch Tote Tote und zeigte ihm zweimal alle Finger.

Er entzündete eine Zigarette und trat dicht an sie heran, machte ein paar drohende Gesten und überschüttete sie mit einer Tirade eindringlicher Fragen, von denen sie kein Wort verstand.

Sie wiederholte Tote Tote, mit Stimme und Fingern.

Er schnaubte und spähte zu einer Baracke am anderen Ende des offenen Platzes hinüber, sagte – kommen Sie, und scheuchte sie in ein Büro, wo es so warm war, dass sie kaum atmen konnte. Dort hatte sich ein kahlköpfiger Offizier in mittleren Jahren hinter einem riesigen Schreibtisch verschanzt, ein Mann mit blondem Bart, einer rosa Narbe im Gesicht und großen vertrauensseligen Augen, ein Mann, der einen viel zu großen Löffel in ein gekochtes Hühnerei steckte und dabei fleißig in einen Telefonhörer sprach.

Er blickte zu ihr auf und deutete mit dem Kopf gereizt auf einen Stuhl.

Ingrid setzte sich und starrte fasziniert auf den Löffel, er ragte aus der behaarten Faust und ähnelte dabei einem Schiffszeichen, während der Offizier unverdrossen weiter in den Hörer sprach und der Soldat die Gelegenheit ergriff, um zu verschwinden.

Der Offizier legte schließlich auf und nahm den Löffel in die andere Hand. Ingrid wiederholte ihr »Tote Tote«, auch wieder mit den Fingern, sagte, wo sie wohne und dass sie Hilfe brauche. Er schien zu verstehen, wovon sie sprach, schüttelte dabei den Kopf, wie um sich eines Unbehagens zu entledigen, und sagte – jawohl, sie seien von einer Katastrophe getroffen worden – einer riesigen Katastrophe. Die Leichen sind überall auf den Inseln.

Ingrid beschlich wieder das Gefühl, nach etwas zu suchen, das es nicht gab, sie spürte einen kalten Luftzug auf der Haut und fragte, ob sie gehen dürfe. Er kniff die Augen zusammen:

»Selbstverständlich, ich hab Sie nicht eingeladen.«

Ingrid ging in die Kälte hinaus und lief in Richtung Boot, bog jedoch an der Konservenfabrik scharf nach Norden ab und betrat die warme, aschgraue Küche von Hanna und Jenny, begrüßte sie und sagte, sie habe gehört, dass sie Katzenjunge hätten.

Hanna sagte ja und bat sie, sich zu setzen – und immer mit der Ruhe, Ingrid sah gar nicht gut aus?

Ingrid fragte mit einem kurzen Lachen, wie sie denn aussehe, und begriff, dass sie auch hier nichts sagen könnte, als dürfe sie ihnen nicht vertrauen, Menschen, die sie ihr ganzes Leben gekannt hatte, als kämen sie von einer anderen Insel. Hanna blickte auf ihr Strickzeug und fragte, ob es da draußen jetzt nicht einsam sei, auf Barrøy.

Ingrid sagte, doch, deswegen wolle sie ja eine Katze haben.

Wollte Ingrid denn nicht lieber eine Weile bei ihnen wohnen, bis Barbro zurückkäme?

Und sah ihr wieder direkt ins Gesicht.

Ingrid sagte, es sei ja gar nicht sicher, dass Barbro zurückkäme.

Hanna wirkte skeptisch, rief aber in das Nebenzimmer hinein.

Sie hörten Jennys Stimme und Türengeklapper. Es war ein frisch gescheuertes, sauberes Haus, der Kamin zog nicht richtig, unter dem Waschkessel fauchte es. Hanna sagte, sie hätten das Katzenjunge behalten, weil sein Rücken wie ein Schachbrett gemustert sei, ob Ingrid Hunger habe?

Ingrid erwiderte, sie wolle anderen ja schließlich nicht die Mahlzeit wegessen.

Jenny kam mit der kleinen Katze in einem Korb, auf den sie ein Stück Heringsnetz gelegt hatte, sodass die Katze eine Pfote durch die Maschen stecken konnte, Ingrid hielt die Pfote zwischen den Fingern und fragte, wie das Tier heiße.

»Wie du wills«, sagte Jenny, bevor auch sie Ingrid eingehend musterte, ob sie nicht ein paar Tage bleiben wolle?

Ingrid lächelte, lehnte dankend ab und ging, eilte zurück zum Laden, als ob nicht doch eine Hoffnung zu finden wäre, ein Mensch, jedenfalls brauchte sie Waren, und die bekam sie, dann fiel ihr ein, dass sie auch die Uhr auslösen wollte, ob Margot Marken anstatt Geld annähme, vorläufig?

Margot fragte, was um alles in der Welt sie mit Marken anfangen solle?

»Aber du kannse mitnehmen, die is kaputt.«

Margot ging ins Lager und holte die Uhr, packte sie in ein Sacktuch und wickelte die Gewichte in ein Handtuch ein, legte alles in die Kiste mit den Lebensmitteln, und Ingrid trat mit einer doppelseitigen Erleichterung – die Übelkeit ähnelte – hinaus und ging den Weg hinunter und stieg ins Boot; dieser Korb mit einer Katze, den sie wie einen Thron zwischen die beiden Senksteine auf der hinteren Ruderbank stellte, damit sie ihn auf der Überfahrt im Auge behalten konnte.

Der Wind kam weiterhin aus Südwest, Ingrid musste rudern, das erste Stück quer zu den Wellen, dann gerade hinein, das Meer war nie größer gewesen, und der Tag nie kürzer. Sie ruderte zu schnell, wurde hektisch und schwitzte, ruderte noch schneller, und die Wellen schlugen ins Boot. Im Windschatten von Oterholmen musste sie das Boot ausschöpfen und trieb wieder nach Norden. Abermals ruderte sie zu schnell – die Katze schrie unter der Gischt – und fand erst eine Anlegestelle auf Barrøy, nachdem sie sich durch die Wellen navigiert hatte, die kleiner und kleiner wurden, je näher sie der Insel kam, und da war es dunkel.

Ingrid lief mit dem Korb hinauf, zündete die Lampen in Küche und Stube an und machte Feuer, ehe sie die Treppe hinaufstieg und Luft holte, die Tür zu dem Verschlag öffnete und die Katze vor sich hielt wie einen Schutzschild.

Im plötzlichen Licht fiel er zusammen wie ein Sack. Ingrid stand da und sagte nichts. Er nahm die Katze und sagte Koschka und lächelte, rieb die Nase an die kleine Schnauze.

Ingrid fragte, ob er Deutscher sei ...?

Er verstand sie nicht.

Sie schrie, ein deutscher Truppentransporter sei bombardiert worden, und bemerkte, dass er den Verband von einer Hand abgemacht hatte, er musste die Zähne benutzt haben, die Haut heilte langsam wieder, die Nägel ähnelten winzigen rosa Muscheln.

Sie rief etwas, das sie selbst nicht verstand, lief hinunter und wieder aus dem Haus und holte das Boot herein, trug die Kiste mit den Waren hinauf und setzte sich in die Küche, um mit eifrigen Händen einen Netzstreifen zu flechten, den sie unter dem Loch im Dach aufhängte. Die Katze kletterte ein Stückchen daran hinauf und blieb mit einer Kralle hängen, ließ sich wieder herunterfallen und miaute und schlug mit den Pfoten, während Alexander Ingrid fragend anlächelte – hieß er Alexander?

Sie lief hinauf in den Saal und ließ den Streifen noch einmal ein Stück hinunterfallen, die Katze bohrte ihre Krallen hinein, Ingrid hob sie auf, das Tier blickte im Nordsaal umher, Ingrid trug es wieder in die Küche, lief abermals nach oben und wiederholte die Übung, und Alexander applaudierte lautlos und anerkennend, als die Katze endlich begriff, dass sie eine Leiter bekommen hatte.

Ingrid sagte, sie solle Koschka heißen.

Er korrigierte sie, sagte ihr das Wort zweimal vor und dann ja ja, als sie es richtig machte.

Doch sie lächelte nicht.

Sie fragte, ob er Deutscher oder Russe sei.

Er legte die Arme um sie, Ingrid sah wieder das viel zu kleine Ei und den großen Löffel vor sich und fing an zu schreien und schlug ihn mit den Fäusten. Er überwältigte sie, warf sie auf die Bank und setzte sich auf sie und redete in einer Sprache, die immer noch nicht wie Deutsch klang.

Dann fing er an zu singen, ein Kinderlied, das auch nicht wie Deutsch klang, legte sich neben sie und hauchte ihr seinen Atem ins Ohr, bis ihre Atemzüge zusammenfielen und niemand mehr etwas sagte.

Ingrid vergrub die Finger in seinem kurzen schwarzen Haar, roch daran, ohne einen anderen Geruch als den nach Seife zu spüren, küsste ihn und sagte, er müsse Holz holen, sie schaffe es nicht, sie sei tot, verstand er, was das bedeutete – tot?

Er lächelte und zog eine Jacke an, ging hinaus und kam mit Holz und Torf, als ob er dort lebte, und machte Feuer, als ob er dort lebte, und sah sie an, ein so strahlend hübsches Bild von einem jungen Mann, dass Ingrid den Blick abwenden musste.

Dann sagte er etwas, das wie eine Frage klang, sie nickte.

Er fing an, das Abendessen zu kochen, summte dasselbe Kinderlied, während er einen Teig knetete und zu tellergroßen Kreisen ausrollte und mit kleinen Stücken kalten, gekochten Fischs und Butter belegte, die Kreise zusammenfaltete wie dicken Spekulatius auf einem Brett und sie in den Ofen schob.

Er legte sich neben Ingrid und ließ sie mit ihm tun, was sie wollte, während sich ein fremder Geruch in der Küche ausbreitete.

Sie aßen schweigend und gingen nach oben und lagen dort, bis die erste Sturmböe gegen die Südwand schlug.

Unter Tränen sagte Ingrid, dass sie nun nicht aufstehen müssten, niemand würde kommen.

Am nächsten Tag schliefen sie und blieben im Bett liegen, auch die Nacht danach, lauschten dem Wind, standen auf und aßen und spielten mit der Katze; der Sturm zwang sie, auch das laut zu rufen, was nur geflüstert werden durfte.

Als das Wetter sich änderte, fragte sie, ob er eine Uhr reparieren könne.

Er sagte ja und fragte, ob sie Werkzeug habe.

Sie sagte, das habe sie ihm schon gezeigt, erinnerte er sich nicht?

Er sah sie fragend an.

Sie wiederholte: Werkzeug, und erklärte ihm, wo es sich befand. Er nickte eifrig und lachte, wickelte sich in das Federbett ein und ging hinunter und kam nicht wieder herauf.

Da stand auch Ingrid auf und ging hinunter, um nachzusehen, was er trieb. Mit dem Federbett zu seinen Füßen stand er nackt in der Küche und hängte die Uhr an einen Nagel an der Westwand, zog die Gewichte an den Ketten auf und stand ganz still, bis sie durch den abflauenden Wind das Ticken hören konnten. Die Zeiger zeigten Viertel vor neun, doch es war Nacht. Er drehte sich um und schien zu fragen, welche Zeit er einstellen sollte. Ingrid sagte, die Zeiger könnten so stehen bleiben. Dann gingen sie wieder hinauf, und niemand kam.

10

Es gibt viele Arten zu rudern, er beherrschte keine davon. Verwirrt hantierte er mit Rudern und Riemen und Ruderpflöcken, während Ingrid im Achtersteven auf einem Schafsfell saß und über ihn lachte. Sie erklärte es ihm und zeigte auf Schären und Inseln, die im Dunkeln zu erahnen waren. Er versuchte es besser zu machen und wollte gelobt werden wie ein Kind, und sie lobte ihn, dachte, dass er ein Kind war, dass er mit jedem Tag hübscher und hübscher wurde, und dass es nicht auszuhalten war.

Sie bat ihn, über den Sund nach Gjesøya und südlich an der Außenseite entlangzurudern, wo die Dünung immer kräftiger wurde. Seine Finger waren zu kurz und er schlug die Ruder auf die Wellen. Sie tauschten die Plätze und Ingrid brachte sie um die Insel und hinein in einen Felseinschnitt, wo es einen natürlichen Hafen gab, vertäute das Boot an einem im Wasser treibenden Baumstamm und sagte, dass sie ihm etwas zeigen wolle.

Sie stapften hinauf durch knirschenden, schneebedeckten Tang und in eine Senke hinein, wo die Barrøy-Sippe einst neues Land geschaffen hatte, dort gab es eine Scheune, die sie den Pavillon nannten. Ingrid öffnete die Tür und bat ihn hineinzugehen. Dort saßen sie in altem, staubigen Heu und lauschten dem Meer. Sie sagte, das Wetter werde sich bald beruhigen, und früher oder später werde jemand kommen, dann müsste das hier sein Versteck sein – ein Wort, das er verstand –, dies ist eine andere Insel, sagte Ingrid, sie werden Hunde mitbringen, und er verstand auch dieses.

Sie hörten dem Meer zu.

Er legte eine Hand auf ihren Schenkel und begann, mit einer neuen Stimme zu reden, es klang nach Vertraulichkeiten, oder Ermahnungen; er wurde hektisch und gestikulierte mit den Händen, drückte sie an sich und wollte etwas illustrieren, und Ingrid war froh, dass sie keine Sprache hatte, um zu fragen, wie alt er sei.

Sie ergriff die entstellte Hand, hielt sie ans Gesicht und hörte ihm zu. Jetzt klang es eher, als wollte er sie zu etwas überreden, was Ingrid zum Glück auch nicht verstand, er war dabei, etwas wiederzufinden, das er vergessen hatte, das er verschwunden glaubte, und Ingrid wurde von einer neuen Müdigkeit befallen, dem Beginn einer Dunkelheit, die, wie sie wusste, nicht zu ertragen wäre, ein Leben ohne ihn.

Sie zwang ihn, wieder nach Hause zu rudern, und setzte sich so, dass sie weinen konnte, ohne dass er es sah. Er sah es dennoch, ließ die Ruder ruhen und saß ganz still. Dann legte er beide Hände auf ihre Schultern. Sie legte die Wange an seine Fäustlinge, drehte sich aber nicht um. Und sagte auch nichts. Sie trieben. Dann ruderte er weiter.

Am nächsten Abend fuhren sie wieder hinaus. Sie brachte ihm bei, mit einer Angel umzugehen, die Finger in einen Fisch zu rammen, ihn ausbluten zu lassen und auszunehmen, sie drückte seine Hand in die Gischt und zeigte ihm, dass nasse Fäustlinge warm waren, wie sich ein Boot in die Brandung werfen und dann wie durch Zauberkraft mit den Rudern wieder heraussaugen ließ. Sie sagte, dass er selbst bestimme, ob er frieren oder sich Verletzungen zuziehen würde, und dann war sein Haar eine dicke, rabenschwarze Matte, worin sie gern ihre Finger vergraben hätte. In dieser Nacht konnte sie keinen Schlaf finden, er konnte es, schlief ruhig und entspannt wie Nelly, und das machte ihr noch größere Angst.

Sie stand auf und sah hinaus, das Meer erstreckte sich in alle Richtungen, glänzend wie Öl.

Ingrid packte Federbetten und Flickenteppiche und Kleider zusammen, füllte die Lebensmittelkiste, als wollte sie einen Lofotfischer versorgen, weckte ihn und bat ihn, sich anzuziehen, mit flüsternder Stimme.

Er sah sie fragend an.

Ingrid ruderte südlich durch den Sund und in die Felsspalte bei Gjesøya. Sie stiegen hinauf und lagen zusammen im Heu, bis der Himmel hoch über ihnen stand, sie sagte, dass sie jeden Abend kommen werde, mit Essen und Wasser und sich selbst, und nahm Abschied. Er hielt sie zurück, sie lagen zusammen und nahmen Abschied, und als sie endlich davonruderte, war sie nie zuvor ein kleineres Treibgut gewesen.

Zurück auf Barrøy räumte sie auf und löschte alle Spuren, von ihnen beiden. Sie sah in den Spiegel und rieb sich Ruß ins Gesicht, lief von einem Fenster zum anderen, spähte nach Norden und Osten, niemand kam.

Sie kam sich dumm vor und wusch sich das Gesicht, räumte auf und spielte mit der Katze Koschka, jetzt konnte sie nicht im Nordsaal schlafen. Sie holte das Fernglas aus dem Schwedenschuppen, legte sich im Südsaal auf das Bett der Eltern und spähte nach Gjesøya hinüber, durch das verräterische Fernglas, ohne irgendetwas zu sehen, und schloss erst die Augen, als die Nacht sie blind machte.

Als die Inseln auch am nächsten Morgen rostigen Flecken auf einem blanken Spiegel ähnelten, kam sie sich noch dümmer vor und ruderte nach Süden und nahm ihn mit sich aufs Meer, damit die Dünung ihn seekrank machte und sie etwas hatten, worüber sie lachen konnten. Ingrid setzte ihn wieder an Land ab, sie warteten, bis er das Gleichgewicht wiederfand, und fuhren abermals hinaus. Sie fischten und nahmen den Fang aus, Ingrid setzte ihn ab und ruderte nach Hause, kehrte um und ruderte zurück, vertäute das Boot an einem Treibholzstamm und lag mit Alexander in der Scheune, bis die Dunkelheit herabsank. Und obwohl der neue Wind nur einer schwachen Brise glich, entschied sie, dass das Meer zu rau war und blieb, bis abermals ein neuer Tag anbrach, ehe sie in dichtem Schneetreiben heimwärts ruderte und ein weiteres Mal in ein kaltes Haus kam, wo sie den restlichen Tag damit verbrachte, sich wieder darin einzuwohnen, zum Glück kostete sie das alle Kräfte, die sie noch übrig hatte.

Sie zog die Uhrengewichte auf und stellte die Zeiger ein, spielte mit der Katze, kochte Essen und wollte karden und spinnen, aber das ging nicht.

Mit dem Fernglas legte sie sich in den Südsaal und sah den Tag über Gjesøya verschwinden, graues Meer, vereinzelte Vögel, die sich rührten, bis auch sie verschwanden.

Sie stand wieder auf, zog sich an und lief durch einen Schneeschauer um die Insel, fand nichts und ging wieder heim und wollte Kaffee kochen. Sie stolperte über den flachen Fußboden, kam wieder hoch und sank in den Schaukelstuhl, schlief und träumte von einem Kiefernzapfen, den sie als Kind in der Schule gezeichnet hatte. Sie erwachte ausgeruht, zitterte, als hätte sie jemand angehaucht, lief in die Mansarde hinauf und holte den alten Zeichenblock und die Bleistifte und erinnerte sich an den Lehrer, der einmal mit triumphierender Miene einen riesigen Kiefernzapfen auf das Katheder gestellt und die Kinder aufgefordert hatte, ihn abzuzeichnen, ein mächtiges Fruchtgehäuse, wie es noch niemand zuvor je gesehen hatte. Ingrids Zapfen wurde ein Schneckenhaus, worüber der Lehrer lachte. Aber dann wurden die Zapfen aller Kinder mehr oder weniger zu Schneckenhäusern, Konchylien und Muscheln, und Ingrid ging hinauf und legte sich hin, fest entschlossen, ihn etwas schreiben zu lassen, ehe er verschwinden würde, denn das würde er tun, das war der Sinn der Sache, ob sie es nun lesen könnte oder nicht, eines Tages würde sie verstehen.

11

Sie waren inmitten der Jahreszeit, in der alles Lebendige stirbt, in der sich Tiere und Menschen in sich selbst verkriechen und noch kleiner werden, als sie es ohnehin schon sind, in der die Natur stumm ist, bis auf das Rauschen des Meeres, und kein Gebet auch nur das Mindeste aufzuhellen vermag.

Ingrid hatte die zerlumpte Kleidung vom Trockengestell genommen und in Fischkästen im Bootshaus gelegt, und da stand sie plötzlich mit einem weiteren Holzwolleknäuel in den Händen, der Trennung zwischen Frost und Wärme, Sommer und Winter, Leben und Tod, als sie einen tuckernden Motor hörte, der nicht ihr eigenes Herz war, und verfiel in eine Ruhe, von der sie sich ein für alle Mal verlassen glaubte.

Sie lief hinauf ins Haus und zerzauste sich das Haar, rieb sich abermals Ruß ins Gesicht, zog ein zusätzliches Tuch über den Kopf, trat mit dem Torfkasten hinaus und sah das alte Frachtboot der Handelsstation die Landzunge umrunden und am Schwedenkai anlegen.

Sie setzte den Torfkasten ab und ging ruhigen Schrittes hinunter, während ihre Augen im Schnee nach Spuren suchten, es gab keine, sie trat hinaus auf den Kai und sah den Offizier mit dem Löffel und dem Ei an der Reling stehen und zu ihr heraufblicken. Der Skipper warf die Halteleinen herüber. Ingrid befestigte die Schlingen an den Pollern. Hinter dem Offizier standen vier einfache Soldaten in Uniform, dahinter Lensmann Henriksen, der schon vor dem Krieg ein Unmensch gewesen war und sich nicht dadurch gebessert hatte, dass er daran teilnahm, aber keine Hunde.

Der Offizier kam auf den Kai, faltete die behandschuhten Hände vor dem Bauch und schüttelte sich, die rote Narbe über der Nasenwurzel wurde noch roter, die gutmütigen Augen waren immer noch gutmütig, er sagte, er heiße Hargel, Leutnant Hargel, und lief ein wenig hin und her, während Ingrid die Türen des Schuppens öffnete und das Winterlicht auf die Leichen fallen ließ. Er blickte hinein und sagte mein Gott, drehte sich um und rief den Soldaten etwas zu, die mit Mundbinden und zwei Bahren nacheinander an Land kletterten und die menschlichen Überreste hinauszutragen begannen.

Ingrid zeigte ihnen, wie der Kran funktionierte.

Sie ließen die Toten herunter und legten sie im Bauch des Kahns und an Deck auf Holzpritschen und bestreuten sie mit einem weißen Pulver. Dann hievten sie ein Eisenfass an Land, mit demselben Puver, und bestreuten auch den Boden im Schuppen, dann den Kai und den Kran, sodass es aussah, als hätte sich ein noch weißerer Schnee über den alten gelegt.

Der Offizier sagte etwas, unterstrich seine Worte mit einer Bewegung seiner behandschuhten Hände und gab ein brausendes Geräusch von sich, Ingrid glaubte zu verstehen, dass sie ein paar Tage warten sollte, ehe sie alles wegspülte. Sie sah, dass es jetzt von dem zerschossenen Dach heruntertropfte, und wusste, dass sie bis zum Frühjahr warten würde, bis zum Sommer, falls sie überhaupt jemals wieder hier hineingehen sollte, drehte sich dann zu Henriksen um und berichtete von der Leiche in der Scheune.

Henriksen, der Offizier und zwei Soldaten folgten ihr hinauf.

Ingrid hatte die Uniform über den Toten gebreitet, und die Pferdedecke. Hargel bat um Licht. Ingrid zog die Bolzen heraus und öffnete die Luke, durch die sie für gewöhnlich das Heu hievten. Die Soldaten zogen die Leiche hervor und wollten sie untersuchen. Hargel schob sie beiseite und ließ sich wie ein Arzt auf ein Knie herunter. Ingrid sah in eine andere Richtung und hörte Wörter wie Frost, ertrunken, Gewalt …

Ob sie ihn hier gefunden habe?, fragte Henriksen.

»Ja.«

»Da musser ja noch gelebt haben?«

»Ja«, sagte Ingrid, aber er sei tot gewesen, als sie ihn gefunden hatte.

Er fragte, wieso sie nicht Bescheid gegeben habe.

Sie sagte, sie habe doch Bescheid gegeben, und drehte sich zu Hargel, der wieder aufgestanden war und auf Norwegisch sagte, er glaube nicht, dass der Mann Deutscher sei, da er mit den gleichen Fetzen wie die anderen bekleidet sei, die Uniform liege ja bloß auf ihm, wie eine Decke.

Der Lensmann dolmetschte, und Hargel zog Ingrid ins Licht, musterte sie eingehend und sagte etwas, das erst bedrohlich klang, als Henriksen es übersetzte.

Er habe keine Uniform getragen, wiederholte sie.

»Wieso hast du's nicht gemeldet?«, wiederholte Henriksen.

Ingrid fragte: »Biste schwerhörig?«

Henriksen wurde rot, und Hargel blickte interessiert erst sie und dann ihn an. Mit derselben erstaunlichen Ruhe sagte Ingrid, dass es ihr das Wetter unmöglich gemacht habe, noch früher Bescheid zu geben.

Die Soldaten legten den Toten auf eine Bahre und trugen ihn hinaus. Die anderen traten auf den Hofplatz, Hargel hielt weiterhin die Uniform in den Händen, konnte kein Ende finden, stülpte die Taschen um und fand Papier, das sich aufgelöst hatte, interessierte sich für jede Kleinigkeit, hielt eine Brille mit nur einem Glas in der Hand und spähte hindurch.

Ingrid fragte, ob sie Kaffee wollten?

Hargel lehnte ab und fragte, ob sie wisse, welchen Rang dieser Offizier bekleidet habe?

Nein.

Hatte sie nicht erkannt, dass er Oberst war?

Nein.

Er sagte noch einen Satz, und Henriksen fragte, was sie mit Nein gemeint habe.

Ingrid sagte, sie habe keine Ahnung von deutscher Rangordnung.

Hargel schien unschlüssig zu sein und wollte wissen, ob sie eine Waffe habe.

Ingrid nickte, ging hinein und holte die Krag, das Harpunengewehr und die Flinte. Hargel untersuchte sie, sagte, der Besitz von Waffen sei verboten, und reichte sie einem der Soldaten, der vom Boot zurückgekommen war.

Ingrid sagte, sie hätten immer Waffen gehabt, sie schössen Adler, Schweinswale, Nerze …

Hargel fragte, ob sie auch damit umgehen könne.

Ja.

Mit dem da auch?, sagte er und deutete auf das Harpunengewehr.

Ja.

Er schüttelte den Kopf und sagte etwas zu Henriksen, der übersetzte, sie solle auch alles holen, was an Munition vorhanden sei.

Reicht für ’nen ganzen Krieg, dolmetschte der Lensmann, als sie mit den beiden Munitionskisten und den Harpunen wieder herauskam.

Darauf folgte eine längere Erläuterung auf Deutsch, und Ingrid fiel plötzlich auf, wie alt Henriksen aussah, vornübergebeugt, schwer atmend und hustend, ein blasser Abglanz der Autorität, die er einst gewesen war, sie fragte sich, ob das etwas bedeuten könnte.

Hargel trat dicht an sie heran, zog den Handschuh aus und spuckte auf einen seiner kurzen Finger, fuhr damit über ihre Wange und starrte auf den Ruß.

»Die Frauen haben Angst«, murmelte er philosophisch auf Deutsch und wischte sich den Finger an der Uniform ab. »Eine Beleidigung.«

Er wandte sich wieder an Henriksen, und Ingrid hörte Wörter wie Feuer und Radio und sagte gleich, dass sie kein Radio habe, und verharrte in einer Art Habachtstellung, bis Hargel ihr noch eine Frage stellte, ob sie da allein wohne.

Ja, die Tante sei im Krankenhaus, und die Männer bei den Lofoten.

Also nur Sie?

Ja.

Wovon leben Sie?, fragte er und blickte südöstlich über die weißen Gärten.

Ingrid verstand die Frage nicht.

Er fragte, ob sie hier während des ganzen Krieges gelebt hätten.

Ingrid sagte, sie hätten hier immer gelebt.

Er ließ den Blick über die Häuser gleiten und sagte einen Satz mit »schreckliche Armut«.

Henriksen lächelte.

Ingrid sagte, sie wolle ihnen etwas im Bootshaus zeigen, und führte sie hinunter, die zusammengelegten Fetzen, die wollten sie doch wohl auch mitnehmen?

Das sei Gefangenenkleidung, sagte der Lensmann.

Ingrid horchte auf.

Hargel fragte, wo sie die denn gefunden habe.

Ingrid nannte den Fundort für jeden Fetzen, doch als es übersetzt wurde, verloren sie das Interesse. Hargel lief über den Ebbestreifen zum Kai hinüber, dann schien ihm etwas einzufallen, er drehte sich um und rief etwas.

Der Lensmann drehte sich zu Ingrid und sagte, sie könne das Harpunengewehr behalten, doch die Flinte und die Krag müssten sie mitnehmen, auch die Munition.

Ingrid nickte und fragte, ob nur Gefangene an Bord des Schiffes gewesen wären. Henriksen fragte, ob sie eine Idiotin sei. Die Soldaten kamen und gaben ihr zwei Papierbögen, einer mit *Verordnung für Zivilisten in der Besatzungszone* …, den anderen hatte sie noch nie zuvor gesehen. Ingrid faltete sie zusammen und begleitete die Soldaten zum Kai, wollte die Tampen lösen, wurde aber von einem »Warte mal« davon abgehalten. Hargel stand zwischen den Leichen an Deck und rief zu ihr herauf:

»Haben Sie keine Tiere?«

»Nein.«

Er nickte.

»Und wie viele Boote?«

»Vier«, sagte Ingrid.

Er nickte und gab mit dem Finger ein Zeichen. Sie löste die Tampen und blieb wieder in der selben Habachtstellung stehen, bis sie rückwärts vom Kai abgelegt hatten und in Richtung Dorf davonfuhren, Ingrid überlegte, wieso sie die Leiche aus der Scheune nicht zu den anderen in den Schuppen gebracht und die Uniform verbrannt hatte, warum Hargel nicht wissen wollte, ob sie ein Boot gefunden oder nach einem gesucht hatte, ohne Boot kam doch niemand lebend hier herüber. Sie dachte an das Gespräch zurück und an die Spuren, die sie im Schnee immer noch nicht finden konnte, und fragte sich, ob sie Gewalt oder *keine* Gewalt gehört hatte, ob ertrunken oder *nicht* ertrunken, und schließlich begriff Ingrid, dass die Männer zurückkommen würden, unabhängig davon, was sie gesagt hatten und was Ingrid verstanden hatte, es hatte etwas mit dem zu tun, was sie bei Henriksen spürte.

An diesem Abend wagte sie sich nicht nach Gjesøya, das Wetter war zu strahlend und die Dunkelheit zu hell. Mit dem Fernglas lag sie im Südsaal und spähte zu den Inseln hinüber und dachte, jetzt ist nichts zu erkennen, jetzt kann ich rudern, blieb aber dennoch liegen und schlief dann ein.

12

Sie hatten das Fass mit dem weißen Pulver dagelassen. Ingrid füllte einen Eimer und verstreute das Pulver über die Dielen des Heubodens. Eine Weile nachdem die Ebbe eingesetzt hatte, lief sie hinüber nach Karvika und starrte in die Wogen, dort, wo das Boot versunken war. Sie konnte nichts erkennen, wartete, bis der Wasserstand seinen niedrigsten Punkt erreichte, und sah noch immer nichts.

Aber der Tag war und blieb zu hell, um hinüberzurudern.

Sie schleppte die Lumpen vom Bootshaus zur nördlichen Landzunge, verbrannte sie und schippte die Asche ins Meer. Der Wetterumschwung blieb aus. Ingrid befand sich in einem Fernglas. Jemand beobachtete sie. Als der Abend herabsank, ließ sie schließlich den Kahn zu Wasser und ruderte im Windschatten von Barrøy in einem rasenden Tempo südwärts nach Gjesøya, vertäute den Kahn in der Felsspalte und lief zur Wiese hinauf, wo sie zwei Spuren entdeckte, dünne Eisflächen in feuchten schwarzen Löchern, die zu ihr heraufstarrten – beide führten weg von der Scheune und nördlich über das Gelände, eine davon zeigte deutliche Fußabdrücke, die andere sah aus wie eine Schleifspur.

Sie folgte den Spuren nach Norden, rannte, bis sie begriff, dass er in Panik geraten war und zu schwimmen versucht hatte, er hatte es nicht geschafft und trotzdem überlebt.

Ingrid machte auf dem Absatz kehrt, lief zurück und riss die Tür auf.

Es sah aus, als ob er schlief, doch er wurde nicht wach, als sie ihn schüttelte, er war nass bis auf die Haut, mit Eis in den Kleidern. Sie hörte Atemzüge, ein Glucksen, und spürte Fieber, er sagte etwas und wand sich, fuchtelte mit einem Arm herum, öffnete aber nicht die Augen.

Ingrid schrie, rollte ihn vom Flickenteppich, legte den Teppich auf den Schnee und zog ihn an den Füßen heraus, legte das Federbett über ihn und schleppte ihn hinunter zur Felsspalte, bekam ihn aber nicht ins Boot hinein. Abermals rollte sie ihn herum, legte den Flickenteppich zusammen mit dem Federbett in den Achtersteven und richtete Alexander halbwegs auf, verschränkte die Arme hinter seinem Rücken, hievte sich hoch und fiel zusammen mit ihm in das Boot und spürte einen Schlag auf den Hinterkopf.

Sie deckte ihn mit dem Federbett zu und ruderte heimwärts durch ein Meer aus Zeit und vertäute am Schwedenkai, bekam ihn aus dem Boot und schleppte ihn hinauf ins Haus, wo sie ohnmächtig wurde.

Als sie erwachte, lag er da und blickte auf sie herunter. Sie glaubte, so etwas schon früher einmal erlebt zu haben. Sie spürte, dass sie heiß war, gefährlich heiß. Er murmelte etwas, die feuchten Augen sahen aus wie kurz vor dem Erlöschen.

Ingrid kämpfte sich hoch, zog ihn aus und trocknete ihn mit festen Händen ab, der ermattete Körper rief ein Gefühl von Unheimlichkeit hervor. Sie stieg hinauf in die Mansarde und holte Zeichenblock und Bleistift, drückte alles in seine Hände, knetete ihn mit den Handflächen und schlug ihn mit den Fäusten, nannte ihn einen Idioten, der nicht warten konnte, ein Kind, das es nicht auszuhalten schaffte, das ihr nicht vertraute … Sie lief wieder hinauf und holte noch ein Federbett, fuhr fort, ihn zu kneten und zu schlagen, bis sie selbst verschwand, und dort wurde sie drei Tage später gefunden.

II

1

Als Ingrid in dem weißen Zimmer die Augen aufschlug, wusste sie, dass sie zurück nach Barrøy musste, um den Verstand wiederzufinden. Um den Mann wiederzufinden. Um die Kindheit und das Leben wiederzufinden, alles, was sich auf Barrøy befand, einer leeren und öden Insel im Meer, und dennoch wirkte der Gedanke so fremd, dass ihn ein Außenstehender in ihr eingeschlossen haben musste.

Nicht zum ersten Mal schlug sie in dem weißen Zimmer die Augen auf, das hatte sie schon vor einer Woche getan, und sich ans Fenster gestellt und hinausgeblickt auf ein schneebedecktes Feld, das einem frisch geplätteten Laken glich, umkränzt von Bäumen, in Reih und Glied wie Soldaten, mit einer perfekten kegelförmigen Fichte in der Mitte, sie ähnelte einem schwarzen Zahn und wartete darauf, geschmückt zu werden, denn es war Weihnachten, sowohl im Krankenhaus als auch davor.

Ingrid hatte mit Ärzten und Schwestern und einem alten Mann geredet, der jeden Tag in ihr Zimmer kam, um sauber zu machen, worüber er sich aber schämte und was er nur tat, weil seine Frau krank war und sie das Geld brauchten, sagte er. Und stets saß er in dem einzigen Sessel und sah hinaus auf dieselbe Fichte, während er erzählte, dass die Weiberarbeit ihm nichts ausmache, da die Verrückten hier im Haus freundlicher seien als seine Arbeitskameraden unten im Hafen – die hätten es nämlich auf ihn abgesehen, weil er zu alt wäre, um einen Sack Kaffeebohnen aus dem Bauch des Schiffes über die schwankenden Planken und ins Lager zu tragen, das war, bevor er gestürzt sei.

Ingrid wusste, dass sie nicht verrückt war, weil sie begriff, dass *er* es war, auch wenn sie hier Patientin war, genau wie er. Er war erschöpft, krummgebeugt und beinahe kahlköpfig, und er kam nicht, um sauber zu machen, sondern um sich davonzustehlen, und er hatte sich Ingrid ausgesucht.

Sie erhob sich vom Bett und wollte ihm eine Hand auf die Schulter legen, er hatte diese riesigen Hände, genau wie ihr Großvater. Aber die Geräusche des Meeres wollten nicht verschwinden, es würde niemals wieder sauber werden, die Blitze zuckten hinter den Augenlidern, doch da hatte er schon ihre Fingerspitzen zu fassen bekommen, um sie zu behalten, so wie ein Kind die Hand eines Erwachsenen hält; sie spürte, dass es sich sowohl ekelhaft als auch gut anfühlte, dass er ein Mensch war und dass sie ihm vertrauen konnte.

Ingrid öffnete in dem weißen Zimmer die Augen, und ihr fiel ein, dass man sie dehydriert genannt hatte, dass sie nicht wusste, was das bedeutete, dass sie ausgehungert und zerschlagen war und dass sie etwas erlebt hatte, das sie vergessen sollte, etwas, das dennoch zu ihr zurückzukommen drohte, also musste sie lernen, es zu ertragen, hier im Haus konnten sie nicht entscheiden, ob Vergessen und Erinnerung zwei Seiten derselben Sache waren, deshalb war sie hier.

Sie bekam Mahlzeiten und Medizin, drückte auf Gummischläuche, blinzelte, als sie fragten, ob sie verstehe, was sie sagten, betete die Namen von Eltern und Großeltern herunter, sagte au, als sie sie mit Nadeln stachen, und nickte, als sie mit kleinen Gummihämmern auf eine Stelle unterhalb der Kniescheibe schlugen … Vom Fenster aus konnte sie ein elektrisches Kabel sehen, das sich wie ein schwarzer Wurm durch den Schnee schlängelte, vom Haus, in dem sie sich befand, bis zu der kegelförmigen Fichte, an der sie an einem grauen Wintertag dreiundzwanzig Lichter zählen konnte, in der ganzen Stadt der einzige Weihnachtsbaum mit elektrischer Beleuchtung, an seiner Spitze leuchtete ein Stern, der plötzlich erlosch.

Sie sagten, sie müsse mehr essen, und sie aß.

Sie forderten sie auf, durch die Gänge zu gehen und die Knie zu heben, denn sie war ja keine Greisin und hatte somit keinen Grund, wie eine solche herumzuschlurfen. Sie lief Treppen hinauf und hinunter und sprach mit Menschen, die sie von Tag zu Tag wiedererkannte, und fror in den dünnen Kleidern. Ohne Hilfe fand sie zurück in ihr Zimmer und schlief und nahm den Alten hin, der bei ihr sitzen wollte, stumm und gedankenverloren wie eine Mumie.

»Sieh!«, sagte er plötzlich, zum Fenster gewandt. »Jezz geht alles zur Hölle!«

Er stand auf, lief heulend hinaus und verlor sich wie ein Erdrutsch in den Korridoren. Ingrid kroch aus dem Bett, schob die Füße in die Latschen und konnte vom Fenster aus zwei Männer sehen, die eine Leiter durch den Schnee trugen und an den Baum lehnten, sah, dass der eine stehen blieb und sie festhielt, während der andere hinaufkletterte und eine Glühbirne in dem Stern auswechselte, der – als er angezündet wurde – die Leiter und die beiden Männer wie einen Buchstaben aussehen ließ, der nicht Ingrids war, und die Angst hämmerte wie ein Stempel durch sie hindurch.

Sie sagte zu dem Arzt, dass sie den Alten nicht länger in ihrem Zimmer haben wolle, er ähnele ihrem Großvater. Der Arzt sagte, er sei nicht gefährlich, weder für sich selbst noch für sie.

»Er macht mir Angst.«

»Und wieso?«

»Er is tot.«

Der Arzt fragte, wann der Großvater gestorben sei, und auf welche Weise.

Ingrid erzählte, und der Arzt blieb sitzen und nickte, bis ihre Stimme zu einem Brei aus Tönen wurde und das Unbehagen verschwand, das konnte er ihr ansehen, konnte *sie* ihm ansehen, schlimmer war es nicht.

Aber dann stand er nicht auf und verließ sie nicht, wie sonst üblich in klaren Augenblicken wie diesem, sondern blieb sitzen und wand sich, beklommen, weil er, wie er sagte, etwas gestehen müsse.

Ingrid blickte ihn interessiert an.

Er habe ihr die Geschichte über die Leichen nicht geglaubt, niemand hatte von diesem Schiffbruch gehört, er habe deshalb angenommen, dass es auf einer Zwangsvorstellung beruhe oder etwas, das er Psychose nannte, im besten Fall ein Albtraum, aber gestern habe er in ein paar alten Zeitungen geblättert und das hier gefunden, es stamme vom Telegrammbüro.

Er zog eine ausgerissene Seite hervor und legte sie ihr in den Schoß. Ingrid las: »Deutsche Schiffbrüchige am 27. November bei Rosø von britischen Flugzeugen beschossen … Untergang des deutschen Dampfschiffes Rigel, Überlebende berichten, dass die britischen Flugzeuge auf Rettungsboote und Gerettete am Strand geschossen hätten … Dadurch ist bewiesen, wie planmäßig britische Flugzeuge auf deutsche Schiffbrüchige schießen.«

Die Meldung war drei Zentimeter breit und kaum höher als sechs oder sieben Zentimeter, vom 7. Dezember, das war drei Wochen her, nicht eine Zeile berichtete von der Anzahl der Überlebenden, auch nichts über Russen, hatte Ingrid über Russen gesprochen?

Ingrid konnte Meeresströmungen und Winde und alle Inseln und Schären zwischen Rosøy und Barrøy vor sich sehen.

»Se sind weit weg, das sind viele Meilen …«

»Was?«

Sie antwortete nicht.

Es gebe nur die eine Meldung, sagte der Arzt, er habe überall gesucht, glaube aber trotzdem, dies könne darauf hindeuten, dass das, was sie gesehen und erlebt hatte, etwas sei, das er Realitäten nannte.

Ingrid sah ihn lange an.

Er fragte, ob sie verstehe?

Sie fragte, ob sie allein gefunden worden sei.

Er sagte ja, wirkte aber unsicher und schien sich darüber zu bekümmern, dass sie wieder in Gedanken versunken war. Und sie wollte fragen, wie viel Boote auf Barrøy gewesen seien, als man sie gefunden hatte, begriff aber, dass er kein Inselmensch war. Dann sagte er, in ihrer Krankenakte sei verzeichnet, dass ein Lensmann Henriksen und ein Leutnant Hargel sie gefunden hätten, während eines Routineauftrags.

Sie bat ihn, die Akte lesen zu dürfen.

Er sagte nein, saß da, trommelte mit den Fingern auf der Akte herum und sah mit ihr zusammen auf den Weihnachtsbaum hinaus, der wieder mit dreiundzwanzig Lichtern und einem Stern erstrahlte, woraufhin er dann doch die Akte öffnete und murmelte, sie könne sie genauso gut lesen, es sei nichts Schlimmes mit ihr, nicht so wie bei ihrer Mutter, er habe auch sie behandelt; im Gegenteil, alles deute darauf hin, dass Ingrid vom Krieg getroffen sei, wie so viele andere, zum Beispiel werde gerade Finnmark evakuiert, wo die Deutschen einen ganzen Landesteil in Schutt und Asche legten; die Menschen kämen mit Schiffen und Booten in den Süden, schon jetzt habe er viel zu viele von ihnen hier untergebracht und würde gern eine Diagnose stellen, die Krieg lautete, sodass in seinen Unterlagen so etwas wie eine Wahrheit stehen könnte.

Ingrid las Albert Emil, die Vornamen von Leutnant Hargel, und wusste, dass er mit einer ganz anderen Absicht in ihr Dasein eingedrungen war, als ihre Waffen zu beschlagnahmen und die Leichen abzutransportieren, doch sie wusste nicht, welche Absicht das war. Auch begriff sie, dass sie dem Arzt von den Russen erzählt hatte, wusste aber nicht mehr, ob sie von *ihrem* Russen erzählt hatte; sie fragte, wie sie ausgesehen habe, als sie hierher gekommen sei, und musste die Frage wiederholen, ehe er schließlich murmelte:

»Leicht verletzt, wie vielleicht durch einen Sturz, von einer Treppe?«

Das Meer würde nicht wieder sauber werden, aber die brennenden Blitze waren fort, und die fremden Buchstaben, und Ingrid hatte keine Schmerzen. Sie durfte den Zeitungsausschnitt behalten und sich an ihm festklammern wie an einer Boje, obwohl dort deutsche Truppen stand und kein Wort über Russen. Aber als sie die Leichenteile geholt hatten, hatte sie Henriksen von Russen reden hören, wodurch es allerdings nicht glaubwürdiger wurde, und sie hatte Gefangenenkleidung gefunden, mit Holzwolleknäueln, die die Wärme hielten, Menschen ohne Namen und ohne Gesichter, mit einer Ausnahme, und vielleicht war auch *das* ein Gedanke, der von außen kam, sofern sie ihn nicht in sich selbst hatte, sein Gesicht; jetzt sah sie es wieder vor sich, aber weiter nichts.

2

Es wurde gesagt, Ingrid sei stark und zeige Anzeichen von Besserung, und das schienen sie tatsächlich auch zu meinen, sowohl Personal als auch Mitpatienten, letztere glaubten, sie wäre dort angestellt.

Der niemals lächelnde Arzt fuhr fort, sie freundlich zu vernehmen, und nannte sie eine bemerkenswerte Frau, eine Formulierung, die Ingrid näher erklärt haben wollte. Er wirkte beschämt und murmelte etwas Unbestimmtes, daher beschloss sie, größtes Gewicht auf Frau zu legen, etwas, das sie zum Lächeln brachte, und das war sie nicht gewohnt, also hielt sie inne und neigte den Kopf, in einer Art Scham, sofern sie nicht abermals von einer Erinnerung berührt wurde, einem vagen Schatten, oder vielleicht geschah das auch nur, um den Bleistift aufzuheben, der ihr aus der Hand gefallen war, als das Lächeln sie überkam.

Er fragte, was sie schreibe.

Ingrid schrieb einen Brief und wollte ihn dem Arzt zeigen. Er schüttelte den Kopf und sagte, sie werde bald zu einem Leben zurückkehren, mit dem das Krankenhaus nichts zu schaffen habe, bevor er den Brief schließlich doch lesen wollte; er war für Suzanne, die einst eine Tochter für Ingrid gewesen war, sie aber auch verlassen hatte.

Er fragte, ob er den Bleistift ausleihen dürfe.

Sie reichte ihn ihm.

Er machte ein paar Anmerkungen und las zu Ende und sagte, dass Ingrid zu streng zu den Menschen sei, die sie liebhabe, noch immer ohne zu lächeln, und dass es ein paar Schreibfehler gebe, die er sich zu korrigieren erlaubt habe.

Ingrid lächelte und sagte, dass ihr keine Schreibfehler unterliefen, das sei schon in der Schule so gewesen. Er griff erneut nach dem Bogen und gab ein paar anerkennende Brummtöne von sich, wiederholte, dass er sie für eine bemerkenswerte Frau halte, und fügte hinzu – während sie seine Striche ausradierte und den Brief zusammenfaltete –, dass sie intelligent sei, allerdings mehr auf intuitive als auf reflektierte Art, und das verwirre ihn.

Ingrid lachte und fragte, ob er vielleicht der Verrückte sei.

Noch immer lachte er nicht, blieb aber sitzen, es gab noch etwas, das er mit ihr besprechen wollte: Er habe etwas Geld entgegengenommen, das für sie bestimmt sei, und einen Brief von dem Pastor aus ihrem Heimatdorf, ein Johannes Malmberget. Er habe ihn ihr nicht früher geben wollen, aus Furcht, sie in alldem noch mehr zu verwirren, es sah nämlich so aus, als hätte dieser Pastor Geld von ihrem Vater geliehen und wollte nun um Vergebung bitten, weil er in all den Jahren nach dem Tod des Vaters gehofft hatte, dass sich niemand mehr daran erinnerte, und nun wollte er alle Schuld begleichen, das stehe in dem Brief.

Der Arzt sagte, er halte das für odiös.

»Odiös?«

Er erklärte, was odiös bedeutete, und Ingrid schloss die Augen: Der alte Ortspfarrer, der bei Kriegsbeginn verschwunden war, mit einer jungen Frau und zwei fast erwachsenen Kindern, eine undeutliche und rätselhafte

Figur, die auch früher schon in Ingrids Leben eingegriffen hatte, auf ganz entscheidende Weise. Nun sah sie ihn abermals verschwinden, wie damals, und sagte, dass sie wissen müsse, wie viele mit dem Schiff untergegangen seien.

»Sie sind sprunghaft«, sagte der Arzt. »Welches Schiff?«

»Die Rigel.«

»Ja, nein, Verlustzahlen werden niemals angegeben.«

Außerdem sei das etwas, das sie vergessen sollte.

Er stand auf, hielt sich mit einer Hand am Kopfende des Eisenbetts fest und wiederholte, dass Ingrid nicht so streng sein dürfe, wenn sie wollte, dass Suzanne zurückkäme. Außerdem möge sie doch den alten Ingvaldsen bei sich sitzen lassen, denn wenn sie erst weg wäre, könnte der Alte nirgendwo hingehen, er würde sich ohnehin an nichts erinnern, und das sei gut so.

Ingrid fragte, was mit ihm geschehen sei.

»Fragen Sie ihn«, sagte der Arzt.

Ingrid blickte ihn an. Er sagte:

»Als die Stadt bombardiert wurde, hat er Frau und drei Söhne verloren, und einen Bruder, sie mussten ihn aus den Ruinen ausgraben, seitdem ist er hier.«

Ingrid dachte, dass das eine Erklärung sei, es aber noch mehr geben müsste, nicht weil es nicht genug war, sondern weil immer noch etwas anderes sein muss, ansonsten ist gar nichts, aber das schaffte sie nicht, in Worte zu fassen, wie klar auch immer sie es vor Augen hatte, diese Schatten, die in ihr aufstiegen und versanken. Sie bedankte sich dafür, dass er es ihr erzählt hatte, der Alte sollte hier sitzen bleiben und dem Großvater ähneln dürfen, mit den gleichen mächtigen Händen, Händen, die nicht verschwinden konnten.

Ingrid schlug in dem weißen Zimmer die Augen auf und sah vom Fenster aus, wie die dreiundzwanzig Lichter und der Stern am Baum von einem schwarzen Tag aufgesogen wurden – um dann ganz zu erlöschen, so langsam, dass sie unsicher wurde, ob sie wirklich verschwunden waren, sie konnte sie noch immer sehen, es war Januar geworden.

Der Regen peitschte gegen die Fenster, der Schnee verschwand, ein ewigwährendes Heulen hallte in den Lüftungsschächten wider. Ingrid kroch aus dem Bett und stellte sich auf die Zehenspitzen, um die Luke zu schließen, als die Tür aufging und Ingvaldsen mit einem Pflaster auf dem rasierten Schädel hereinkam, sich vor dem Fenster in den Sessel setzte und auf die Lichter hinaussah, die es nicht mehr gab. Ingrid trat zu ihm, riss ihm das Pflaster ab und sagte, dass er es nicht brauche, er habe keine Wunden, es seien die Gedanken, die sich in Schieflage befänden, die Nerven. Er lächelte verschmitzt und sagte, das wisse er sehr wohl, und dennoch verweigerten sie ihm das Pflaster nicht, die guten Menschen.

Ingrid klebte das Pflaster wieder auf und fragte, ob es richtig sitze.

»Ja ja«, sagte er, nachdem er es mit den Fingerspitzen kontrolliert hatte, dann presste er das Gesicht abermals ans Fenster, legte die Hände darum und glotzte in das Wasser hinein.

»Da gibs doch gar nix zu sehen«, sagte Ingrid.

»Jau«, sagte er. »Ich seh was.«

»Wassen?«

»Kuck selber.«

Ingrid wandte ihm den Rücken zu, setzte sich auf die Bettkante und ließ sich zurückfallen, sodass ihr Oberkörper auf der anderen Seite zum Fußboden hinuntersank, schwang sich wieder hoch, streckte dabei den rechten Arm aus und zog an der Schnur und blieb in derselben gebogenen Stellung liegen, bis die Tür aufging und eine der Krankenschwestern hereinkam, sie hieß Eva Sofie. Mit einer Stimme, die sie selbst erstaunte, fragte Ingrid, ob sie Kaffee bekommen könnten.

»Das is hier aber kein Restaurant«, sagte Eva Sofie beleidigt und wollte wieder gehen. Dann aber entdeckte sie auf dem Nachttisch das Tablett mit den Frühstücksresten, nahm es an sich und sagte im Hinausgehen, dass Ingrid ins Schwesternzimmer gehen und selbst nach Kaffee fragen könne.

Ingrid bedankte sich, stand aber nicht auf und sagte mit derselben fremden Stimme, es sei der siebte Januar. Eva Sofie blieb stehen und lächelte verdrießlich, trat an die Tafel neben dem Fenster, balancierte das Tablett auf den Fingerspitzen der linken Hand und kreuzte in einer Spalte Tage und Stunden und Details an, die Ingrid sich merken sollte, und nicht vergessen, dieses Leben, das ihr nicht nur verriet, wer sie gewesen war, sondern auch, wer sie jetzt war, sodass sie sich selbst aushalten könnte, es sah aus wie ein vollgeschriebenes Kreuzworträtsel.

Eva Sofie murmelte ja ja und gut, ließ den Bleistift an der losen Schnur herunterbaumeln und ging hinaus, mit Ingrid auf den Fersen.

Im Schwesternzimmer bekam Ingrid zwei Tassen Kaffee, sprach freundlich zu den vieren, die dort saßen, kannte ihre Namen, und schien beinahe zu tänzeln, als sie mit einer Tasse in jeder Hand durch den Korridor zurücklief, wandte sich mit dem Rücken Tür 27 zu und schob sie mit dem Hintern auf und sah im nächsten Augenblick ein rotes Flackern an der Wand vor sich, im Korridor, und wurde dagegen geworfen von einem gewaltigen Krachen und einem Sturm aus zerbrochenem Glas.

3

Ingrid schlug die Augen auf, in einem neuen und ebenso weißen Zimmer, jetzt aber lag sie auf dem Bauch und hatte Schmerzen im Rücken und am Hinterkopf, von den Glasscherben, die sie mit einer Pinzette aus ihr herausgepflückt hatten. Sie hatten sie wieder zusammengeflickt, mit vielen kleinen, schwarzen Kreuzstichen, die Ingrid in zwei hochgehaltenen Spiegeln sehen konnte, aber es war derselbe Arzt.

Er fragte, ob sie ihn hören könne, sie blinzelte ein Ja.

Er beschrieb ihr ein scheußliches Detail nach dem anderen, noch immer konnte sich Ingrid bis an die Grenze des Unerträglichen daran erinnern, und erst dann berichtete er, dass ein Schneepflug auf einen Blindgänger aufgefahren sei, so einer von damals, als es Bomben über der Stadt geregnet hatte. Der eine Krankenhausflügel sei zerstört, zwei Tote und elf Verletzte.

Ingrid schrie in ihr Kissen:

»Das warn zu viele!«

Er saß auf einem Stuhl direkt vor ihr, sie konnte ihn sehen, wenn sie den Kopf hob. Wie zu einem Kind sagte er ganz ruhig, mit einer seltenen Wertschätzung in der Stimme, dass sie gar keinen Schnee hatten räumen wollen, sondern nur das Auto woanders hinstellen, und ihre Schrammen an Kopf und Rücken würden verheilen.

Ingrid presste das Gesicht in den steifen weißen Stoff, den gesegneten und reinen, und fragte nach Ingvaldsen, las aus dem Schweigen des Arztes, dass der Alte zu den Todesopfern gehörte, und schloss wieder die Augen.

Sein Stuhl rückte näher, seine Hände umfassten ihren Kopf und zwangen ihn wieder hoch.

Er sah prüfend in ihre Augen, während *sie* in seine blickte und mit der größten Selbstverständlichkeit wusste, dass er Falc Johannesen hieß, aber nur Falc, Erik Falc, genannt werden wollte, weil er einen Bruder hatte, der ebenfalls Arzt war und mit dem er unter keinen Umständen verwechselt werden wollte, wie er ihr einmal anvertraut hatte, als er gelächelt hatte, da der Bruder zu einem Deutschen geworden war.

Und murmelte gleichzeitig, dass sie sich nun bald an mehr erinnern würde.

Ingrid wollte protestieren – erwachte aber auf dem Fußboden vor der Küchenbank auf Barrøy und sah seine Hand über ihrem Gesicht herunterhängen, um es zu berühren – wie eine Frage.

Sie nahm die Hand und stand auf, verspürte ein steifes, fernes Gefühl in jeder Zelle, und zusammen gingen sie hinauf und lagen nebeneinander im Nordsaal und lauschten den Atemzügen des anderen. Sie schliefen und erwachten und hatten kein Fieber, sie blieben liegen, und mehr gab es nicht zu sagen, keine Vertraulichkeiten oder Überredungsversuche, keine Gebete, sie waren eine stumme und verschlossene Gemeinde an diesem vorletzten Tag.

Sie stand auf und bereitete das Essen, sie aßen und lagen zusammen und schliefen.

Sie fragte, warum er nicht auf dem Heuboden auf Gjesøya bleiben könne. Aber ihre Körper waren heiß, sie lagen weiter nebeneinander, Stunde um Stunde, und wussten, was geschehen musste. Er schlich aus dem Bett und zog sich an, ging hinunter und kochte Essen und rief durch das Loch im Boden herauf, dass sie aufstehen und sich anziehen solle, es war nicht zu missdeuten.

Sie tat es langsam, um sich keine Bewegung entgehen zu lassen, die Art, sich anzuziehen, einen Knopf zu knöpfen, ein Band zu binden, das Haar vornüber zu werfen und in drei Flüsse zu teilen, geflochten mit Fingern, die wissen, was sie im Dunkeln tun, sie küsste das äußerste Ende des Haarbüschels, das einem Besen ähnelte, und warf es zurück auf den Rücken, mit einer Bewegung, die ganz Ingrid selbst war.

Als sie herunterkam, saß er da und starrte auf die Papiere, die der Soldat ihr gegeben hatte, nachdem ihre Waffen konfisziert worden waren, er schien zu verstehen, was er da las, und hielt inne, als sie kam.

Abermals fragte sie:

»Deutsch?«

Er schüttelte den Kopf – ein Russe, der in einem von den Deutschen besetzten Land Deutsch sprechen konnte, war wesentlich wahrscheinlicher als ein Deutscher, der in demselben Land Russisch sprach, das sagte sie laut, und wieder schien er jedes Wort zu verstehen.

Nachdem sie gegessen hatten und Ingrid mehr davon tun wollte, was ihr entsprach, oder so sein wollte, wie sie einst gewesen war, hielt er sie zurück und sagte Leningrad und Akademie und Ingenieur, er hatte es zuvor schon einmal gesagt, jetzt fraß es sich in sie hinein wie ein

Glaube und eine Überzeugung. Sie setzte sich und legte den Zeichenblock aus Schultagen auf den Tisch, mit Kiefernzapfen, die Muscheln ähnelten, Blumen, Booten und Bergen, und er schrieb 22, das konnte sein Alter oder sein Geburtsjahr sein, es kam auf dasselbe hinaus, und obwohl der Weg nicht verlängert werden konnte, bat sie ihn, mehr zu schreiben.

Er nahm den Bleistift in die linke Hand, hielt ihn wie einen Pfeil, auf ein Ziel gerichtet, drückte die Spitze auf den Bogen und schrieb Zeichen, die sie weder deuten noch aussprechen konnte, eine langsame Zeile, dann noch eine, wie man in seiner Muttersprache schreibt, dachte Ingrid, und er legte den Bleistift weg, wie einen Schlussstrich unter das Ganze, sofern er nicht vorhatte, alles durchzustreichen.

Sie drehte den Block um und stellte fest, dass jede Zeile mit demselben Zeichen begann, in derselben Reihenfolge, dass er Strophen aus je drei kurzen Linien gebildet hatte, die einander nicht nur ähnelten, sondern identisch waren, Ingrid fragte, was das bedeuten solle.

Er lachte und schob den Block zur Seite.

Ingrid sah ihn so lange an, bis sie das Gesicht zum Fenster wenden musste. Sie sagte, es sei leicht bewölkt und vollkommen ruhig da draußen, *das* war das Signal, nicht die Art, auf die er den Bleistift weggelegt hatte, und er wusste es.

Sie gingen hinauf in die Mansarde und lagen unruhig nebeneinander.

Sie standen auf, zogen einander an, der Rucksack war gepackt, sie hatte ihm alles gegeben, was sie an Geld und Marken hatte, dazu ein Messer und einen Kompass; sie hatte ihm erklärt, dass er damit rechnen musste, weggetrieben zu werden, Richtung und Rhythmus der Wellen zu lesen, vier oder fünf Stunden bis zum Festland, jetzt, da er sowohl rudern als segeln konnte, nachts war es so windstill, dass er rudern müsste.

Sie sagte auch, sie habe ihm all das beigebracht, weil sie hoffte, dass er den Verstand haben würde, zu verschwinden, wenn sie schliefe, nun sei es aber gut, dass er das nicht verstanden oder nicht zu tun beschlossen hatte. Sie schrieb etwas auf den Zeichenblock, riss den Bogen heraus, faltete ihn zusammen und stopfte ihn in die Jacke ihres Vaters, die ihn aussehen ließ wie einen Seebären; darauf stand das, was er benötigte, um Hilfe zu bekommen, von guten Menschen, die sicher verstehen würden, sodass er zu Fuß ein Land und einen Kontinent durchqueren und eines Tages in der Tür seines Elternhauses stehen und seiner Mutter beweisen könnte, dass er am Leben war; all das, was er selbst hätte tun müssen, ihr Geld und eines der Boote stehlen und verschwinden, während sie schlief, weil sie es nicht schaffte, Abschied zu nehmen.

Das schaffte auch er nicht – und deshalb gehen sie nun zusammen schweigend hinunter zum Bootshaus, lassen den Kahn zu Wasser, sein Lächeln ist ein weißer Keil in der Nacht; auf einer Insel rollt sich die Zeit zusammen und steht still, sie haben keine Worte, dort dümpelt der Kahn, der Vollmond leuchtet hell, und abermals muss sie ihm den Axthieb auf dem zerklüfteten Festlandsrücken zeigen, gerade erkennbar unter Kassiopeias elektrischem Stacheldraht, ehe er in grauem Flaum verschwindet, wie viel Grad auf dem Kompass, die Strömungen, die unter Land die Richtung ändern.

Er nickt.

Es ist unmöglich, einander zu berühren, er steigt an Bord und setzt sich auf die Ruderbank, ein Ruder in jeder malträtierten Hand, er bindet sich die Schnüre ums Handgelenk, so wie sie es ihm beigebracht hat, und beginnt zu rudern, lässt die Ruder ruhen und ruft etwas, rudert weiter. Ingrid hat keine Stimme, sie ist unsichtbar, der Wind hat sich in ein Schneckenhaus verkrochen und bleibt dort die ganze Nacht, nichts passiert und nichts ist gewesen.

Der Arzt, der seinen guten Namen verabscheut, hat schon früher Tränen gesehen, im Großen und Ganzen hat er nichts anderes gesehen, seit er sein Examen ablegte, in einem Fach, das Elend heißt, wie lange mag das jetzt schon her sein? Er kann die Jahre nicht mehr zählen, sogar ein Arzt muss vergessen und sich erinnern, und so bleibt er mehr oder weniger bei Ingrid sitzen, bis sie ihn wieder mit trockenen Augen ansehen kann, sie, die doch glaubte, schon seit Langem ganz leer zu sein.

Ingrid sagt, sie wünschte, dass sie selbst und nicht Ingvaldsen am Fenster gesessen hätte, als der Blindgänger hochging, an diesem Tag ohne Schnee.

Erik Falc glaubt weder an Märchen noch an Gott oder das Schicksal, das sagt er jedenfalls, aber sie solle es als Zeichen betrachten, dass sie noch lebt und weiter leben wird, niemand lebe ohne Grund, allein am Leben zu sein sei bedeutungsvoll, etwas in dieser Art leiert der Arzt herunter. Und Ingrid findet seine Worte schön gesagt, aber auch sinnlos, sie blickt ihn mit einer Verachtung an, die nicht ihre ist, und fragt mit einer Stimme, die ebenfalls nicht ihre ist – und deren Ton sie nicht erträgt –, ob sie versucht hätte, sich das Leben zu nehmen, als sie sie auf der Insel fanden, Lensmann Henriksen und dieser Leutnant, wie hieß er noch gleich, Hargel?

Eric Falc sieht sie erstaunt an und erwidert, dass er das nicht wisse, es ihn aber – durchaus, sagt er – nicht verwundern würde.

Sie fragt, was ihn denn nicht verwundern würde.

Wenn sie versucht hätte, sich das Leben zu nehmen.

Sie fragt, was das heißen soll?

»Sie treiben ein Spielchen mit mir.«

»Nein«, sagt Ingrid.

»Aber Sie werden es nicht noch einmal versuchen«, konstatiert er, und lässt es eher nach einer Garantie klingen als nach einer sinnlosen Hoffnung, und Ingrid fragt, ob das bedeute, dass die beiden Männer ihr *Leben* gerettet haben?

Er sagt, dass er auch dies nicht wisse, und endlich kann sie sich die entscheidende Frage stellen: Fanden sie den Zeichenblock auf ihrem Küchentisch?

Jetzt versteht er gar nichts.

Ingrid schließt die Augen und lässt die dunklen Tage Revue passieren; von dem Moment, an dem sie ins Krankenhaus kam, bis hin zum heutigen Tag, das verzwickte Kreuzworträtsel an der Wand des alten Zimmers, sie kann es auswendig, die leeren Zahlen der Tage, aber sie erinnert sich nicht mehr, ob sie den Zeichenblock mit der russischen Schrift in drei Strophen zu je drei Zeilen noch rechtzeitig verstecken konnte, er befindet sich in diesen zwei oder drei Tagen, die noch übrig sind.

Sie rechnet noch einmal nach, doch sie sind und bleiben verschwunden. Demnach müssen sie sich auf Barrøy befinden, Ingrid muss zurück und danach suchen. Und der Arzt Erik Falc sagt, genau darüber hätten sie ja die ganze

Zeit gesprochen. Ingrid möchte erleichtert aufatmen, oder sich auf Kommendes vorbereiten, doch dann fragt er, wieso sie nicht mit ihm, dem Russen, gegangen sei und ihm geholfen habe, als er die Insel verließ?

Sie spürt ein paar Spinnweben über dem Gesicht und sagt, dann hätten sie Barrøy verlassen vorgefunden und Verdacht geschöpft.

Er sagt, das könne doch wohl nicht die Begründung sein.

Sie senkt den Blick und sagt nein, und das ist das Schlimmste.

»Dass Sie ihm nicht vertraut haben?«

»Ja«, sagt Ingrid und spürt, dass sie sich wieder verstecken kann, dass sie noch immer nicht den Unterschied kennt zwischen dem, was bewahrt, und dem, was vergessen werden muss.

Er legt ihr eine Hand auf die Schulter, blickt sie lange an und geht hinaus, kommt vor dem Schichtwechsel zurück und sagt:

»Morgen werden die letzten Fäden gezogen. Am Freitag können Sie fahren, ich habe Ihnen einen Platz auf einem Flüchtlingstransport besorgt.«

4

Eva Sofie zieht die Fäden und zeigt Ingrid über eine doppelte Spiegelführung, wie ihr Rücken aussieht, kleine hellrote Kreuze auf weißer Haut und der rasierte Hinterkopf, den sie mit gemeinsamen Kräften unter einem neuen Zopf, oder zweien, die sie zusammenflechten, verstecken können, und Eva Sofie sagt, Ingrid solle anfangen, einen Büstenhalter zu tragen, jedenfalls wenn sie in Gesellschaft von Männern ist, wie zum Beispiel auf dieser Reise in den Süden, sie hat diese Boote schon früher gesehen, da herrschen entsetzliche Zustände.

Der tägliche Aufenthalt im Duschraum hat Eva Sofie auf diesen Gedanken gebracht: Jeden Morgen werden Ingrid und zwei ältere Frauen aus derselben Abteilung, Ada und Signy, beide mit langen grauen Haaren, die Grashalmen ähneln, drei Stockwerke hinunter geführt und müssen sich in einer kalten weißen Garderobe ausziehen, wo es ein Echo gibt und sie in einem gefliesten Raum zwischen ein paar schlangenförmigen Stahlrohren stehen müssen und von allen Seiten mit Wasser abgespült werden, das zu heiß ist. Es kommt auch von oben, wie Regen. Eva Sofie nennt es die Brause und betont, wie wichtig es sei, dass sie vier Minuten aushalten und sich wie Tänzerinnen drehen, wenngleich das Wasser von allen Seiten kommt und sie genauso gut auch stillstehen könnten, während Eva Sofie die Hände auf einem roten und einem blauen Wasserhahn ruhen lässt und wie ein Chauffeur mit zwei Lenkrädern das Wasser steuert und darauf achtet, dass sie alles machen, wie sie sollen, mit Seife und Abspülen und Schritt und Achselhöhlen und Haaren, und sich danach abtrocknen mit steifen, frisch gewaschenen Handtüchern, die die Haut brennen und prickeln lassen. Ada und Signy sind schüchterner als Ingrid, und das hilft, sie freunden sich weder mit der kalten Garderobe noch mit dem heißen Wasser an, aber hier drinnen sind sie zusammen und kichern und lachen wie kleine Mädchen.

Und Ingrid, die glaubte, ein reinlicher Mensch zu sein, nun hat sie nicht mehr den eigenen Geruch gespürt, seit ihre Insel vom Tod berührt wurde; das spritzende und sprudelnde Wasser liebkost sie, es prickelt und lässt sie die Arme über den Kopf strecken und die Finger in den metallenen Kronleuchter halten, der die Wasserstrahlen aus sich herausfallen lässt wie eine Wolke; sie dreht mehr Pirouetten, als es Eva Sofie recht ist, die dreht den roten Hahn energisch zu und zwingt Ingrid, mit einem freudig erschrecktem Heulen aus dem eiskalten Wasser zu springen, da sind vier Minuten vergangen.

Und hier in dieser Brause hat sich Eva Sofie darüber Gedanken gemacht, dass Ingrids Brüste größer sind als ihre.

Ingrid hat nicht viel gegen den Vorschlag einzuwenden, auch wenn nicht immer die größte Vertrautheit zwischen ihnen herrschte, da Eva Sofie den Krieg als eine persönliche Beleidigung auffasst und durchaus nicht verbergen will, dass sie es ist, die die größten Verluste erlitten hat, sowohl ein Geliebter als auch eine Ausbildung zur Sekretärin sind wegen dieser Hölle flöten gegangen. Und alle können ihn vor sich sehen, den Mann, den Eva Sofie in der ersten Phase des Krieges an der Front weiter nördlich verloren hat, weil sie mit einer Fotografie von ihm in der Brusttasche der Schwesterntracht umhergeht, neben der Uhr und einem Bleistift mit Zahnabdrücken und Lippenstift, und sie allen zeigt, die sie sehen wollen oder bereits schon gesehen haben: Eine grobkörnige Fotografie eines jungen Mannes, der so weit entfernt auf einem Grashügel steht, dass er sowohl lachen als auch weinen könnte, ohne dass jemand es zu erkennen in der Lage wäre. Er war zehn Jahre älter als Eva Sofie, die wiederum ein Jahr älter als Ingrid ist, und sie hat keine Kinder, nur damit das auch einmal gesagt wird, das tut sie die ganze Zeit, um abermals eine Tragödie zu präsentieren, die dem Krieg geschuldet ist.

Wenn Eva Sofie entgegen der Gewohnheit einmal keinen Dienst hat, ist sie daheim in einem Haus, das nach der Bombardierung halbwegs wieder aufgebaut wurde, und bäckt, aus Weizenmehl und Zucker und ein paar kleinen gehackten Nüssen, die sie von der Krankenhausküche bekommt oder dort stiehlt, und sie nimmt die Plätzchen mit zur Arbeit und verteilt sie mit einer Miene, als wolle sie Spritzen geben. Die Patienten lieben sie genauso sehr, wie sie sie fürchten, aber das Personal ist an sie gewöhnt. Und die Plätzchen sind gut und süß, mit diesen Nüssen und dem groben Zucker, der versengten Eiskristallen ähnelt.

Nun kam sie mit einem Stäbchen-BH angelaufen, der sich als zu eng erwies, nicht enger, als dass Eva Sofie in ihrer Annahme über den Unterschied zwischen ihrer und Ingrids Größe Unrecht gehabt hätte, aber doch so eng, dass Ingrid ihn nicht sofort anziehen konnte, da die Wunden auf dem Rücken noch immer schmerzten; sie packten ihn in einen kleinen blauen Koffer, den Eva Sofie ebenfalls von zu Hause mitbrachte, mit Messingbeschlägen an allen acht Ecken und einem hellbraunen Bauchriemen.

Eva Sofie gab Ingrid auch eine grauweiße Friesjacke, wie sie die Patienten trugen, wenn sie von einem Flügel in den anderen geführt wurden, dazu ein paar Schürzen, für die Ingrid keine Verwendung zu haben glaubte, die sie aber dennoch annahm, sowie einen Pullover, vier Paar Socken, fünf Kopftücher, einen Südwester und etwas Unterwäsche, die Eva Sofie nach eigener Aussage nicht mehr brauchte, obwohl sie völlig neu aussah, und sie weinte, als Ingrid sich am Freitagmorgen anzog und in einer Art Zivilkleidung dastand, die weder sie selbst noch die anderen kleidsam fanden, mit Ausnahme von Ada und Signy, die ebenfalls gekommen waren, um Abschied zu nehmen. Ingrid fragte Eva Sofie:

»Weshalb heulste denn?«

»Weiß nich«, sagte Eva Sofie und steckte Ingrid auch eine runde Blechdose mit Kinderzeichnungen auf dem Deckel zu, ein Weihnachtsbaum und eine Herde Schaukelpferde, die Dose enthielt Plätzchen und passte nicht in den Koffer, Ingrid musste sie unter dem Arm tragen.

5

Sie fuhren das erste Stück in einer Kombination aus Bus und Lieferwagen, Ingrid saß zum ersten Mal in einem motorisierten Fahrzeug, oder war sie mit einem solchen ins Krankenhaus gebracht worden, zusammen mit drei anderen Frauen, an die sie sich nicht mehr erinnert, das ist die Frage, die sie sich jetzt stellt, ebenso wenig weiß sie noch, welche Kleidung sie getragen hat.

Die Stadt war abgebrannt, in Stücke geschossen und danach so notdürftig wieder auf die Beine gestellt worden, dass sie unter dem halben Meter Neuschnee einer hügeligen Felslandschaft glich. Sie stapften durch etwas, das einst die Hauptstraße gewesen war, Ingrid und zwei Krankenschwestern und der Arzt Erik Falc, er musste einen Patienten abholen, von demselben Boot, mit dem Ingrid reisen sollte, sie wusste, dass er das für gewöhnlich nicht selbst tat.

Er trug ihren Koffer, hielt seinen Hut fest und beschwerte sich über das Wetter, während Ingrid das Gesicht in den trockenen Schnee hielt und ihn wiedererkannte. Sie trug zwei Kopftücher und den Südwester, den sie von Eva Sofie bekommen hatte, an den Füßen Schnürstiefel mit Platz für drei Paar Socken.

Sie standen am Kai und hielten im dampfenden Hafenbecken Ausschau nach dem Boot, als Erik Falc plötzlich sagte, dass sie zuerst fotografiert werden würden.

Ingrid blickte ihn an, die Kälte ließ ihre Gesichter rot aufleuchten, sodass sein Ausdruck nicht zu deuten war, und die beiden Schwestern sahen in eine andere Richtung.

»In diesem Aufzug?«, fragte Ingrid und zeigte auf ihre Kleider.

Er nickte und sagte, er wolle ein Erinnerungsfoto haben, drüben an der Ecke gebe es einen Fotografen, der sie erwarte.

»Von mir?«, fragte Ingrid.

Und er schaffte es nicht, ja zu sagen.

Sie ließen die Schwestern zurück, traten durch eine Tür mit beschlagener Scheibe, hinein in ein enges, grün gestrichenes Geschäft, wo an der einen Wand ein stumpfer Tresen mit einer leeren Blumenvase stand und an der anderen ein schwarzer runder Ofen gemütlich vor sich hinbrummte. Hinter dem Tresen wurde ein Vorhang zur Seite gezogen, und ein junger Mann mit schwarzen, feucht gekämmten Haaren und roten Ärmelhaltern kam herein und gab dem Arzt die Hand, nicht jedoch der Dame, die er lediglich mit einem diskreten Nicken bedachte.

Er führte sie in einen blühenden Apfelgarten mit einem Sonnenuntergang aus Pappe, der ganz hinten an der Wand befestigt war. Er forderte beide auf, eine Hand auf die Lehne des Sessels mit dem Gobelinstoff und den fein geschnitzten Verstrebungen und Beinen zu legen. Sie sollten einen Abstand einhalten, entsprechend der Breite der Stuhllehne.

Ingrid riss Südwester, Kopftücher und Friesjacke herunter und klopfte den Schnee aus den Zöpfen, während sich der Fotograf hinter dem Stativ in Stellung brachte, und als sie das Kinn hob, um sich zu konzentrieren, beugte sich Erik Falc über die Stuhllehne und flüsterte ihr ins Ohr, dass sie alles in allem froh sein könne, sie habe immerhin die Liebe kennengelernt, das hatte er nicht.

Als ihnen der blitzende Knall entgegenschlug, spürte Ingrid seinen Atem und sah ihn an, wohingegen Erik Falc sich wieder der Kamera zugewandt hatte, die Aufnahme musste wiederholt werden. Konzentriert blickten sie in die vorgegebene Richtung, während der Schnee in ihren Kleidern schmolz und auf den Fußboden im Apfelgarten hinunterlief, die Tropfen waren deutlich zu hören, ehe sie von einem weiteren Knall übertönt und dann wieder hörbar wurden, bis die beiden von einem dritten Blitz ein für alle Mal geblendet wurden und der Fotograf den Rücken durchstreckte, auf die Unterlippe biss und sagte:

»Wir machen wohl noch eine?«

Erik Falc Johannesen nickte. Ingrid Barrøy dachte nichts. Abermals starrten sie in die Linse, warteten auf den letzten Blitz und sahen einander nicht an, als der Fotograf einmal in die kleinen weißen Hände klatschte und Bravo sagte, und auch nicht, als sie sich wieder anzogen und zum Gehen bereit machten.

Doch nachdem Erik Falc sich bedankt und mit dem Fotografen ein paar Worte über Bezahlung und Lieferung gewechselt hatte und sie wieder in das befreiende Schneetreiben hinaustraten, wurde er plötzlich redselig und rief in den Wind, dass der Skipper des Bootes, das Ingrid in den Süden bringen sollte, ein ziemlicher harter Brocken sei, schon seit einem halben Jahr befördere er Flüchtlinge aus Finnmark zu den verschiedenen Gemeinden an der Küste im Süden, Ingrid müsse auf raue Verhältnisse vorbereitet sein, und das Wetter war ja ohnehin schon schrecklich. Auch äußerte er die gemurmelte Hoffnung, dass Ingrid ihm ein Lebenszeichen schicken werde, sobald sie nach Hause käme, weiterhin ohne Schreibfehler, wie er mit einer Miene hinzufügte, die einem Lächeln ähneln konnte.

Ingrid nickte. Er wiederholte die Frage, ob es jemanden gebe, zu dem sie zurückkehren könne?

Und Ingrid wiederholte:

»Aber ja.«

Das Boot war ein Walfänger von gut sechzig Fuß Länge, sah aber aus wie ein auf dem Wasser treibendes Lager, wo große und kleine Menschen, so dick eingepackt in Kleider, dass sie sich kaum rühren konnten, zwischen Koffern und Kisten und Kästen und Möbeln und Säcken und Matratzen herumstanden, saßen und lagen. Im Bug war an der Geschützlafette eine Gerüststange montiert und mit einer Plane überzogen worden, die bis zur Reling hinreichte und den Rücken eines Zelts bildete, unter dem, der Anzahl der Stiefel nach zu urteilen, zehn Menschen lagen. Es gab ein gewaltiges Durcheinander im Zusammenhang mit einem deutschen Soldaten, der einem Mann mehrfach ins Gesicht schlug, bis der hinfiel und heulend auf dem Deck liegenblieb.

Der Skipper kam aus dem Steuerhaus gelaufen; er schien zu erwägen, auf den Soldaten loszugehen, besann sich aber, der Deutsche beachtete ihn nicht, sondern beugte sich nur kurz hinunter und zog den schreienden Mann an den Beinen auf ein Netz, das zum Löschen und Laden von Waren benutzt wurde, brüllte dem Skipper irgendetwas zu, der ihm mit deutlicher Verachtung den Rücken zukehrte und im nächsten Moment Erik Falc und seine Begleitung oben auf dem Kai entdeckte.

Er war ein Mann Anfang vierzig, mit dichtem schwarzem, von eisengrauen Strähnen durchsetztem Haar, und ebenso dichtem schokoladenbraunem Bart, ein barhäuptiger Mann im eisigen Frost, der den Deutschen ignorierte und mit ausgebreiteten Armen fragend zu dem Arzt hinaufblickte.

Erik Falc registrierte seine Geste und nickte vage.

Der Skipper zuckte mit den Schultern, trat an die Kabelwinde und ließ den Haken am Kran herunter. Der Soldat packte die vier Ecken des Netzes und befestigte sie, und der zappelnde Mann wurde auf den Kai gehievt, wo die Schwestern ihn aus dem Netz befreiten und ihm aufhalfen und ihm eine Jacke überstreiften, ähnlich der, die Ingrid trug. Er hing kraftlos in ihren Armen, blutete aus der Nase und einer Wunde am Kopf. Erik Falc untersuchte die Verletzungen und stellte ihm ein paar Fragen. Der Mann schüttelte den Kopf. Die Schwestern begleiteten ihn zum Fahrzeug. Im nächsten Augenblick kam der deutsche Soldat heraufgekrochen, klopfte sich den Schnee von der Uniform und reichte dem Arzt ein paar zusammengerollte Papiere, stieß einen wütenden Redeschwall aus und lief zum nächstgelegenen Lagerschuppen, der als Truppenunterkunft diente.

»Jedenfalls gibt es dann keine Bewachung an Bord«, murmelte Erik Falc in seine Papiere hinein. »Das ist ja immerhin etwas.«

Ingrid hörte nichts.

Sie war auf die Knie gegangen, um nach der Leiter zu sehen, über die der Soldat heraufgestiegen war, doch es war Ebbe, vier Meter hinunter auf Deck, und Eis auf den Sprossen, eine Kinderstimme rief laut:

»Das schafftse nich! Das schafftse nich …«

Ingrid stand auf und legte den Koffer und die Plätzchendose in das Netz, das sich immer noch auf dem Kai befand, stellte sich direkt daneben, hob den Kopf und vernahm Erik Falcs verzweifelte und unhörbare Proteste, befestigte das Netz am Haken und rief dem Skipper zu, dass er sie hinüberhieven solle.

Er rief zurück – ob das ihr Ernst sei?

Sie rief ja.

Er lächelte, legte die Hände auf die Spaken, und Erik Falc sah zu, wie sich das Netz über seiner geheilten Patientin zusammenzog, die die obersten Maschen mit den Fingern umschloss und hinaufgehievt wurde wie ein Stück Schiffsgut, zum Boot hinübergeschwungen und langsam hinunter auf Deck gesenkt, begleitet vom Jubel der Kinder, die sich um sie scharten und ihr aus dem Netz halfen – und Ingrid erinnerte sich, dass sie den Zeichenblock in dem Versteck hinter der Wand im Südsaal verborgen hatte, unter Federbett und Flickenteppich, und dass sie allein gewesen war, als sie das getan hatte.

Noch etwas anderes fiel ihr ein: Sie erinnerte sich, dass sie einmal als Kind auf einem Kai wie diesem gestanden und den Vater in dem Kutter des Onkels hatte ankommen sehen, dass er unten an Deck stand und zu ihr herauflächelte, die Arme ausstreckte und sagte – jetzt musse springen. Sie war drei, vier, fünf Jahre alt …, es waren drei Meter hinunter, und immer sprang sie, und immer fing er sie auf.

Ihre Finger waren steif vor Kälte. Sie klopfte sich den Schnee von der Jacke und fragte den Skipper, ob er Fäustlinge habe. Er dachte kurz nach, verschwand im Steuerhaus, ließ eines der Fenster herunter und reichte ihr zwei grobe Wollfäustlinge, schwer und verfilzt, starr vor Fischblut und Eingeweiden, aber warm und trocken. Ingrid zog sie an und hob eine Hand winkend in die Luft, ein Gruß an Erik Falc, der oben stand und auf sie heruntersah mit diesem Blick, unter dem sie so viele Male erwacht war, seit sie angefangen hatte, sich ihm anzuvertrauen wie sonst keinem anderen Menschen, aber niemand ist vollkommen.

Erik Falc hob die linke Hand in Hüfthöhe und winkte beinahe zurück, richtete den Blick auf das klaffende Maul der Mole am anderen Ende des aufgewühlten Hafenbeckens, legte die andere Hand an den Hut, drehte sich um und verschwand in einer wirbelnden Schneeböe, die sich wie Puderzucker auf Boot und Menschen senkte, während der Skipper rief, dass die Jungen, die die Vertäuung an Bord gezogen hatten, sie nicht auf einem Haufen an Deck liegen lassen, sondern ordentlich zusammenlegen sollten, er sei es scheißleid, sie ständig daran erinnern zu müssen, man sollte meinen, die seien noch nie auf dem Meer gewesen, diese Pferdeärsche.

6

Die Salthammer war eine Kombination aus Walfänger und Schleppnetzboot, und Ingrid bekam einen Platz auf zwei Rentierfellen hinten im Köderhaus, neben einer jungen Mutter, die genauso gleichmäßig weinte, wie sie atmete, und vier Kindern, die nicht weinten. Die Speigatten waren vollgestopft mit Fetzen, Sacktüchern und alten Kleidern, sie und das äußerste Schott waren von Raureif bedeckt, während vom Schott zur Kombüse ein wenig Wärme hereinströmte. Ganz hinten lagen der zweijährige Ante und der vierjährige Mikkel, dann die beiden Mädchen Ellen und Sara, im Alter von fünf und acht, ebenfalls Kopf an Fuß liegend, und die weinende Mutter, Anja, während Ingrid ganz vorn liegen musste, auf dem Platz des Ehemannes, der an Land gehievt worden war, als Ingrid an Bord kam.

Die Familie war seit einer Woche unterwegs. Davor hatten sie drei Monate in einer Erdhütte in den Bergen der Finnmark verbracht, bis sie es dann um die Weihnachtszeit nicht mehr ausgehalten hatten und zu einer deutschen Garnison hinuntergegangen waren, in der sicheren Überzeugung, erschossen zu werden. Doch stattdessen waren sie auf einen Lastwagen verfrachtet und dreihundert Kilometer weit transportiert worden, in das abgebrannte Hammerfest, wo sie an Bord der Salthammer landeten.

Seit einem Monat hatte niemand von ihnen die Kleider gewechselt, bis sie vor drei Tagen nach Risøyhamn gekommen waren, wo sie in einer Truppenunterkunft baden konnten.

Ingrid fragte, ob es dort Duschen gegeben habe.

Anja nickte.

Dort habe ihr Mann den ersten Zusammenbruch erlitten, die Kinder kämen ja immer zurecht, sagte sie in ihrem harten Dialekt mit Betonung auf jeder Silbe, am schlimmsten ist es für uns Erwachsene. In Risøyhamn seien sie auch entlaust worden und hätten warmes Essen bekommen. Sie sagte, sie finde es eigenartig, dass die Läuse nicht erfrören, wenn doch die Menschen es taten, und sie weinte erneut und tröstete Mikkel, der drei Finger durch ein Loch im Fäustling gesteckt hatte, sodass er an ihnen lutschen konnte, während er Ingrid anlächelte.

Ingrid spürte den Gestank und fragte, ob sie ihm nicht die Windeln gewechselt habe. Anja erwiderte, es sei nicht Mikkel, der sei sauber, aber Ante, der zweimal täglich scheiße, und sie habe nichts zum Wechseln – wolle auch nicht um Hilfe bitten, die anderen an Bord wollten nichts mit ihr zu tun haben.

Ingrid sagte, sie solle den Zweijährigen ausziehen.

Anja sagte, es sei zu kalt.

Ingrid sagte, sie solle es trotzdem tun.

Der Schritt des Jungen leuchtete flammend rot, an Bauch und Rücken klebte halb getrocknete Kacke, aber er sah sie mit seinen großen schwarzen Augen an und sagte keinen Ton. Ingrid fragte, ob Anja die Stofffetzen benutzt habe, die in die Speigatten gestopft waren. Anja sagte ja. Ingrid sagte, es sei Salz in ihnen. Anja verstand nicht.

»Salz«, wiederholte sie und bat Anja, den Jungen wieder einzupacken und zu warten.

Ingrid stand auf und trat an Deck, öffnete die Tür zum Steuerhaus und rief zum Skipper hinein, ob sie Windeln an Bord hätten. Er drehte sich um und sah sie verdutzt an.

»Jau, Jau. Geh ma inne Kajüte kucken.«

Ingrid lief über das schwankende Deck, öffnete die Luke und stieg drei Stufen hinunter in eine dampfende und nach Erbrochenem stinkende Dunkelheit, wo Mütter mit Säuglingen lagen, zusammen mit fünf elternlosen Kindern im Alter von drei bis acht. Sie fragte, ob eine von ihnen Windeln habe. Niemand antwortete. Sie fragte abermals und niemand antwortete. Ingrid sagte, sie brauche dringend Windeln. Eine junge Mutter erhob sich von ihrer Koje auf der Steuerbordseite, hielt das Gesicht ins Licht und fragte, wer zum Teufel sie sei.

Mit Tränen im Hals blieb Ingrid stehen, bis ihr schließlich eine Windel in die Hände gesteckt wurde. Sie fragte, wo es heißes Wasser gebe. Gelächter erklang. Eine Stimme rief: In der Kombüse.

Sie lief zurück über das Deck und betrat die Kombüse, die ebenfalls voller Kinder war, auf dem Boden und auf Bänken, immer zu zweit, sowie zwei halbwüchsige Jungen, die aufstanden und Anstalten machten, sie zu begrüßen. Eine große alte Frau in Schwarz saß eingeklemmt zwischen dem festgeschraubten Tisch und dem Schott und schlief mit offenem Mund ohne Zähne. Zwischen den Stützbügeln auf dem bullernden Ofen stand eine riesige Kaffeekanne und blies weißen Dampf aus einer Schwanentülle.

Ingrid fragte, ob das Wasser sei.

Einer der Jungen sagte nein, Kaffee. Ingrid sagte, sie brauche heißes Wasser. Er sah seinen Kameraden an, der sich daraufhin zu einem Kran über einem kleinen Waschbecken hinunterbeugte, einen Topf füllte und ihn neben der Kaffeekanne auf dem Ofen festklemmte.

Ingrid wartete. Sie fragte, wo sie herkämen. Mehamn. Honningsvåg. Komagfjord. Tappeluft. Gamvik. Havøysund. Snefjord. Gjesvær. Rolvsøy. Skarsvåg ... Die Decke der Alten glitt auf den Boden hinunter, der Junge, der den Topf auf den Ofen gesetzt hatte, bückte sich und hob sie auf, schüttelte sie einmal aus und legte sie wieder über die Alte.

Ingrid fragte, wer sie sei.

»Das is Jadwiga, unsre Nachbarin, die is Russin.«

Und das Wasser war heiß.

Ingrid balancierte den Topf zurück über das immer unruhiger werdende Deck, hinein ins Köderhaus, und sagte, dass Anja noch ein paar Fetzen aus dem Speigatt ziehen solle. Anja sah sie an und sagte:

»Die sind voll Salz.«

Ingrid lachte und sagte, sie solle es trotzdem tun.

Anja löste einen braunen Filzsack aus dem Speigatt, und das Meer floss hinein. Ingrid sagte, sie solle eines der Rentierfelle hineinstecken, nahm den Sack, tauchte ihn in den Wassertopf und wusch den Jungen, der schreiend in der eisigen Kälte lag, öffnete den blauen Koffer und hielt Eva Sofies BH in die Höhe. Anja hörte beinahe auf zu weinen und Sara fragte, was das sei. Ingrid legte ihn wieder hin und nahm eine der Schürzen heraus, biss die Bordüre mit den Zähnen auf und riss zwei Streifen von der Schürze ab, faltete sie fünf Mal, legte sie übereinander in den Schritt des Jungen und wickelte die Windel drumherum. Anja zupfte alles zurecht, zog dem Jungen die alten Sachen an und schob ihn unter das Fell – und Ingrid erinnerte sich an eine Fliege, die auf der Fensterbank erwachte und leise summte, ehe sie sich auf den Rücken legte, mit sechs haarfeinen Beinen in der leeren Luft herumstrampelte und starb; dass sie sie mit spitzen Fingern aufgehoben, das Fenster geöffnet und sie hinausgeworfen hatte, und das war, kurz bevor sie zurückkamen, Lensmann Henriksen und Leutnant Hargel, nur die beiden, Ingrid konnte das Boot in einer grauen Nebelbank ausmachen und ihre Rufe hören, zwei nuschelnde Männer in einem Dory, das langsam auf die Insel zuglitt … Aber wieso war sie »verletzt«?

Anja hatte ihr eine Hand auf den Arm gelegt.

Ingrid fragte, ob die Kinder seefest seien.

Anja sagte ja, obwohl sie das Meer noch nicht einmal *gesehen* hatten, ehe sie an Bord der Salthammer gekommen waren. Ingrid öffnete die Plätzchendose, gab jedem ein Stück und sagte, es seien Serinaplätzchen. Die Kinder sahen die Plätzchen lange an, aßen sie schnell auf und wollten mehr. Ingrid sagte, sie müssten warten, bat Sara, auf die Dose aufzupassen, stand auf und ging hinaus, während die See über dem Heck zusammenschlug.

Es hatte aufgeklart, der Wind wurde stärker, je weiter sie sich vom Land entfernten, ein beißend kalter Nordostwind, direkt von achtern, und immer noch standen und saßen die Männer an Deck herum, schlugen die Arme übereinander, rauchten und fluchten. Ingrid ging ins Steuerhaus, wo der Skipper stand, die Ohren zur Decke gerichtet hatte und nach oben zeigte, während sie hereinkam, er fragte, ob sie hören könne, was das sei, dieses Geräusch, wie von klirrendem Glas.

Ingrid sagte ja.

»Teufel auch«, rief er. »Eis.«

Das Meer vor ihnen war offen, so weit das Auge reichte. Das Boot machte einen Satz nach vorn, wurde wieder nach achtern gesogen, die metallischen Geräusche vom Dach des Steuerhauses wurden intensiver, Geklirre von losen Gegenständen und Werkzeug im Kartenspind, das unregelmäßige Stampfen der Maschine; er fluchte und fragte, ob Ingrid schon einmal auf einem Boot gewesen sei.

Sie sagte ja.

»Jau, hab's mir schon gedacht.«

Ohne zu zögern überließ er ihr das Ruder, beugte sich zum Fenster vor und zeigte auf den grünen Sektor eines weit entfernten Leuchtfeuers, fragte dreimal, ob sie den grünen Sektor sehen könne, und wollte ein deutliches Ja hören. Ingrid gab etwas von sich, das wie ein Schluchzen klang, und er lief hinaus.

Nur Minuten später kam er atemlos zurück, blickte voraus auf das Leuchtfeuer und nickte, zog den Rotz hoch und schluckte, nahm das Ruder und fing an, sich darüber zu beklagen, dass er nur Bauern an Bord hätte, nun müssten sie Eis abschlagen, sobald das Meer das Heck überspülte, sieh nur, sagte er und deutete auf die Scheibe hinter ihnen, das Glas ähnelte dünnem grauen Schiefer.

Ingrid fragte, ob er an Bord keine Hilfe hätte.

Er sagte ja, sein Neffe, Ole, der würd' das machen, sei aber gerade im Maschinenraum und passe auf die halbwüchsigen Kinder auf, die sie wegen der Wärme dort unten untergebracht hätten. Alle sollten in Ingrids Heimatgemeinde vom Versorgungsausschuss in Empfang genommen werden, der sie dann auf die Höfe verteilen würde, wo es Platz gebe, das sei eine gigantische Operation, die ham ja, zum Teufel noch mal, 'n ganzen Landesteil entvölkert. Er ließ den Kopf zwischen schwer beladenen Schultern hängen und sagte, dass es glücklicherweise ein guter Winter gewesen sei …

»Wir ham uns ja noch gar nich vorgestellt«, unterbrach er sich. »Magnus Mannvik. Aus Reine.«

»Ingrid«, sagte Ingrid und murmelte, sie habe Verwandtschaft in Reine, nannte auch ein paar Namen, allerdings hatte sie etwas gesehen, das ihr nicht gefiel, die Bewegungen und die hektischen Strapazen eines Mannes in rotäugiger und schlafloser Schieflage, sie fragte, ob er denn niemals schlafe?

Er lachte und murmelte, dass sie oben in Risøyhamn gewesen seien.

Eine gewaltige Welle drückte das Deck vor ihnen in eine Schlucht hinein, sie trafen die Talsohle und schossen wieder empor, begleitet von einem fernen Heulen.

Er fluchte, als sie sich über den nächsten Wellenkamm wälzten, überließ ihr das Ruder, riss die Tür auf und verschwand abermals.

Ingrid sah, wie er festen Schrittes über das unmögliche Deck lief und wie eine Spinne von Bündel zu Bündel schwankte und mit den Armen fuchtelte, zwei Gestalten auf die Füße zog und sie mehr oder weniger gewaltsam nach achtern und außer Sichtweite zerrte.

Ingrid versuchte, den Rhythmus vom Kutter ihres Vaters und ihres Onkels wiederzufinden, aber das hier war ein richtiges Schiff, und die Verhältnisse waren unmöglich, das

Steuerruder zerrte an ihr und schlug auf sie ein, die Schiffsschraube hob sich aus dem Wasser und die Maschine gab ein hysterisches Heulen von sich. Ingrid wurde gegen das Schott geworfen, riss das Ruder in die falsche Richtung, die Schraube griff wieder und das Boot schoss empor, während die Tür erneut geöffnet wurde.

»Jetzt schlagen sie achtern Eis wie die Teufel.«

Er schob sie zur Seite, legte eine Hand auf die Kupplung und blickte Ingrid an, wartete, bis sie sich aufgerappelt hatte, und sagte ruhig, sie solle die rechte Hand auf seine legen. Sie schüttelte den Kopf und spürte seine kalten Knöchel unter den Fingerspitzen, während der Bug abermals in eine Schlucht hinunterstürzte, er zog den Kupplungshebel zu sich heran, die Maschine beruhigte sich, ehe die Schraube erneut aus dem Wasser ragte, er drückte den Kupplungshebel nach vorn, sobald sie wieder griff, wiederholte dieselbe Operation bei drei neuen Brechern und starrte sie fragend an. Sie nickte mechanisch und wollte ja sagen, doch stattdessen sagte sie:

»Ich kann nich nach Hause fahren.«

»Was?«

Er sah sie an.

»Ich kann nich nach Hause fahren.«

Sie drehte sich um, lief hinaus und blieb am Bügel neben der Tür hängen, mit Füßen, die über dem Deck baumelten. Ein Brecher schlug über ihr zusammen, der Schiffskiel stand im rechten Winkel auf dem Wellenkamm, ein neues Kreischen ertönte von der Maschine, sie kippten nach vorn. Ingrid ließ sich fallen und landete auf dem Deck, das wieder nach oben kam, hockte da und klammerte sich an der untersten Sprosse fest und hörte eine Stimme irgendwo über sich im Schneegestöber: »Lauf in den Maschinenraum und sag Ole, dasser hochkommen soll.«

Ingrid wollte fragen, wo der Maschinenraum sei, aber die Tür zum Steuerhaus war bereits wieder zu. Sie richtete sich auf die Knie auf, wurde gegen die Reling geworfen und wieder zurück zum Steuerhaus, bekam einen Türgriff zu fassen, drehte ihn herum, und ein heißer Luftschwall aus einer Pumpe blies ihr ins Gesicht. Sie rief in die Dunkelheit hinein, und ein Gesicht kam zum Vorschein, ein Junge mit einem breiten Grinsen:

»Wie geht's 'n?«

Ingrid rief, dass er ins Steuerhaus gehen solle, und konzentrierte sich auf den nächsten Stoß. Ein lang anhaltendes Zittern durchfuhr den Schiffsrumpf; das Deck hob sich, schwankte und fiel hinab. Sie kämpfte sich nach achtern vor, vorbei an sechs Gestalten, die an Deck lagen und mit Holzprügeln Eis abschlugen, erreichte wieder das Heck, öffnete mühsam die Tür zum Köderhaus und sah Anjas schreckstarres Gesicht, kroch hinein und blieb liegen und hielt die Mädchen fest, Anja klammerte sich an die Jungen.

»Du bis ja ganz nass«, sagte Sara.

Ein neuer Stoß jagte durch den Rumpf, das ungleichmäßige Hämmern hörte auf, die Salthammer balancierte auf einem neuen Wellenkamm, das Köderhaus kippte waagerecht nach Backbord hinüber, richtete sich langsam wieder auf, und ein tiefer Schlaf legte sich über das Schiff, um Atem ringend und wie ein Stöhnen. Anja sah sie voller Panik an.

»Wassen das jetzt?«

Ingrid schüttelte den Kopf. Die Tür wurde aufgerissen und Magnus' Kopf tauchte auf.

»Ham das Schlimmste hinter uns, jetzt schaffen wir's nach Arnøy, da issen guter Hafen.«

Er warf einen Blick auf die Kinder, wie um sie zu zählen, und verschwand wieder. Anja sah Ingrid fragend an. Ingrid sagte, es werde schon gut gehen, schloss die Augen und schnüffelte an Saras Haar, es roch süß und ranzig, sie drückte sie noch fester an sich und hörte Anja zu Mikkel sagen, dass alles gut gehen werde. Dann gab es nur noch die Geräusche, die Maschine und ein fernes, langsames Schaukeln – und Ingrid, die nicht nach Hause kommen konnte.

7

Auf Arnøy gab es eine Schule mit zwei Klassenzimmern, einem Büro für den Lehrer, und einer kleinen Küche, winzig wie ein Verschlag. Es gab ein Bethaus, fünf Fischbetriebe, eine kreisförmige Ansammlung von Hütten und Bootshäusern und eine Reihe kleiner Höfe um einen geschützten Hafen, wo die ganze Flotte vertäut lag, mit schwerem Schnee bis über Relinge und Steuerhäuser und Bärten von grünem Eis über der Wasserlinie.

Ingrid lag mit Anja und den Kindern im Lehrerzimmer, die erste Nacht auf dem Fußboden, die nächste auf den getrockneten Rentierfellen, beide Nächte unter Wolldecken, sie froren nicht und schliefen lang.

Die Salthammer war nicht zum ersten Mal hier oben, die Dorfbewohner brachten Brennholz und Essen, sie konnten sich waschen, und da das Wetter nicht ruhiger wurde, auch die Kleider, in einer Waschküche gleich neben dem größten Fischbetrieb. Zwei ältere Frauen kamen mit einer Schubkarre voll alter Kleider, dicker Socken, Windeln, Decken und zwanzig grauer Garnknäuel und wollten nichts dafür haben. Sie bekamen auch Puder für Ante. Und Stricknadeln. Ingrid brachte Sara das Stricken bei, Ellen sah zu. Anjas Weinen war langsam in ein gleichmäßiges Schluchzen übergegangen, sie sagte, sie habe nicht zusehen wollen, als ihr Mann das Boot verlassen hatte, ob Ingrid es gesehen habe?

»Ja«, sagte Ingrid. »Er hat's jetzt gut.«

Sie zählte Maschen und erklärte, während Anja murmelnd über die Läuseplage schimpfte und die Insektenspritze und die grobe Behandlung, der sie in Risøyhamn ausgesetzt worden waren, sie war Laestadianerin und betrachtete Läuse als eine Schande. Ingrid wusste nicht, was eine Laestadianerin war, und sagte, es sei gut, dass sie das Ungeziefer losgeworden seien.

Anja sagte:

»Aber wir hatten doch gar keine Läuse, das war's ja gerade.«

Ingrid sprach mit Sara über das Strickzeug, lobte sie, zog sich an und sagte, dass Mikkel mit ihr kommen und Brennholz holen solle, sie brauche Luft, Wind. Sie liefen hinunter zu einem Bootshaus, wo ein Stapel Birkenholz im Windschatten lag, dort stießen sie auf Magnus, der ausgeschlafen und angetrunken war und sagte, was er schon zweimal zuvor gesagt hatte:

»Solltest besser bei mir schlafen und nicht bei den finnischen Teufeln.«

Ingrid eilte weiter.

Er rief ihnen etwas hinterher. Sie hörte nicht hin, dieser Mann, der Schwarzhandel betrieben hatte, bevor er sich auf die Evakuierung verlegte, ein Mann, der sich damit brüstete, dass er Margarine für Geld und ohne Marken verkaufte und zehn Mal mehr Fisch an den Grossisten in Trondheim lieferte, als in den Papieren stand, der scheinbar unberührt vom ganzen Krieg war, oder ihn zu seinem Lebensunterhalt gemacht hatte – Ingrid blieb stehen und sah in dem eiskalten Dorf umher: Kein Mensch vor der Tür, aber eine lebendige Insel, mit Qualm aus allen Schornsteinen, eine vertäute Flotte, der Tag so hoch und beißend über ihnen wie eine Kuppel aus blauem Glas, derselbe Himmel, der sich über Barrøy wälzte, und Ingrid wusste nicht, wo sie war.

Mikkel blieb stehen und sah sie fragend an; er und seine Schwestern hatten von der wilden Fahrt über den Fjord blaue Flecken davongetragen. Ingrid fragte, ob es schwer sei. Er nickte.

»Du bis stark.«

Sie richtete seine Holzscheite, damit sie im Gleichgewicht lagen, und fragte, ob er seinen Papa vermisse.

Erst schien er sie nicht zu verstehen. Dann sagte er ja. Ingrid sagte, dass sie ihn bald zurückbekämen. Mikkel sagte auch dazu ja. Ingrid freute sich über alles, was er sagte. Sie fragte, ob es weh tat, die blaue Beule an der Stirn. Er sagte nein. Sie sagte, es werde bald vorübergehen, und sie liefen weiter durch den mächtigen Frost.

Ingrid saß mit dem Rücken zur Wand auf einem Rentierfell und betrachtete Ellen und Ante, die wie frisch geschlüpfte Eiderentenküken auf dem sandgescheuerten Fußboden herumtapsten. Anja kochte gepökeltes Schweinefleisch, das Ingrid von einem Schmied erstanden hatte, für einen Teil des Geldes, das Erik Falc ihr gegeben hatte, die mysteriöse Schuld von Pastor Malmberget.

Anja hatte das Fleisch in Würfel geschnitten. Dann hatte sie auch Kartoffeln und Möhren in Würfel geschnitten und sie zu lange kochen lassen. Jetzt tauchte sie Fladenbrot in die Brühe und probierte sie und blickte mit der ersten Andeutung eines Lächelns, das Ingrid in diesem eingefallenen Gesicht sehen sollte, auf ihre Kinderschar, eine Frau in dem vom Krieg gezeichneten, undefinierbaren Alter irgendwo zwischen fünfundzwanzig und sechzig, als hätten sie nicht nur der Mann und das Leben verlassen, sondern auch die Jahreszeiten, und trotzdem hatte sie *etwas*, das Ingrid nicht hatte, eine einfache und gnadenlose Klarheit, ein Unglück, das sich anfassen und anfühlen ließ, sichtbar und mit Händen greifbar, nicht nur einen Schwarm seltsamer Schattenbilder, die nicht zusammenpassten.

Ingrid hörte wieder Erik Falcs Worte, dass sie die Liebe kennengelernt und ergriffen habe, als die Liebe gekommen war, doch in Wahrheit hatte sie überhaupt nichts ergriffen, war nur die gewesen, die sie war, als es passierte, eine, die jetzt nicht mehr war – und seit zwei Monaten hatte sie nicht mehr geblutet.

Das war es, was sie Eva Sofie hätte fragen sollen, ob sie etwas bemerkt habe, an den Tagen, die sie im Krankenhaus verbracht hatte, den Tagen, die aufmarschiert standen an der Tafel neben dem Fenster, sie hätte sie Stunde für Stunde durchgehen, wiederholen und erforschen müssen, nicht das Verlorene, das sich auf Barrøy ereignet hatte, sondern ihren Körper – *nachdem* sie ins Krankenhaus gekommen war.

Sie stand auf und legte die Finger aufs Katheder, unter all den Weltkarten auf zerschlissenen, einrollbaren Leinwänden, die Schnüre tanzten um ihren Kopf, Anja sah fragend zu ihr auf.

Ingrid sah zurück.

»Ich kann nich nach Hause fahren.«

Anja stand auf und nahm sie in die Arme. Ingrid wiederholte den Satz, riss sich los und ging in die Küche und verharrte zitternd, nahm sechs große Löffel aus der Schublade, ging zurück und setzte sich zu der Kinderschar, steckte einen Löffel in den Topf und rührte gedankenlos darin herum, beförderte den Fang nach oben, blies darauf, bis die Temperatur so war, dass sie den Löffel zu Antes Lippen führen konnte, der nicht bemerkt hatte, dass sie ihn auf den Schoß genommen hatte. Er öffnete den Mund und schmatzte und wollte mehr, er hatte als Einziger keine blauen Flecken, er war ganz sauber, und er lächelte. Ingrid ließ den Löffel wieder sinken und sah, dass ihre Hände nicht zitterten, bekam das Gefühl, dass auch Anja bemerkte, dass sie nicht zitterte, und dass sie ein erleichtertes Seufzen ausstieß, und sie lächelten einander an.

8

An dem Morgen, an dem sie weiter nach Süden aufbrechen sollten, war es klar und windstill. Eine unsichtbare Sonne breitete Kupfer und Messing über den Schnee auf den Festlandsbergen. An Bord herrschte ein Fest ohne Feststimmung, eine gedämpfte, hilflose und hoffnungsvolle Ordnung, der Beginn eines neuen Lebens, das zerbrechlichste von allen.

Der Schmied, der Ingrid das Schweinefleisch für einen stolzen Preis verkauft hatte, kam an Bord und half ihnen, die Speigatten im Köderhaus abzudichten, legte die trockenen Rentierfelle auf den Fußboden und gab ihnen auch drei Flickenteppiche, die zwar nicht neu waren, aber dicker als die, die sie vorher hatten. Anja reichte ihm die Hand und bedankte sich, und Ingrid sagte, er sei bezahlt worden.

Magnus kam und murmelte, sein Köderhaus sehe aus wie ein Boudoir und sagte, wenn sich das Wetter hielte, gäbe es dann nicht auch Platz für die halbwüchsigen Kinder, die im Maschinenraum gesessen hatten, ob der Schmied noch mehr Flickenteppiche habe?

Der Mann blickte zu Boden, erwiderte nichts und ging.

Magnus schüttelte den Kopf und fragte, ob Ingrid Kaffee wolle.

»Wir ham Kaffe!«

Ingrid sagte, dass sie beide gern Kaffee hätten, und fing an, das Außenschott zu verschanzen, mit dem blauen Koffer, den Säcken mit grauer Wolle und der Plätzchendose, die sie mit Fladenbrot gefüllt hatte, ebenfalls erstanden vom Schmied, der nach kurzer Zeit mit einem Heringsnetz auf dem Rücken zurückkam, alt, aber trocken und nach Teer duftend.

Ingrid fragte, was er denn damit vorhabe.

»Is ne gute Qualität«, sagte er und fegte alles hinaus, was sie zusammengelegt hatte, breitete das Netz in drei Schichten auf dem Boden aus, legte Felle und Flickenteppiche zurück und stellte Ingrids Koffer und die Plätzchendose wieder an denselben Platz.

Ingrid bedankte sich und sagte, sie brauchten mehr Flickenteppiche, und Felle.

Magnus kam mit zwei schmutzigen Kaffeebechern, gab Anja einen und Ingrid den anderen, warf einen Blick in sein Köderhaus und schien wiederholen zu wollen, dass es hier wie in einem Boudoir aussehe, schüttelte stattdessen aber den Kopf und lief aufs Deck hinaus und rief etwas in den Maschinenraum hinunter.

Ole, sein Neffe, und drei Kinder kamen herauf und stellten sich an der Reling auf, wie vor einem Pastor. Der Schmied lachte beim Anblick von so viel Schmutz und Öl, wünschte ihnen eine gute Reise und ging wieder an Land.

Ingrid fiel auf, dass der Älteste, ein Junge von vielleicht sechzehn Jahren, mit dem linken Auge aufs Meer hinausblickte, das Auge war rot. Sie begriff, dass er blind auf diesem Auge war, und fragte, wie das passiert sei. Er schaute mit dem rechten zu Boden und sagte, sie kämen aus Hammerfest, aber eigentlich Skarsvåg, als ob das etwas erklären könnte; die beiden anderen waren seine Brüder, Sverre und Helmer. Ingrid wiederholte die Frage, und er sagte etwas von einer Glut, als die Stadt in Flammen aufgegangen war, die Eltern seien tot.

Sie fragte, wie er hieß.

»Arne.«

Arne war groß und schlaksig, hatte breite und knochige Schultern, die wie ein Trageholz hervorstanden, seine teerbraunen Haare waren fettig und lang wie bei einem Mädchen, und aus dem linken Nasenloch tropfte grüner Schleim. Ingrid vermutete, dass dies mit eben jenem Feuer zu tun haben könnte, und fragte, ob er bei einem Arzt gewesen sei. Er sagte nein, blickte mit dem lebenden Auge zu Boden und sah Ingrid mit dem toten an. Unwillkürlich trat sie einen Schritt zur Seite, als wollte sie ihn dazu bringen, sie abermals wahrzunehmen, deutete mit dem Kopf auf einen Seesack und ein ölverschmiertes Lakenbündel, die zwischen ihnen an Deck lagen, und fragte, ob das alles sei, was sie hätten?

»Ja.«

Sie sagte, sie könnten sich ganz vorn im Köderhaus hinlegen, und wechselte einen Blick mit Anja, die den Kaffeebecher auf die Reling stellte und hineineilte und anfing, die Kinder auf die Rentierfelle zu verteilen, als wollte sie die für sich in Beschlag nehmen.

Ingrid richtete den Blick auf Ole, der immer noch dastand, und fragte ihn, ob *sie* Decken hätten. Er zuckte mit den Schultern. Ingrid bat die Brüder zu warten, lief zu Magnus hinüber, der, umringt von ein paar Männern, vorne auf dem Deck stand, fragte ihn, ob *er* Decken habe. Irritiert sagte er nein, zuckte aber mit den Schultern und bekam wieder diesen leblosen Gesichtsausdruck, der bedeutete, dass er nicht nur nach einem Gedanken suchte, sondern ihn auch finden würde.

»Versuch's nochmal bei dem Scheißschmied, wir warten.«

Ingrid kletterte an Land und lief hinauf zum Dorf, holte den Mann ein und fragte, ob er ihnen noch mehr Decken verkaufen könne, Flickenteppiche, Schaffelle …

»Verkaufen?«, sagte er vorsichtig und blickte sie lange an.

»Ja, verkaufen, wir müssen se ham.«

»Bisse reich?«

»Nein«, sagte Ingrid.

»Wie viel?«

Sie nannte denselben Betrag wie beim letzten Mal, pro Decke, pro Fell. Er zögerte. Sie legte eine halbe Krone obendrauf, pro Fell. Er lächelte, wandte sich um und eilte hinauf. Ingrid ging langsam zurück, kletterte an Bord und stellte sich wieder zu den Brüdern achtern auf dem Deck. Ingrid erfuhr, dass die beiden ältesten zusammen mit dem Vater als Schreiner gearbeitet hatten, mehr war nicht aus ihnen herauszubekommen. Sie fragte, wie alt sie seien. Sverre war zwölf und Helmer zehn. Ingrid fiel nichts mehr ein, was sie fragen konnte. Doch, sie fragte, ob es da unten im Maschinenraum nicht furchtbar heiß gewesen sei.

»Jau.«

»Und keine Streitereien?«

Sie sahen einander an, als müssten sie im Stillen beraten, ob darauf geantwortet werden könnte, und kamen zu einem klaren Nein. Ingrid warf den Kaffeesatz ins Meer, sah ihn sinken und wie Ameisen über grünen Sandboden laufen, blickte in die Tassen, hatte aber nichts mehr zu sagen und nahm die Tassen mit in die Kombüse, wo dieselben Kinder saßen und auf die alte Jadwiga aufpassten, die sich anscheinend nicht entscheiden konnte, ob sie schlafen oder wach werden wollte. Ingrid fragte, ob sie noch mehr Wasser hätten.

»Ja«, frisches Wasser, so viel sie haben wollte.

Sie spülte die Becher unter dem Kran aus, sah sich nach einem Handtuch um, das nicht da war, stellte die Becher ins Becken und fragte, wo sie herkämen.

»Mehamn.«

»Hat's da auch gebrannt?«

»Ja.«

Ingrid fragte sich, ob sie Brüder waren, wo sich die Eltern befanden, womit sie gearbeitet hatten, als sei sie auf die Welt gekommen, um eine Art Bestandsaufnahme der Menschen durchzuführen, die von ihrem eigenen Land vertrieben worden waren, weil nämlich in *ihr* nichts mehr zusammenhing, doch ehe eine Antwort kam – sie sahen nicht aus wie Brüder, aber wie Freunde, enger verbunden als Verwandte –, entdeckte sie durch das Bullauge, dass der Schmied zum Kai zurückgekommen war. Sie lief hinaus an Deck.

»Du kannse einfach runterlassen«, sagte Magnus, noch immer umgeben von denselben Menschen, die alle zu dem Neuankömmling hochsahen, die halbwegs aufgerauchten Kippen und die Rauchschwaden, die sich in der kalten klaren Luft auflösten.

»Und das Geld?«, rief der Schmied.

»Kommt.«

Er zögerte, warf drei mottenzerfressene Schaffelle herunter, sodass der Staub aufwirbelte, zwei neu aussehende

Flickenteppiche, und drei graue Wolldecken, die wie Segel schwach im Wind flatterten. Magnus wartete, bis alles unten angekommen war und gab dem Jungen, der immer mit Ole zusammen war und sich jetzt vorn am Schiffsbug befand, ein Zeichen. Mit einer schwungvollen Bewegung wirbelte der Junge die Vertäuung in die Höhe, sodass sich die Schlinge vom Poller auf dem Kai ablöste. Auf dem Dach des Köderhauses stand ein anderer Junge und führte dasselbe Kunststück mit der Heckvertäuung durch. Magnus löste die Spring höchstpersönlich und blickte zu Ole im Steuerhaus hinauf. Ingrid begriff, dass ihr gerade etwas entging. Ole kuppelte ein und gab Vollgas, die Salthammer machte einen Satz nach vorn, sodass Ingrid beinahe von Bord gefallen wäre, und schoss durch das spiegelglatte Hafenbecken und teilte das Dorf mit ihrem sprudelnden Kielwasserpflug in zwei Teile.

Magnus winkte dem Schmied zu, der sich nicht von der Stelle rührte. Die Männer lachten. Ingrid bückte sich und wollte Felle und Decken aufheben.

»Soll ich dir helfen, meine Kleine?«, brüllte er ihr ins Ohr.

Die anderen lachten noch lauter, die kleinen Rauchschwaden, die schamhaft umherwandernden Blicke. Magnus hielt eine Hand in die Luft, zeigte mit einem schwarzen Finger auf den Mann mit dem größten Maul und sagte, dass er die Felle nehmen und ihr helfen solle.

»Sofort.«

9

Es war Nacht, als sie an der Handelsstation anlegten. Anja und die Kinder schliefen, auch die jüngsten Brüder Skarsvåg, Sverre und Helmer. Doch Ingrid und Arne erwachten, als die Maschine gestoppt wurde, und traten in eisenblauer Dunkelheit an Deck, Windstille und leichter Schneefall. An der Reling stand Magnus mit einem der Männer und rauchte, etwas abseits saßen Ole und sein Kamerad auf dem Vorderdeck und unterhielten sich leise in der Stille.

Magnus reichte ihr die Tasse, die er in der Hand hielt. Sie drehte sie um und trank lauwarmen Kaffee. Er lächelte.

»Dein Heimatort?«

Ingrid nickte hinter einer Glaswand, der Steg unterhalb des Kais, der Lüttenkai, wo sie vertäute, wenn sie einkaufte oder in der Handelsstation arbeiten sollte, die Leiter, die durch das Loch im Kai nach oben führte, und der Schnee, der sich auf Haar und Schultern und bloße Hände legte, auf Kleider und den Rand der Kaffeetasse, und zu Tropfen wurde, die sie in sich hineinschlürfte, und dann innehielt, weil Magnus sie mit einem Blick musterte, dem nicht zu entkommen war.

»Du wills also nich nach Hause?«

Sie zuckte zusammen, gab ihm die Tasse zurück und wischte sich den Schnee von Haar und Schultern, sie trug weder Kopftuch noch Südwester, aber zwei Zöpfe, die sie nach dem Patent von Eva Sofie hinter dem Kopf zusammengebunden hatte, um die Narben zu verbergen, es tropfte von ihren Augenlidern, sie fror und fühlte sich wie im Fieber. Sie blickte auf ein paar zusammengerollte Papiere, die er in der Hand hielt, und fragte, was das sei. Sie sagte:

»Schläfste denn nie?«

Er gab ihr die Papiere.

Sie sahen aus wie Mannschaftslisten, mit den Namen der Evakuierten und Angaben darüber, wo sie untergebracht werden sollten, je nachdem zu welchen Höfen, Häusern und Bootshäusern im Dorf sich der Versorgungsausschuss Zugang verschafft und davon überzeugt hatte, dass es dort Platz gab.

Ihre Augen blieben an zwei Zeilen kleben, weil sie nach der ersten suchte und von der zweiten überrascht wurde: Anja und die Kinder sollten in das leerstehende Haus des Pastors ziehen, zusammen mit zwei Säuglingsmüttern, die sich vorn in der Kajüte aufhielten, und zwei Männern, deren Namen ihr nichts sagten. Die große Überraschung war die Unterschrift, da stand der Name von Lensmann Henriksen, allerdings nicht in seiner Eigenschaft als Lensmann, sondern als Vorsitzender des Versorgungsausschusses, und Ingrid begriff, dass es sich dabei nicht um eine Beförderung handeln konnte. Magnus starrte sie neugierig an.

Ohne Umschweife erklärte sie, dass der Mann mit den Deutschen zusammengearbeitet habe.

»Vielleicht isser schlau.«

»Was?«

»Dasser kapiert, dass es bald vorbei is mit den Deutschen.«

Ingrid dachte darüber nach.

»Und was denkst *du*?«

Er legte den Kopf in den Nacken und lachte.

»Ich bin Kommunist. Die Russen gewinnen!«

Ingrid wollte mitlachen, glaubte aber plötzlich, dass ihr Mund zu weit offen stand, schloss ihn und blickte für eine angemessene Zeit zu Boden, wandte sich dann zu Arne um, nahm aber wahr, dass die Apathie seines toten Auges auf das gesunde überzuspringen drohte, und sie konnte sich nur wieder zu Magnus umdrehen und fragte, wo die Brüder hinsollten?

Er fragte, wie sie hießen.

Arne murmelte Isaksen, aus Skarsvåg, aber sie hätten eine Zeitlang in Hammerfest gewohnt. Magnus zeigte auf den Bogen und Ingrid las, dass drei Isaksen Skarsvåg zu einem Hof im Süden der Hauptinsel sollten, Molandsvika. Sie sagte:

»Die sind nett.«

Arne sah aus, als hätte er schon genug Unannehmlichkeiten erfahren, und wollte gehen. Ingrid hielt ihn zurück und sagte:

»Ich glaub, die sind nett, sind alte Leute.«

Das rechte Auge blickte fragend an ihr vorbei. Sie spürte einen Anflug von verzweifelter Reue und musste wieder Magnus anblicken, der auch um drei Uhr nachts ein Mann ganz auf der Höhe war, sie holte tief Luft und gab ihm die Papiere zurück, sagte, sie wisse, wo Henriksen wohne, ob sie ihm den Weg zeigen solle?

Er sagte nein, sie würden warten und die Leute ausschlafen lassen, ging dann in die Kombüse und kam mit zwei neuen Kaffeetassen wieder heraus, gab ihr eine und Arne die andere. Der Junge verneigte sich dankend, trank einen

Schluck, der zu heiß war, legte zwei mächtige Pranken um die Tasse und lief unversehens zurück zum Köderhaus.

Ingrid wollte ihm nachlaufen, ergab sich stattdessen aber der Stille mit diesem Mann. Sie warteten. Ingrid sagte, sie müsse zurück zu den Kindern. Er zuckte mit den Schultern. Sie fragte, ob er von dem Schiffsuntergang weiter unten im Süden gehört hätte, ein Truppentransport?

Er sagte nein.

Ingrid fand das seltsam, hatte er nicht ein Funkgerät?

Er sah sie verwundert an.

»Ach wie, ich hab 'n Funkgerät?«

»Ja«, sagte Ingrid, sie habe es im Kartenraum gesehen.

Er lächelte ausweichend und fragte, warum sie sich für das Schiffsunglück interessiere, das sei womöglich ein militärisches Geheimnis?

Sie sagte, sie glaube, es sei etwas anderes.

Er fragte, was es denn dann sein sollte, wandte sich aber gleichzeitig zu Ole um, der immer noch auf dem Vorderdeck mit seinem Kameraden redete, und er rief etwas, was Ingrid nicht hörte. Ole erwiderte etwas, das sie ebenfalls nicht hörte, die drei Männer lachten, was ihr abermals das Gefühl gab, etwas verpasst zu haben und dass sie noch nicht wieder sie selbst war.

10

Die ersten Fischerboote kamen vom Meer und trieben wartend vor der Handelsstation, da Magnus die Salthammer nicht verlegen wollte. Als Henriksen endlich auftauchte, entdeckte er den ganzen Aufruhr, bedauerte die Verspätung und war ungeschickt und servil. Magnus fragte, ob der Vorsitzende gut geschlafen habe, und bat ihn, sich zu identifizieren, ehe er die Bitte, das Boot zu entfernen, damit die Fischer die Kräne erreichen könnten, abermals abwies.

»Wir brauchen den Lüttenkai.«

Henriksen und seine Leute gingen die Treppe hinunter und an Bord und zeigten Namenslisten vor, die mit denen von Magnus übereinstimmten. Der Vorsitzende machte ein resigniertes Gesicht, als er Ingrid entdeckte.

»Du bis das?«

Ingrid sagte nichts. Er schüttelte den Kopf und verhandelte weiter mit Magnus, der Ole befohlen hatte, die Flüchtlinge mit all ihren Habseligkeiten an Deck zu holen, es sah in dem sinkenden Schnee aus wie eine lautlose Hochmesse. Henriksen las der Reihe nach Namen vor, die er nur mit Mühe aussprechen konnte, erteilte Anweisungen und Ermahnungen, überreichte hier und da einen Schlüssel und verlangte Unterschriften, zu denen er dann einen witzigen Kommentar abzugeben versuchte, womit er jedoch aufhörte, als ihm aufging, dass das Vergnügen nicht beiderseitig war.

Vereinzelt war Schluchzen von Frauen zu hören, die voneinander Abschied nahmen und denen samt Kindern und Matratzen und Kisten und Koffern auf den Kai geholfen wurde, wo zwei Autos und fünf Pferdekarren darauf warteten, sie in ihr neues Zuhause zu bringen.

Die Männer schluchzten nicht, sie reichten einer nach dem anderen Magnus die Hand, mit dem aufrichtigen und verlegenen Schweigen, das ein Mann sich mit Mühe und Not abringen kann, wenn er weiß, dass er für etwas Grundlegendes zu danken hat, für sein Leben zum Beispiel.

Ingrid wollte sich auch bedanken, bei Anja und den Kindern, denn ohne die wäre sie nicht hergekommen, was aber kein Grund zur Dankbarkeit war, und sie wurde von einer neuen Panik überwältigt und entriss Henriksen die Schlüssel, rief nach Anja und nickte den beiden Männern zu, die ihn in die Mitte genommen hatten.

Henriksen fragte, warum sie sich hier einmische, und sah sich zuerst die Familie und dann zwei unterschiedliche Zusammenstellungen von Papieren an, denn hier gab es noch mehr, das nicht stimmte, Finnen und Samen durften nicht mit Norwegern zusammengebracht werden.

Anja schrie, sie sei sesshafte Bäuerin, Bauersfrau. Henriksen lachte noch einmal und hielt Ausschau nach Unterstützung. Magnus lachte nicht, er sagte:

»Die sin doch jetzt all durchgewirbelt nach der Reise.«

Ingrid, Anja und die Kinder gingen zusammen mit den Männern, den Säuglingsmüttern und zwei kleinen rassereinen Waisenmädchen, die gemeinsam einen Kartoffelsack schleppten, nach oben, vorbei am Laden, wo Margot und zwei andere im Winterwetter standen und hinter ihnen herschauten. Margot entdeckte Ingrid und winkte. Ingrid winkte zurück. Sie sah keine Soldaten oder Militärfahrzeuge, der Militärposten war so verlassen wie der Pfarrhof.

»Jetzt kriegt ihr'n feines Haus«, sagte sie hektisch und schloss auf und bat die beiden Männer, Holz und Koks zu holen und in allen Öfen einzuheizen, dann ging sie vor ihrer verschneiten Begleitung her durch alle Zimmer und zeigte alles, was sie in seinen Einzelheiten erkennen konnte, ohne dass es wehtat.

Zum ersten Mal konnte sie auch die Säuglinge ansehen, auf der ganzen Fahrt hatten die Frauen schwanger gewirkt, aber bei der steigenden Temperatur wurden die Kinder aus den unförmigen Kleidern geschält und hatten klare Blicke und haarlose rosa Köpfe in ihrem neuen Heim.

Die beiden Mütter suchten sich jede ein Zimmer im ersten Stock, in dem früher die Konfirmanden von den Inseln zu zweit übernachtet hatten. Ingrid wusste auch, wo auf dem Dachboden eine Wiege stand. Sie zeigte Anja das Schlafzimmer des Pastors, der nicht mit seiner jungen Frau zusammen geschlafen hatte, der aber dennoch das breiteste Bett besaß. Im Zimmer der Pastorengattin brachte sie die beiden kleinen Waisenmädchen unter, auch dort war das Bett breit; sie zeigte ihnen Decken und Schränke und Schubladen und fragte, ob sie denn wirklich nur den Sack besäßen, den sie noch immer beide festhielten.

Sie sagten ja.

Ingrid fragte, ob sie Geschwister seien.

Die eine sagte nein, die andere zögerte.

Mikkel bekam das Zimmer, in dem Ingrid vor ihrer Konfirmation geschlafen hatte. Der eine Mann nahm sich das Arbeitszimmer des Pastors, das Bibliothek genannt wurde und wo ein englisches Ledersofa stand. Der andere quartierte sich im Seitenflügel ein, wo sonst die Gäste untergebracht worden waren. Noch immer gab es zwei freie Schlafzimmer. Ingrid überlegte und holte Sara und Ellen und sagte, jede könne eins haben. Die beiden wechselten einen Blick. Sara sagte:

»Wir wolln zusammen.«

Ingrid nickte und rief alle in das eine Zimmer, sagte, sie sollten sich auf die Betten setzen, und erklärte, wenn sie mit Marken und Geld, die sie soeben vom Ausschuss erhalten hatten, und mit weiteren, die sie ihnen gleich geben würde, in den Laden gingen, würde Margot sagen, Geld und Marken seien keine Hilfe, da sie nun einmal keine Margarine habe. Aber Margot habe Margarine, sie sollten ihr also nicht glauben, Margot ziehe es vor, ohne Marken zu verkaufen, zu einem höheren Preis, falls sie nicht ausverkauft war, aber auch dann habe sie immer für Geld und ohne Marken verkauft, oder für mehr Geld, als es eigentlich kostete.

Anja verstand von allem kein Wort.

Die eine Säuglingsmutter wohl.

Ingrid wiederholte, wenn sie einkauften, ob nun Zucker oder Mehl oder Lampenöl, dann sollten sie sich nicht entmutigen lassen, sondern mit und ohne Marken verhandeln, alles versuchen, vor allem Geld. Und wenn sie bei der Handelsstation Fisch kauften, sollten sie etwas mehr bezahlen, als der Vorarbeiter verlangte, ohne dass er es andeutete und ohne Marken, denn dann würde es beim nächsten Mal mehr Fisch geben, oder sie sollten direkt bei den Fischern kaufen, und denkt daran, Hering ist billig,

Hering ist fast gratis, allerdings gibt es im Moment nicht viel Hering …

Ingrid war ernst und mahnend und fieberhaft, sie sah Sara mit besorgter Miene an und sagte, Sara müsse sofort in der Schule anfangen. Sara nickte. Ingrid sah Anja an und sagte dasselbe. Anja fragte, ob sie kein Vertrauen zu ihr habe? Ingrid überhörte die Spitze und fragte die beiden kleinen Mädchen, wie alt sie seien. Die eine sagte sechs, die andere gab keine Antwort, sah aber älter aus.

»Du musst auch in die Schule.«

Die Kleine reagierte nicht. Ingrid fragte nach ihrem Namen, aber die eine Säuglingsmutter griff ein und sagte, sie kenne die beiden und werde dafür sorgen, dass die Ältere, die übrigens Nelvy hieß, wie sich nun herausstellte, zur Schule gehen werde, die andere hieß Gunvor, sie kamen aus einem Dorf beim Bjørnevatn, waren aber nicht ins Bergwerk gegangen.

Ingrid fragte, was das bedeuten solle.

Die Säuglingsmutter sagte, die Einwohner von Kirkenes hätten sich in einem Bergwerk versteckt, als die Stadt dem Erdboden gleich gemacht worden war, dass aber viele – eben auch die Familien von Nelvy und Gunvor – zu Schiff nach Westen gebracht worden seien, nicht alle seien angekommen, sie wisse nicht, weshalb, die beiden sagten niemals etwas, weder Nelvy noch Gunvor …

»Und jetzt nimmste ihr die Mütz ab«, schrie sie plötzlich Ingrid an. »Ich schaff das nämlich nich!«

Ingrid ließ fragend ihren Blick von der Frau zu der Mütze wandern, die von Nelvy mit beiden Händen festgehalten wurde.

»Was ist denn los?«

Nun hatte der eine Mann genug, er war ein ganzes Stück über sechzig, hatte eingefallene Wangen mit weißen Bartstoppeln, einen viel zu großen Mund für so wenige Zähne, und er zitterte in seinen Kleidern; er begann mit einem kleinen Räuspern, streckte einen Arm aus, sagte: »Nix wie Dreck«, riss der Kleinen die Mütze vom Kopf und schleuderte sie in eine Ecke. Nelvy schrie auf und hatte auf einem kantigen Kopf Krätze und keine Haare. Ingrid sah, wie sie um das Bett herumlief und die Mütze packte, wartete, bis Nelvy die Mütze wieder auf dem Kopf hatte, und sagte, sie solle mit ihr kommen.

»Kriegen wir Arbeit?«, rief der Alte. »Wir brauchen Arbeit.«

Ingrid sah ihn an.

»Sonst wer'n wir verrückt!«

Die Mutter, die vom Bergwerk erzählt hatte, kehrte ihnen den Rücken und fing an zu stillen. Die Kinder liefen eins nach dem anderen hinaus. Anja zog Ante aus. Ingrid hatte eine Hand um Nelvys Handgelenk geschlossen und fragte, ob der Mann krank sei, da er so zitterte. Er zuckte mit den Schultern. Sie sagte, sie werde sich auf der Handelsstation umhören, da gebe es immer etwas zu tun, oder in der Konservenfabrik.

Er sagte, er sei Tischler.

Ingrid sagte, dann wisse er, was harte Arbeit ist, erhob sich und ging gefolgt von Nelvy in die Waschküche. Dort gab es einen Wasserhahn und zwei große Steinbecken, die an der einen Wand befestigt waren, es gab auch einen Ofen. Ingrid füllte eine Wanne, stellte sie auf den Ofen und sagte, hier sei sie, Ingrid, die Chefin, Nelvy könne sich entscheiden, entweder mit Mütze gewaschen zu werden oder ohne. Nelvy weinte und entschied sich nach einigem Drängen für mit.

Als das Wasser warm war, beugte Ingrid sie über die Wanne, goss zwei Schöpfkellen voll Wasser über die Mütze, legte die Kelle weg, riss die Mütze ab und hielt Nelvy mit festem Griff umklammert, während sie immer mehr Wasser nachgoss und ihr den Kopf mit Schmierseife scheuerte.

Nelvy zappelte und schrie, wurde aber fügsamer, als Ingrid ihr mehr Wasser über den Kopf gegossen hatte. Sie schrubbte abermals und goss ein drittes Mal Wasser nach. Sie sah keine Läuse, es sah auch nicht nach Krätze aus, es gab nur diese seltsamen Beulen am Schädel.

Ingrid wickelte Nelvy in ein Geschirrtuch, legte die Mütze in die Wanne und schrubbte auch sie mit Schmierseife auf dem Waschbrett, während Nelvy auf dem anderen Becken saß und sie musterte, beide Hände auf das Geschirrtuch gelegt, es sah aus wie ein Turban, sie hatte lange, schlanke Finger.

Ingrid sagte, sie werde die Mütze über dem Küchenofen trocknen, es werde schnell gehen, Nelvy könne so lange eine andere haben. Sie zog sie mit nach oben in ein Kinderzimmer, wo eine Kommode voller Kleider stand, und fand eine blaue Mütze. Nelvys war rot. Sie wollte wieder eine rote. Ingrid durchwühlte die Schublade und fand eine graue. Nelvy nickte widerwillig und wollte sie über das Handtuch ziehen. Ingrid sagte, das sehe gut aus. In der Tür stand Gunvor und fand, Nelvy sehe seltsam aus. Nelvy schien das nicht schwerzunehmen. Ingrid griff nach ihren schlanken Fingern und musterte sie, in verwunderter Bewunderung, bis Nelvy sie mit verlegenem Lächeln zurückzog, sie fragte nach Ingrids Namen.

Ingrid nannte ihren Namen und sagte, sie wohne auf Barrøy, fragte dann, wie Nelvy heiße, außer Nelvy. Nelvy sagte, sie heiße sicher Arvola.

Ingrid fragte, warum sie das noch nicht gesagt habe, jetzt stehe nichts über sie in den Unterlagen für den Versorgungsausschuss.

Nelvy sagte, das wisse sie nicht. Sie fragte, wo Barrøy liege.

»Da«, sagte Ingrid und zeigte auf die Wand über einem Bett, wo ein Bild eines Hirten im Kittel und mit Hirtenstab und drei Ziegen hing, das Nelvy sich jetzt ansehen konnte.

Ingrid sagte, sie werde die Speisekammer inspizieren, verließ Nelvy und ging nach unten und zu Reihen von Marmeladengläsern und Konserven und setzte sich auf das unterste Fach, wo die Pastorenfrau Kupferkessel und Eimer voller Getreide und Mehl aufbewahrte, und musste sich eingestehen, dass ihr jetzt kein Aufschub mehr blieb. Sie war zudem erschöpft und hätte weinen mögen, sie starrte blind auf Brottrommeln und Siebe in allen Größen und dachte an Nelvys Finger und den blauen Koffer, an die Plätzchendose und den Sack mit der Wolle, die sich noch immer an Bord der Salthammer befanden, daran, wie es weitergehen sollte.

Sie schüttelte sich, ging wieder hinaus, schloss die Tür ab und gab den Schlüssel der Säuglingsmutter, die sich auf dem Schwarzmarkt auskannte, fragte nach ihrem Namen.

»Johanna …«

Die neunzehn Jahre alte Johanna Matea Hætta aus den Kiefernheiden in Tverrelvdalen wurde damit zur Herrin über Schlüssel und Speisekammer eines wohlhabenden

Pfarrhofes am Meer; sie zog einen dicken Faden aus ihrem Rock, band sich den Schlüssel um den Hals und stillte wortlos weiter vor den Augen von Ingrid, die an Johanna und dem Kind vorbeischauen musste.

Sie verpasste Ellen und Sara eine Art Umarmung, sagte, sie sollten mit Nelvy und Gunvor spielen, mahnte Nelvy noch einmal, sie solle ja zur Schule gehen, hörte Anja fragen, was mit ihr los sei, und lief mit dem ärgerlichen Gefühl hinaus in den Schnee, zu weit gegangen zu sein, dieses Gefühl saß in ihren Kniekehlen, in Form eines Zitterns.

Sie bekam von Margot so viel Margarine und Zucker, wie sie wollte, und Margot sagte, Ingrid sehe erstaunlich gesund aus. Sie gab Marken und Geld. Aber sie beantwortete keine Fragen nach ihrem Befinden, sie lief nur hinaus und zog die Waren in stetig wachsendem Tempo den Weg hoch, wurde langsamer, als die Topplaterne und die Ausgucktonne der Salthammer über dem Dach der Handelsstation zum Vorschein kamen, setzte auf Schnee und Eis einen Fuß vor den anderen, aufmerksam und steif, mit dem gebieterischen Gewicht des Wagenbügels im Kreuz.

Sie hatten das Boot rückwärts an den Kai gezogen, vor der Handelsstation lag ein lokaler Fischer und löschte seine Ladung, während zwei andere davor warteten, die Blicke, die sie vom Kai her trafen und erkannten, einige winkende Hände, jemand rief, sie winkte zurück und ging mit kleinen Schritten die zwölf Stufen hinunter zum Lüttenkai und rief über das leere Deck der Salthammer, sie sei gekommen, um sich zu verabschieden.

Keine Reaktion.

Sie rief wieder, hörte leises Lachen irgendwo über sich und entdeckte Magnus im Steuerhausfenster, den braunen Bart, die Haare, die Augen, die hinaus und nach oben schauten. Das Deck war frischgespült und glatt, die Plane von der Kanone entfernt, die Gerüststange verschwunden, und die Maschine dröhnte.

Ingrid rief ihnen zu, sie sollten eine gute Fahrt nach Norden haben.

Er antwortete etwas, das sie nicht verstand. Sie schrie:

»Was?!«

Er rief durch den Lärm:

»Deine Sachen!«

Der Koffer und die Plätzchendose im Köderhaus. Sie schaute den Kasten mit den Lebensmitteln an, hob ihn rasch ins Boot, stieg hinterher und lief nach achtern, während Ole die Trossen vorn löste und Magnus Gas gab, sodass der Bug nur so hochwippte. Ohne eine Miene zu verziehen, sah sie Ole zurückgehen und auch die andere Trosse lösen, alles wiederholt sich, aber das hier war ihre Entscheidung, das machte es nicht einfacher, endlich war auch kein Umdrehen mehr möglich, aber das zu erkennen, war keine Erleichterung.

Ingrid sprang die zwei Stufen ins Steuerhaus hoch und sagte, sie werde ihn hinauslotsen.

»Ist das gefährlich?«

»Nein.«

Sie korrigierte sich zu: »'n bisschen.«

Er sagte:

»Du willst doch nich nach Hause?«

»Nein.«

Dann sagte sie mit starrem Blick auf das vertraute Fahrwasser, er solle mit ihr auf die Insel kommen und diese

Nacht bei ihr verbringen, vorher müsse er sich allerdings waschen. Er schwieg lange, dann fragte er:

»Wo?«

»In der Wanne.«

Er lachte lautlos, und sie sagten nichts mehr.

Er lenkte sie nordwestlich an Oterholmen vorbei und durchpflügte eine Armada aus Eiderenten zwischen der Nordspitze und dem Hafen, murmelte einige anerkennende Wörter über den Kai, diesen Berg aus handbehauenen rosa Steinen, der einmal in Ingrids Kindheit, als ebenfalls Krieg geherrscht hatte, von fremden Händen gebaut worden war. Sie sagte, ja, guter Kai.

Sie überließen das Boot Ole und dessen Kumpel, der sein Flüchtlingsdasein sabotiert und auf Dauer auf der Salthammer angemustert hatte. Die Männer wechselten einige Worte, die Ingrid nicht hören konnte. Sie gingen auf die dunklen Häuser zu, Ingrid voran mit Koffer und Plätzchendose, den Blick starr in den Tiefschnee gebohrt, wie um noch einmal nach Spuren zu suchen, die nicht vorhanden waren, er mit den Waren und den Wollknäueln, hinein in die kalte leblose Küche, auch dort konnte sie sich noch immer blind stellen.

Sie machte Licht und er machte Feuer, während sie blinzelte und nichts zum Fürchten fand. Als er keine Beschäftigung mehr hatte, blieb sie vor ihm stehen, bis beide verlegen wurden, und fing an, ihn auszuziehen, obwohl es noch nicht warm in der Küche war, überhörte einige angestrengte Scherze über die Zinkbütte, die seit Generationen der Bevölkerung von Barrøy diente, und wusch ihn ohne ein Wort, während sie an Nelvy und das Wasser dachte, rinnendes, reinigendes, linderndes Wasser, kalt, warm, glatt, nass, salzig … während sie an Seife dachte, die nicht schäumte, an Gestank und Dreck, bis sie vorsichtig schnuppern und nicht die geringsten Anzeichen von Mensch wahrnehmen konnte.

Er fragte:

»Warum machste das?«

Sie machte ihren Oberkörper frei und zeigte ihm den Rücken, fragte, was er zu den Narben sage. Er sagte, die schienen gut zu heilen. Sie erneuerte das Wasser, erzählte von Nelvy und deren Fingern und fing an, über Wasser auch zu *reden*, wie angetrieben von einer hochgestimmten Form von Läuterung, einem Ritual, das wiederholt werden musste, um zu wirken, während er in eine Decke gewickelt im Schaukelstuhl saß und seine Frage noch einmal stellte:

»Warum machste das?«

»Ich muss.«

Sie zog ihn die Treppen zum Südsaal hoch und schlief mit ihm, ohne etwas anderes zu sagen, als ein weiteres Mal die Antwort auf seine Frage zu beantworten, und sie fand, es mache ihn zu einem besseren Menschen, dass er diese nicht weniger als dreimal gestellt hatte.

Als er einschlief, stand sie auf und ging hinunter in die Küche und wusch sich ein weiteres Mal, jetzt ohne irgendeinen Gedanken, ging hinauf in den Nordsaal und legte sich in das kalte Bett und schlief ein und wachte erst auf, als die Nacht vergangen war und ein neuer Wintertag hart gegen die weißen Fensterscheiben schlug. Die Salthammer hatte Barrøy verlassen. Ingrid fragte sich, wo die Katze Koschka stecken mochte, begriff, dass die Adler sie geholt haben mussten, das war jedenfalls ein Gedanke, den sie ertragen konnte. Dann schlief sie wieder ein.

III

1

In dem Spätsommer, in dem Ingrid Barrøy zehn wurde, fuhr ihr Vater mit der ganzen Familie zum Heukaufen nach Nesholmen. Nesholmen lag so dicht am Festland, dass es schon gar nicht mehr wie eine Insel aussah. Sie gaben vor, Ferien zu machen, die Mutter nannte es Picknick und musste erklären, was das bedeutete, und es wurde ein roter Tag in einem Kalender mit lauter schwarzen.

»Aber wie sollen wir Platz fürs Heu kriegen?«

»Nehmen eben zwei Boote.«

Es war der feuchteste Sommer seit Menschengedenken gewesen. Aber Ende August brach eine so brutale Hitze über Land und Meer herein, dass die Gedanken weich wurden und es allen vor Augen schwindelte. Der Dampf hing über krumeschwarzen Wiesen, die Vögel schwiegen, die Landschaft gab unhörbares Stöhnen von sich, und das Meer lag flach da wie ein frischlackierter Boden.

Die Mutter war fröhlich und plauderte und packte die Lofotkiste des Vaters mit Essen und Milch und Kleidern voll, von denen sie hofften, dass sie sie nicht benötigen würden. Sie setzten sich ins größere Boot und nahmen das kleine in Schlepp und ruderten abwechselnd, standen aufrecht im Boot und schaukelten, lachten und waren albern, in den Stunden, die sie für die Überfahrt nach Nesholmen brauchten, wo Hans Barrøy mit einem alten Ehepaar, das kein Vieh mehr hatte, aber weiterhin mähte, um Heu vom Vorjahr verhandelte.

Der Bauer fragte, ob sie Kaffee wollten.

Sie trinken den Kaffee draußen im Gras. Sie essen und reden, während Ingrid und Lars mit dem Hofhund spielen. Sie laden das Heu ins kleinere Boot und binden es fest.

Aber sie rufen nicht nach den Kindern, als sie fertig sind, sie legen sich stattdessen auf den Ellbogen in den Sand und starren nach draußen – nach Barrøy, sie geben sich dem Müßiggang hin.

Hans Barrøy fällt ein, dass er eine Flasche bei sich hat, aus der zuerst die Männer und dann die Frauen trinken. Sie ziehen sich zum Baden aus, und es ist einfacher für die Kinder, nackt zu sein, bei Großvater Martin geht es langsamer, dem Einzigen unter ihnen, der nicht schwimmen kann: Er zieht sich aus und sitzt wie ein weißer Fisch an Land, erhebt sich und geht langsam zu den leckenden Zungen hinunter, watet einige Schritte hinaus und verflucht die Insekten, die er auf seinem Rücken mit seinen kupferbraunen Pranken nicht erreichen kann, bis das Bad der anderen zu Ende ist, dann geht er hinauf und zieht sich zusammen mit ihnen an, und danach setzen sie sich wieder.

Das Paar auf dem Hof hat gesehen, was sie machen, kommt zu ihnen und setzt sich ebenfalls, auch die beiden haben eine Flasche.

Das ist eine Kinderzeichnung, das Grüne ist grün, das Blaue ist blau, kaum ein Seeigel ist rot, aber das Gelbe brennt sich vor allem in der Erinnerung ein, das Gelbe und der weiße Sand. Nesholmen ist vielleicht ein bisschen größer als Barrøy, und es bietet möglicherweise Platz für zwei oder drei Haushalte, aber ehrlich gesagt sind sie sich so ähnlich, wie zwei Inseln das nur sein können, die Leute von Barrøy sind unter ihresgleichen, es ist ein Tag voller Ereignisse, bis auch der ein Ende nimmt und sie nach Hause müssen.

Hans rudert, mit den Ruderschlägen eines zufriedenen Mannes. Er trägt eine schwarze Weste mit einer Uhrkette ohne Uhr, und eine Kapitänsmütze, die sein Bruder ihm bei den Lofoten aufzusetzen verbietet. Dann rudern Barbro und Maria ein Stück. Sie haben sich feingemacht, die eine trägt Gelb, die andere Blau, wie immer, sie haben sich Strickjacken über die Schultern geworfen, und die Ruder sind stille Löffel in dicker Soße. Die langen Schatten der Boote gleiten über die Felsen, und das Schleppseil dümpelt leise zwischen ihnen, so leise, dass die Stimmen vom größeren im kleineren Boot zu hören sind, bei den Kindern und dem alten Martin, der auf dem Heu eingeschlafen ist: Hans Barrøy sagt zu Maria, sie müssten eigentlich auch einen Sohn haben, eine verspielte Einladung eines beschwipsten Mannes an eine schöne Frau. Maria sagt, sie hätten doch Lars, und Ingrid sieht, wie Barbro zu den Bootsbrettern hinunterlächelt. Sie sieht auch, dass Lars es nicht hört, er ist im Armwinkel des Großvaters eingeschlafen, und sie denkt, dass sie ihn umbringen muss.

Sie fährt auf, die Stimmen im anderen Boot werden leiser, die Mutter dreht sich zu ihr um und fragt, ob sie friert. Ingrid sagt nein. Sie lächeln einander an, in einem Licht, das noch blauer wird.

2

Jetzt steigt das Licht von den Laternen im Hafen auf und sieht aus wie schlaftrunkene Wirbel, unklare und flimmernde Bilder, und die erste Angst, die Ingrid verspürte, entstand aus ihr selbst, ein persönliches Gift, das sie bisher verstecken konnte – bis sie im Bett der Eltern im Südsaal auf dem Rücken liegt, mit beiden Händen vor dem Gesicht, erfüllt von derselben treibenden Angst; neben ihr steht die Tür zum Verschlag sperrangelweit offen, die Decken sind zur Seite geschlagen und dort liegt kein Zeichenblock.

Sie setzt sich auf und starrt die Öffnung an, legt sich wieder hin.

Sie hat das Brennholz mit einer stumpfen Axt gespalten, weil sie nicht allein schleifen und Steine schleppen kann, sie hat Brot gebacken und Milch vermisst, sie hat Zimmer geschrubbt, in denen niemand wohnt, sie hat festgestellt, dass die Setzkartoffeln im Keller den Frost überlebt haben. Sie hat sich durch die Schneewehen zwischen den Häusern gekämpft, obwohl sie keine Tiere zu versorgen hat. Sie ist um die Insel gewandert wie die Zeiger um ein Zifferblatt, ohne Veränderungen oder das zu finden, was sie braucht, um wieder ganz zu werden.

Sie schließt die Tür zum Verschlag und steht aufrecht im Raum. Dann geht sie in den nächsten, hebt Gegenstände hoch und wiegt sie in den Händen, Nachtgeschirr, Schüsseln, ein Bild eines Lamms, sie macht sich an einer bestickten Decke zu schaffen, zieht eine Schublade auf und schließt sie so langsam, dass die Schublade stillsteht. Sie starrt durch das Fenster, bis alles zu Wasser wird, und geht in die Speisekammer und nimmt drei vom Frost geborstene Marmeladengläser heraus, sie sortiert Gläser und Beeren und wirft die Beeren weg, trägt die Glasscherben hinaus und weiß, wo sie die bis zum Frühling vergraben kann, sie geht in den Stall und setzt sich auf die Treppe, dort, wo sie einmal Wasser gesehen hat, ohne zu begreifen, was das bedeutete.

Ein Boot mit zwei Männern, deren Lachen.

Das Boot war ein Dory, und die Männer waren Lensmann Henriksen und Leutnant Hargel: Henriksen erhob sich schwankend und warf die Vertäuung, aber nicht weit genug, Hargels grobes Spottlachen; Ingrid watete hinaus und zog sie zum Steg, und Henriksen fiel mit dumpfem Knall vornüber; sie sah ihn fallen und hörte ihn fluchen, ein Körper, der auf die Vorpiek eines Bootes auftrifft, noch mehr dumpfes Gelächter, fern, und dann im Haus …

Sie waren zurückgekommen, um etwas zu untersuchen, sie waren gekommen, um sie zu verhören, aufgrund eines Verdachts, sie waren gekommen, um die Wahrheit aus ihr herauszuprügeln, wenn nötig, und noch aus anderen Gründen, an die sie sich nicht erinnert.

Sie erhebt sich von der Stalltreppe und geht ins Haus und holt weitere Kleider, schiebt das Ruderboot ins Wasser und rudert zur Außenseite von Moltholmen und tut etwas, während in ihr weiterhin nichts geschieht, sie muss anfangen, sich darauf zu verlassen, dass der mahnende Brief, den sie an Suzanne geschrieben hat, seine Wirkung tut, der Brief, den sie an Lars hätte schicken müssen, denn sie kann nicht allein sein, weniger denn je – die Schnur gleitet über die Laufrolle und verschwindet im Meer, taucht bei der nächsten Welle wieder auf, und ein Fächer aus Tropfen legt sich über Fäustlinge und Ruderbank und Dollbord, aber sie werden nicht zu Eis.

Sie starrt sie an. Und stellt fest, dass ihr nicht von der Arbeit warm ist, sondern weil sich der Wind gedreht hat, und das hat er schon vor langer Zeit, denn der Schnee war schon pappig, als sie zum Bootsschuppen gegangen ist, und im Süden steht ein Turm am Himmel.

Sie rudert wie eine Besessene und bringt das Boot in Sicherheit, blockiert die Türen, trägt den Fang nach oben und macht ihn in der Küche zurecht, bewahrt Leber und Rogen auf und kocht und isst, bis das Wüten des Sturmes unerträglich wird.

Sie legt sich mit der Decke über dem Kopf in die Küche, merkt, wie das Haus vibriert, und wird von einem Gummiknüppel, der aussieht wie eine schwarze Schlange, an der Schläfe getroffen, er wird wieder gehoben und trifft sie über dem Ohr und der anderen Wange, mehrere weiße Blitze und eine anhaltende Stille, die in ein fernes Rauschen fließenden Wassers übergeht, und es ist nicht sauber, es ist Urin, es ist ihrer, der heiße Gestank ihrer selbst, die Nasenlöcher, die sich mit Blut füllen …

Sie hatten den Zeichenblock gefunden.

Der Regen peitschte gegen Dach und Wände. Sie stand auf und erbrach sich, legte sich hin und schlief in der Küche, bis die Insel zu einem glitzernden Panzer aus braunem Eis geworden war. Sie stand auf und ging hinaus in die letzten Windstöße, sah, wie es sich über den Bergen im Osten aufklärte, ein fauliges Sonnenauge über dem Horizont im Süden, sie hatte das Ende des Weges erreicht, käme Suzanne überhaupt irgendwann, müsste es jetzt geschehen. Aber die Tage gingen, und die Nächte, und verschwanden spurlos, und wer kam, war Barbro.

3

Barbro wurde von Adolf aus Malvika und seinem Sohn Daniel herausgerudert. Sie brachten zudem einen Sack Mehl, eine Kanne Milch und ein trächtiges Schaf mit. Ingrid hatte sie seit über einer Stunde gesehen und nichts gedacht, nichts erwartet.

Jetzt sah sie die Tante breitbeinig übers Dollbord steigen und humpelnd an Land waten und auf die Knie fallen und die Insel mit lautem Geheul küssen. Sie hörte Daniel lachen und sah, wie Adolf das Schaf über das Dollbord und ins Wasser bugsierte. Sie watete zu ihnen hinaus und schleppte das Schaf an Land, wo es stehen blieb und sich wie ein Hund schüttelte. Sie lachte, ohne es zu tun, richtete sich gerade auf und sah die anderen an, und die sahen sie an, als ob sie sie erkannt hätten, und sie sagte, es sei schön, sie zu sehen, welches Datum es denn sei.

Sie sagten, es sei die zweite Februarwoche.

»Mittwoch.«

Ingrid erfuhr, dass Barbro das Schaf mit Geld bezahlt hatte, und Milch und Mehl auch, aber die Kanne hätten sie gern zurück.

Sie trugen die Kanne zwischen sich nach oben und leerten den Inhalt in einen von Barrøys Eimern, während Barbro sang und mit den Armen fuchtelte und weinte und das Licht des Himmels sah und so nachdrücklich wie eine

Idiotin aussah, dass Ingrid in eine andere Richtung blicken musste.

Sie fragte, ob die anderen Hunger hätten.

Vater und Sohn sagten nein, sie hätten Wegzehrung, aber Adolf wollte gern kurz mit ihr sprechen und sah aus, als müsse er seine Kräfte sammeln, ehe er aus sich herauspressen konnte, dass ihr großes Boot bei ihm im Bootshaus stehe, er wisse ja nicht, ob sie es zurückhaben wollte, oder wohl eher, *wann*.

Ingrid kniff die Augen zusammen und sagte, das wisse sie auch nicht. Was er denn meine?

»Ich hab gedacht, vielleicht noch nich gleich«, sagte Adolf.

Ingrid rührte sich nicht.

Adolf aus Malvika war in all den Jahren der Ankerpunkt der Insel an Land gewesen, jetzt nickte er einige nachdenkliche Male und sagte, er habe das nur sagen wollen, nein, er zog ein zusammengefaltetes Blatt Papier aus der Hosentasche und reichte es ihr. Ingrid las ihre eigene Handschrift, die Bitte an alle guten Menschen um Hilfe für diesen Mann, der niemals sterben dürfe, so hatte sie sich ausgedrückt.

Sie schleuderte ihren Zopf in den Rücken, sie hatte nur noch einen, und sah den alten Mann an, als ob er ihre Insel überfallen habe. Er schaute unruhig zu seinem Sohn hinüber und sagte, sie habe das doch nur wissen sollen.

»Wassn?«

»Dasses eben nur gut geht.«

Er verbeugte sich abschließend, stieg ins Boot und murmelte seinem Sohn etwas über das Segel zu. Ingrid schob sie vom Land ab und blieb stehen, bis sie es gesetzt hatten, bis es sich mit Wind gefüllt und bis Adolf sich am Achtersteven gesetzt hatte, mit der Ruderpinne unter dem Arm. Daniel winkte.

Barbro brachte das Schaf in den Stall und Ingrid trug den Mehlsack. Sie stellten den Milcheimer in die Speisekammer und Barbro weinte glücklich immer weiter und erzählte davon, wie schrecklich es im Krankenhaus gewesen sei, das Essen, die Schwestern, die Ärzte ... Während Ingrid mit dem Blatt Papier in der Hand im Schaukelstuhl saß und die Geräusche eines anderen Menschen hörte, die Katze Koschka vermisste, und sich fragte, warum er es dem Erstbesten gegeben hatte, der ihm über den Weg gelaufen war.

Weil er es nicht lesen konnte? Ihr nicht vertraute? Und wie viele andere Gründe gab es noch?

Barbro machte sich an den Herdringen zu schaffen, betätigte die Wasserpumpe und entfernte Fischabfälle aus der Bütte in der Speisekammer, sei Ingrid denn so weggetreten gewesen, dasse hier drinnen Fisch ausgenommen hatte?

Sie machte sich ans Kochen. Ingrid faltete das Blatt Papier zusammen und musste etwas sagen, sie sagte, sie hätten kein Futter für das Schaf.

Barbro sagte, das könne das alte Gras abfressen, jetzt, wo der Boden schneefrei sei, sie hätten im Sommer doch nicht gemäht, sie könnten aus Tang und Fischköpfen Stallbrei kochen, soll es doch Tang fressen, Heu könnten sie kaufen.

Und sie hatten doch da draußen auf Gjesøya auch noch Stroh in der Scheune, sagte Ingrid, und Barbro legte in ihrer gewaltigen Heimkehr eine Pause ein, bildete zwischen den Augenbrauen eine besorgte Furche und sagte:

»Du hast dich aber verändert.«

»Ja …?«

»Du bist hübsch geworden.«

Ingrid wollte sagen, das sei sie immer gewesen, aber die Tante blieb mit ihrem Knick in der Hüfte stehen und musterte sie wie eine Überraschung. Sie trat dicht an Ingrid heran, packte ihren Zopf und betrachtete den, ließ ihn fallen und machte sich mit einem irritierenden Summen wieder an die Töpfe – und Ingrid fiel in ihrer verzweifelten Wut ein, wo sie den Zeichenblock versteckt hatte: Sie war nach oben gestürzt und hatte ihn aus dem Verschlag gerissen, sowie sie die Männer im Boot entdeckt hatte, dann war sie voller Panik um das Haus gelaufen, bis sie eine weniger sichere Stelle gefunden hatte, wie eine Idiotin: Unter der Matratze im Bett des Großvaters. Aber Barbro stand vor ihr wie eine Wand, mit dem Kartoffeleimer, der von ihrem äußersten Fingerglied baumelte, noch immer mit diesem irritierenden Lächeln.

Ingrid riss den Eimer an sich und lief hinaus in den Regen, öffnete die Kellertür und kniete nieder, um das Licht an sich vorbeizulassen, hob Kartoffeln auf wie Eier aus einem Nest und legte sie zu Kreisen, zählte sie und war sich ihrer Sache ganz sicher, ehe sie hineinging und den Eimer auf die Bank neben dem Ausgussbecken stellte und weiter in die Kammer des Großvaters lief und das Bettzeug zur Seite schlug und sah, dass der Zeichenblock wirklich dort lag, und das tat er.

Sie presste ihn an die Brust, öffnete ihn und sah die Muscheln und Kiefernzapfen ihrer Schultage, das russische Gedicht aus drei unleserlichen Strophen zu drei gleichen Zeilen, blieb stehen und trat von einem Fuß auf den anderen und schwankte, bis er nicht mehr fester gegriffen werden konnte, und ging auf den Dachboden und legte den Block unter die Bettwäsche im Verschlag, wo er hingehörte, im Nordsaal.

Als sie wieder nach unten kam, stand Barbro mit auf die Hüfte gestemmten Händen unten vor der Treppe und fragte:

»Wer's der Vater?«

Ingrid ging nach unten, schob sie zur Seite, lief weiter in die Küche und sagte mehrmals – es war wie ein Stammeln –, das gehe Barbro nichts an, die Hölle selbst sei der Vater, machte dann kehrt und gab widerwillig etwas über einen Walfänger aus Reine zu, und Barbro blieb stehen und sah aus, als suche sie nach einem Grund, um zu zweifeln.

Sie fragte nach dem Namen des Mannes.

Ingrid schwieg. Barbro nickte, dann nicht, drehte sich um und hob ein Stück Fisch aus dem Wasser und blieb stehen, bis Ingrid neben sie trat, damit sie zusammen den Regenbogen in dem weißen Fleisch bewundern und gemeinsame Sache in der Arbeit machen könnten, den unsichtbaren Balancepunkt zwischen gekochtem und ruiniertem Fisch zu finden. Barbro fragte, wo sie den gefangen habe. Ingrid sagte, bei Skogsholmen, wenn sie sich richtig erinnere, sie erinnere sich nicht.

»Mit der Handleine?«

»Ja ...«

Barbro sah sie an.

Ingrid fragte, ob sie nicht die Leber wegwerfen und Margarine zerlassen wollten, jetzt, wo sie die doppelte Quote hätten und Barbro mit ihren Marken zu Hause sei, könnten sie doch feiern?

Barbro sagte, sie wolle Leber, die habe sie seit Jahr und Tag nicht mehr bekommen, und sie könnten von Porzellantellern essen und Johannisbeersaft trinken.

Ingrid sagte, sie hätten keinen Johannisbeersaft mehr.

Barbro sagte, das sei nicht möglich, so, wie sie im Sommer Saft gepresst und eingekocht hätten.

Ingrid sagte, die Flaschen seien im Frost geborsten, als sie fort gewesen war.

Barbro fragte, wo sie gewesen sei.

Ingrid sagte, bei der Arbeit, in der Handelsstation.

Barbro drehte sich um und sah sie an und fragte, ob im ganzen Herbst denn niemand auf der Insel gewesen sei. Ingrid sagte nein und spürte, dass der Zeichenblock sich nicht nur mit übelkeiterregender Erleichterung wieder angefunden hatte, sondern auch mit einer neuen Finsternis.

Sie ging hinaus und schaute lange in das fallende Wasser.

Als sie hereinkam, hatte die Tante den Tisch gedeckt.

Ingrid trocknete sich ab, und dann aßen sie wortlos, abgesehen davon, dass Barbro das Essen lobte und vorher und nachher sang. Ingrid sagte nichts über den Gesang.

Dann zogen sie sich an und gingen hinaus und fanden einen Pflock und ein Seil mit einem Eisenring, führten das Schaf in den nächsten Garten, trieben den Pflock in den Wiesenboden und schoben den Ring darüber, blieben stehen, bis das Tier anfing, an den braunen Grashalmen zu zupfen. Dann gingen sie wieder nach Hause.

Sie verrichteten die Hausarbeit und gingen nach unten und versetzten den Pflock. Barbro sagte, das Schaf müsse nicht angebunden werden, hier könne es doch nicht weglaufen.

Ingrid sagte, jetzt könne es jedenfalls nicht ins Wasser gehen.

Darüber lachten sie.

Als es dunkel geworden war, gingen sie es holen und führten es zurück in den Stall und gaben ihm ein Bündel trockenes Heu. Es war das wichtigste Schaf, das sie je gehabt hatten, wäre es kein Schaf gewesen, dann hätten sie es ins Haus geholt.

4

Im Februar ist das Meer türkis und die Inseln sind weiß wie Berge. Aber sie haben schwarze Ränder. Der Himmel ist hart wie Eis, und Ingrid rudert nicht ins Dorf, sondern hinüber nach Stangholmen, wo der uralte Thomas ihr so viel Heu verkauft, wie sie haben will. Sie sitzt auf der Bettkante seiner Frau Inga, die krank ist und mit den Augen spricht und Ersatzkaffee trinkt.

Auch Inga sieht, wie es um Ingrid steht, aber sie fragt nicht, ob das Kind einen Vater hat. Ingrid fragt, wie sie es sehen kann, es sei doch nicht zu sehen. Inga lächelt. Sie erzählt, dass auch auf Stangholmen Leichen an Land getrieben sind, die von den Deutschen und dem Frachtboot geholt wurden. Aber auch sie weiß nicht mehr über die Katastrophe, über die auch nichts in der Zeitung gestanden hat, die Thomas ab und zu bringt.

Ingrid wirft das Heu ins Boot und rudert nach Hause.

Eine Woche darauf ist sie wieder da. Jetzt geht es Inga besser, und sie sagt, da sei sie dem Leibhaftigen doch schon wieder von der Schippe gesprungen. Sie helfen Ingrid, das Heu ins Boot zu laden, und auch diesmal fragen sie nicht, ob das Kind einen Vater hat. Aber nachdem Thomas wieder ins Haus gegangen ist, fragt Ingrid Inga, wie viel zu früh ein Kind auf die Welt kommen kann. Inga sagt, das sei eine seltsame Frage, aber zwei von ihren seien zu früh geboren worden, das eine nicht weniger als zwei Monate, wenn sie richtig gerechnet habe.

»Und sie hat gelebt.«

So vergeht der Februar, ohne dass Ingrid zur Handelsstation rudert. Barbro wohl.

Ingrid sitzt an diesem Tag lange bei dem Schaf, mit dem Verdacht, dass die Tante etwas vorhat, und auch mit einer Hoffnung, dass dabei etwas herauskommt – *etwas* muss doch irgendwann zu etwas führen.

Und als Barbro am späten Nachmittag zurückkommt, sieht sie ihr forschend ins Gesicht, liest dort aber nur, dass die Tante offenbar ihre Erfahrungen mit Margot gemacht hat, das ändert sich nie, ob Margot etwas zu erzählen hatte, fragt Ingrid.

»Was solln das sein?«, fragt Barbro gleichgültig.

Ingrid fragt, ob sie mit anderen geredet habe. Barbro sagt ja, mit dem Lensmann.

»Dem Henriksen?«

Barbro ist geheimnisvoll, und sie sieht niemals dümmer aus als dann, wenn sie Geheimnisse hat. Ingrid sagt, der sei nicht mehr Lensmann.

Barbro stimmt zu.

Ingrid fragt, ob sie Soldaten gesehen habe, Militärfahrzeuge.

Barbro sieht nicht mehr dumm aus.

»Der Deutsche ist im Fort«, sagt sie und teilt mit, dass Barrøy Flüchtlinge aus Finnmark aufnehmen muss, darüber hat Henriksen mit ihr gesprochen, er wird in den nächsten Tagen herauskommen, um sich Ingrids Unterschrift zu holen, es ist Ingrids Insel.

Ingrid sagt, das wollen wir erst mal sehen, und fragt, ob Barbro nicht bei Jenny und Hanna eine Katze geholt hat. Barbro sagt, das habe sie vergessen.

Ingrid sagt, sie vergesse derzeit so viel, das liege sicher am Alter, und geht hinaus, um sich Arbeit zu suchen, sie kann zum Beispiel den Schuppen auf dem Schwedenkai aufräumen, wo sie Reste von so vielen Leben findet, die es nicht mehr gibt, dass es schon eine Belastung wird, sie durch den Schnee zum alten Lofotschuppen zu tragen, der schon so lange abgeschlossen ist, dass sich auch dort nur Reste dessen befinden, das es nicht mehr gibt. Im Laufe des Tages werden es noch mehr. Aber eine neue Ordnung ist entstanden – auf dem Schwedenkai.

Sie geht wieder nach Hause und sitzt in der Küche und sieht Barbro beim Kochen zu. Nach dem Essen will Barbro Netze knüpfen. Ingrid schläft im Schaukelstuhl ein und wird von der Tante geweckt, die sich am Ofen zu schaffen macht. Sie merkt, dass sie Speichel auf dem Kinn hat. Barbro sagt, sie solle doch schlafen, sie in ihrem Zustand. Ingrid zählt, wie viele Reihen die Tante am Netz geschafft hat, geht auf den Dachboden, legt sich hin und kann nicht schlafen.

Henriksen kam nicht wie beim vorigen Mal, mit einem requirierten Frachtboot und einem Trupp Soldaten, sondern allein, in seinem Wrack von einem alten Kutter, legte am Neukai an und konnte sich mit Mühe an Land schleppen.

Ingrid und Barbro standen am Küchenfenster und sahen, wie er sich durch die Schneewehen kämpfte. Barbro wollte ihm helfen, aber Ingrid hielt sie zurück und ließ ihn bis zum Windfang kommen und klopfen, ehe sie so leise wie möglich hinging.

Er trat ein, zog Pelzmütze und Handschuhe aus, schloss die Tür und starrte mit zwei Eiterbeulen von Augen in einem roten, geschwollenen Gesicht ins Leere, er war fast gänzlich in sich eingesunken, seit Ingrid ihn zuletzt gesehen hatte, fast hätte sie ihm einen Stuhl angeboten.

Barbro bat ihn, sich zu setzen, und fragte, ob er Kaffee wolle.

Er fand den nächsten Stuhl, stöhnte ja und sah Ingrid nicht an.

Sie fragte, warum er allein gekommen sei, der Versorgungsausschuss bestehe doch aus nicht weniger als drei Mann.

Er machte ein Gesicht, als halte er das für eine Fangfrage, musterte den Schnee auf der Fensterbank und sagte erst wieder etwas, als die Stille nicht mehr zu ertragen war, brachte seinen steifen Leib mühsam in Positur und murmelte kaum hörbar, sie hätten beschlossen, die Leute auf Barrøy müssten die Finnenfamilie Hætta aufnehmen, Mutter und vier Kinder, die bisher im Pfarrhof untergebracht waren, die zerstörten dort die Möbel, zerbrächen Tassen und Gläser, und das könnte der Ausschuss nicht auf sich sitzen lassen, nächste Woche würden neue Flüchtlinge erwartet, dieser verdammte Krieg nehme ja einfach kein Ende.

Ingrid lachte nervös und sagte, die Familie Hætta solle bleiben, wo sie war. Barbro stand mit dem Kaffeekessel in der Hand da, drehte sich um und sah sie verwundert an.

»Die können doch herkommen?«

»Die können nich herkommen!«, rief Ingrid außer sich.

»Wieso nicht?«

»Wir ham kein Geld. Und nix zu essen!«

Barbro schüttelte den Kopf und stellte Tassen auf den Tisch, schenkte ein und murmelte etwas Unverständliches, als sie zurückging und den Kessel auf den Herd knallte.

»Die Mädels müssen zur Schule«, sagte Ingrid tonlos.

Henriksen blies in seinen Kaffee, sah sich nach Zucker um, resignierte und goss Kaffee in seine Untertasse und fing an zu schlürfen, wischte sich mit dem Handrücken den Mund ab und sagte, der Ausschuss habe zu entscheiden. Ingrid habe sich danach zu richten.

»Nein«, sagte Ingrid.

Er sah ihr zum ersten Mal ins Gesicht, wurde aber nachdenklich, statt zu explodieren, und Ingrid konnte nicht entscheiden, ob sie in diesem vereiterten Blick die beschämte Abbitte eines schuldigen Mannes sah, oder einfach nur noch mehr Alter oder Krieg, als ob auch Henriksen vom Krieg gezeichnet sein könnte.

»Wir können die drei Jungs aus Hammerfest nehmen«, sagte sie. »Oder Skarsvåg, das haben sie in Molandsvika gesagt.«

Jetzt sah er noch überraschter aus. »Die können aufs Meer«, sagte sie nun. »Und fischen können die, die können arbeiten.«

»Die müssen doch auch in die Schule.«

Ingrid schwieg.

Henriksen trank Kaffee und sah aus, als habe er eine bedeutende Schlacht gewonnen, beugte sich mit gewichtigem Stöhnen vor und fischte ein zerknittertes Dokument hervor und legte es zwischen sie auf den Tisch. Ingrid erkannte das Formular und las, dass der Ausschuss Barrøy als vorübergehende Wohnstätte für zwischen fünf und acht Evakuierte für geeignet hielt … während sie sich fragte, wie sie – ohne zu fragen – aus ihm herausholen könnte, was wirklich hier passiert war, als er vor Weihnachten mit Hargel gekommen war, was sie mit ihr gemacht hatten.

Henriksen gab zu, dass es den drei Jungen in Molandsvika möglicherweise nicht besonders gut gehe, aber verdammt, wem gehe es in diesen Zeiten schon gut.

Ingrid fragte, was an den Zeiten auszusetzen sei.

Er rief, er habe sie noch nie verstanden, Fettweib!

Ingrid fragte, wo der Leutnant sei, Hargel.

Henriksen beantwortete zuerst die Frage, im Fort auf Nordøya, dann fragte er, was zum Teufel das denn für eine Frage sei.

Ingrid sagte, er solle sich davonscheren.

Barbro knallte abermals den Kessel auf den Herd. Henriksen erhob sich und schüttelte so energisch den Kopf, als ob er sich dessen entledigen wolle, schnappte sich Mütze und Handschuhe und ging dann weiterhin fluchend aus dem Haus. Ingrid heulte hinter ihm her, bis er am Fenster vorbeikam und sie sehen konnten, wie sich sein schwarzer Rücken durch den Schnee schleppte, mühsam und schwerfällig. Viel zu lange danach ertönte fernes Motorendröhnen, einfache, harte Herzschläge, dann verschwanden auch die.

Barbro drückte Ingrid in den Schaukelstuhl und fragte, ob sie denn ganz und gar den Verstand verloren habe. Ingrid spürte einen kühlen Luftzug am Unterarm und fing an zu erzählen, was im Winter passiert war, spürte, dass es bei jedem Wort, das sie über die Lippen brachte, noch entsetzlicher wurde, als es gewesen war, aber auch anders, als ob es sie gar nicht beträfe, und dass sie anfing, mit sich zu reden, so, wie eine Inselbewohnerin das tun muss, um nicht zugrunde zu gehen, ehe die Stimme verebbte – und alles in ein langes Schweigen mündete – auch die zwei oder drei Tage, ehe die Männer gekommen waren, waren verschwunden, seit der Nacht, in der *er* sie verlassen hatte, bis sie von *ihnen* gefunden worden war; sie wusste nicht, *wann* die Finsternis eingesetzt hatte, ob die von ihm oder ihr stammte, oder die Sehnsucht nach dem, das nicht verschwinden konnte.

In Barbros Gesicht war etwas geschehen, während Ingrid erzählt hatte, etwas, das Ingrid noch nie gesehen hatte, aber sie hatte doch geahnt, dass es dort sein müsse, da es sie nicht überraschte, es zu entdecken, als ob auch Barbro Geheimnisse haben könnte, und die Fähigkeit, diese zu hüten. Sie legte ihr eine Hand auf den Arm, aber die Tante schüttelte sie ab. Auch an diesem Abend ging Ingrid in den Stall und saß lange bei dem Schaf.

5

Sehr früh am nächsten Morgen ruderte Barbro ins Dorf, ohne ein Abschiedswort, kam am Nachmittag zurück, mit Waren, schien so wie immer, sagte fröhlich, dass sie in zwei Tagen abermals hinrudern und mit Margots Sohn zum Fort fahren würden, wo er einen Bismer holen sollte.

So etwas hatte Ingrid noch nie gehört.

»Einen *Bismer*?«

Ja, Barbro wusste auch nicht mehr, Margot wollte schlachten und diese riesige Waage zurückhaben, die sie den Deutschen geliehen hatte …

»Jetzt schlachten?«, schrie Ingrid außer sich.

»Ja, sie hat doch kein Futter«, schrie Barbro trotzig zu den Dachbalken hoch – und habe Ingrid an diesem Tag auch nicht vor, sich nützlich zu machen, sie wollten doch backen?

Ingrid ging hinaus und spielte mit dem Gedanken, wieder nach Stangholmen zu rudern und mit Inga zu sprechen, oder Netze auszulegen, aber stattdessen erbrach sie sich, betrachtete die Kotze und fragte sich, was sie gegessen hatte, stocherte mit den Fingern darin herum, wie auf der Suche nach einer verlorenen Erinnerung, bis sie sich blöd vorkam und hineinging und sich wusch und anfing, Fladenteig in genau gleichgroße Kreise auszurollen, während die Tränen liefen und keine etwas sagte.

»Schaffst du das jetzt?«, fragte Barbro, ehe sie schlafen gingen.

»Sicher«, sagte Ingrid.

Sie standen noch im Dunkeln auf, gaben dem Schaf reichlich Futter und ruderten zum Dorf. Margots Sohn Markus war nicht alt genug, um einen kleinen Lastwagen zu fahren, tat es aber trotzdem, er transportierte Heringstonnen, Mehlsäcke und Vorräte und Menschen zum Lager auf der Hauptinsel.

Ingrid und Barbro saßen zusammen mit Jenny und drei anderen Frauen, die Klagen vorbringen wollten, auf der Ladefläche: die eine Frau hatte etwas an Henriksens Ausschuss auszusetzen, die andere wollte die Deutschen auffordern, das von ihrem Mann requirierte Boot zurückzugeben, oder ihn es jedenfalls in der Frühlingssaison »ausleihen« zu lassen. Was Jenny vorhatte, erfuhr Ingrid nicht, sie blieb stumm, in Barbros Händen.

Eine Armee aus leeräugigen und braungekleideten Gestalten strömte durch das Lagertor, als sie ankamen, russische Kriegsgefangene unterwegs zum Straßenbau. Fünf Halbzylinder aus Wellblech streckten sich wie riesige Pflugfurchen durch das Moor, unter dem jungfräulichen Schnee, der auf den Dachrücken geschmolzen war. Vor dem Telegrafenamt stand ein grüner Kübelwagen mit Rotkreuzmarkierung auf Motorhaube und Türen und spie graue Abgase in die Kälte.

Markus wartete, bis die Kolonne passiert hatte, stieg aus und sprach mit einem uniformierten Soldaten. Sie diskutierten, gestikulierten und wurden offenbar handelseinig.

Markus kam zurück und rief, die Frauenzimmer sollten von der Ladefläche klettern und mit ihm kommen.

Sie gingen in Reih und Glied auf einen riesigen Eisklotz zu, der sich als Betonbunker entpuppte, und wo Markus vor einer ungestrichenen Tür stehen blieb und wartete, bis ein Soldat den Kopf herausstreckte und auf gebrochenem Norwegisch fragte, was sie wollten. Markus sagte etwas über die Waage, den Bismer, die sei ihm für heute zugesagt, über die Frauen sagte er nichts.

Jenny rief, sie wollten mit dem Hargel sprechen, der is schon in Ordnung, der Mann.

Der Soldat überlegte und öffnete dann.

Drinnen lieferte ein dröhnendes Dieselaggregat Strom, aber es war so dunkel, dass die Augen Zeit brauchten, um sich vom Schnee auf die künstliche goldbraune Wärme umzustellen. Zwei Türen an jeder Endwand standen offen, eine Reihe Gefangener kam gesenkten Kopfes durch die eine, passierte einen Tisch mit Schreibmaschine, Handfeuerwaffen und Helmen, Telefon und unordentlichen Papierstapeln.

Daneben standen die größte Bismerwaage der Insel sowie Leutnant Albert Emil Hargel und ein Rotkreuzsanitäter. Auf der Waage saßen dicht gedrängt vier Gefangene und hatten die spitzen Knie bis ans Kinn angezogen. Hargel legte Bleigewichte in die Waagschale, fand das Gleichgewicht und rief auf Deutsch:

»Zweihundertvierzig Kilo!«

Der Rotkreuzsanitäter notierte und teilte laut hörbar durch vier, erhielt ein »Ja, ungefähr« von dem Leutnant, der gleich darauf Markus entdeckte und ihm ein Zeichen gab, näherzutreten.

»Russenfett«, sagte er mit breitem Grinsen und schob die Gewichte so rasch nach links, dass die Waagschale zu Boden fiel. Die Gefangenen rappelten sich auf und verschwanden in schwankender Reihe durch die andere Tür. Vier neue wurden herbeigerufen und pressten sich auf dem Brett zusammen. Hargel wiederholte die Operation mit den Gewichten.

»Zweihundertzweiundzwanzig.«

Er beugte sich vor und sagte etwas zu dem einfachen Soldaten, der nickte und sich zu Jenny umdrehte, die vorn in der Reihe stand, und dann fragte, was die Damen wünschten.

Die, die das Boot ihres Mannes zurückhaben wollte, trug ihr Begehr mit dermaßen kreischender Stimme vor, dass Ingrid sich abwenden musste. Der Soldat deutete ein Lächeln an und übersetzte.

Hargel sagte mit dem Rücken zu ihr, weiterhin auf Deutsch:

»Ja, ja, nehmen Sie ruhig das Boot.«

Dann fiel ihm offenbar etwas Ärgerliches ein, er drehte sich um und entdeckte Ingrid.

»Ah, die Inselbewohnerin, geht es Ihnen besser?«

Der Dolmetscher fragte Ingrid, ob es ihr besser gehe, und sie sagte zweimal, es gehe ihr gut, und fragte den Dolmetscher – ohne Hargel anzusehen –, ob sie noch mehr über die Leiche in ihrer Scheune in Erfahrung gebracht hätten.

Der Dolmetscher verstand nichts, sie wiederholte und stolperte über die Wörter, während Hargel sie interessiert beobachtete. Der Dolmetscher entschied sich für eine Übersetzung. Für deren Vortrag er Zeit brauchte. Hargel begriff, worauf er hinauswollte, schüttelte den Kopf und sagte:

»Ne, ne, auch Russe.«

Murmelte noch etwas, das der Dolmetscher übersetzte, darüber, dass es sich um einen russischen Kriegsgefangenen gehandelt habe, nicht um einen deutschen Offizier, und Ingrid hatte das Gefühl, näherzukommen, aber nicht nahe genug, und sie blieb stehen und murmelte, ob auch Deutsche an Bord gewesen seien.

»An Bord – wo?«

»Auf der Rigel?«

»Ja, sicher. Viele.«

»Wie viele?«, fragte Ingrid.

»Woher soll ich das wissen? Viele! – reicht Ihnen das nicht?«

Ingrid richtete sich auf und fragte, warum sie sie geschlagen hätten. Der Dolmetscher antwortete wütend und auf eigene Verantwortung, auf das Verstecken von Überlebenden der Rigel stehe Todesstrafe, wenn sie Deserteure seien, egal, ob Russen oder Norweger.

»Deserteure …?«

Barbro trat einen Schritt vor und rief:

»Die will wissen, ob ihr se gefickt habt!«

Alle schnappten gleichzeitig nach Luft, der Dolmetscher lief rot an und forderte sie auf, die Fresse zu halten. Barbro blieb stehen. Sie wiederholte ihren Satz, und der Dolmetscher wiederholte seinen gefauchten Befehl, während Hargel fragend in die Runde schaute. Der Dolmetscher drehte sich zu ihm um und fing an zu flüstern, als ob es sich um ein Geständnis handelte. Hargels Gesicht erhellte sich und er wandte sich Ingrid zu.

»Ach, Sie sind schwanger? Meinen herzlichen Glückwunsch!«

Ingrid wippte auf den Fußsohlen hin und her. Dann fing sie an zu lachen. Hargels Lächeln wurde zu etwas, das Besorgnis ähnelte, er faltete die Hände vor der Brust, ob sie noch mehr auf dem Herzen habe.

Ingrid sagte nein.

Er nickte und sagte resigniert:

»Hübsche Frau, warum immer in den verdammten Lumpen?«

Der Dolmetscher murmelte:

»Nicht wichtig.«

Und sagte dann laut: »Machen Sie es kurz, das hier ist ein Militärlager, kein Gerichtshof, Sie da?«

Die Frau, die sich über Henriksen beklagen wollte, rief, der Versorgungsausschuss habe ihr Haus mit Flüchtlingen gefüllt, für die sie weder Platz noch Essen habe, sie müsse drei kleine Kinder und eine alte Mutter versorgen und ihr Mann sei bei den Lofoten.

Hargels ferne, kehlige Stimme:

»Du meine Güte.«

Ingrid sah immer wieder vier stumme, abgemagerte Gefangene, die sich auf einer Fleischwaage aneinander pressten, um zu dokumentieren, dass sie nicht tot waren, sie hörte eine deutliche Anzahl deutsche Kilos durch vier geteilt werden, nahm den Geruch von feuchtem Stroh, Diesel, Stall und faulem Hering wahr, während der Winter wie ein Balken zwischen den offenen Türen stand. Etwas Geld wurde überreicht, und die Waage wurde von zwei Gefangenen ins Schneegestöber hinausgetragen und auf die Ladefläche gewuchtet. Ingrid kletterte hinterher und setzte sich neben Barbro, mit dem Rücken zum Führerhaus, und legte die Fäustlinge über ihren unsichtbaren Bauch.

Ingrid war schon einmal hier gewesen, mit dem Vater, mit geliehenem Pferd und Wagen, sie hatte auf dem Pferd gesessen und der Vater auf dem Wagen, seine Stimme: Ob sie um die nächste Biegung sehen könne, ob der Weg befahrbar sei?

Sie war sein Ausguck, die Finger in die steife weiße Mähne gekrallt, die knirschende Schere und das dumpfe Klatschen der Riemen auf dem schweißnassen Pferderücken, ein Sommer, der sich in weißen Rauch auflöste, als Barbro ihr ins Ohr rief, es sei ja kalt wie inner Hölle.

Ingrid sah sich selbst zum Dory am Anleger hinuntergehen, durch einen Schleier aus trockenem Schnee, zwischen Hargel und Henriksen geführt wie zum Schlachten, schluchzend und zitternd, mit einer Wolldecke über den Schultern, und durch den Dezembertag zur Handelsstation gebracht werden, wo Jenny dazugerufen wurde, um sie am nächsten Morgen auf den Dampfer zu bringen, wo sich eine andere Frau um sie kümmerte; die feuchte Wärme in dem verräucherten Salon, die erste Begegnung mit dem Arzt Erik Falc Johannesen, der den Kopf in einem seltsamen schrägen Winkel hielt und ihr keinerlei Interesse zeigte, ehe sie drei Schichten Kleider ablegte und sich weigerte, etwas zu sagen.

Warum sie nicht reden wolle?

Ingrid überlegte, ob es ihre eigenen Kleider seien.

Nun sah sie, dass die Frau in ihrer Begleitung Eva Sofie war, die im Süden gewesen war, um zwei andere Patienten zu holen; Eva Sofie hatte im Salon auf dem Dampfer ihre Hand gehalten, mit ihr die Kajüte geteilt, ihr Fischklöße in weißer Soße mit Curry und mehligen Kartoffeln mit roter Schale gegeben, dicke Butterbrote, der Geruch von gebratenen Zwiebeln, die Maschine, die jeden Bolzen im Schiffsrumpf zum Zittern brachte ... Eva Sofie hatte Ingrid fünf Wochen lang gekannt, Ingrid *sie* drei.

Sie wollte auf der Ladefläche aufspringen, aber Barbro hielt sie fest – und Ingrid hörte Hargel und Henriksen darüber streiten, ob sie überhaupt irgendwelche Rücksicht verdient habe, wo sie doch nicht reden wolle, sodass Hargel schließlich wütend geworden war und Henriksen mit seinem schwarzen Gummiknüppel ins Gesicht geschlagen hatte, Hargel hatte sie am Ende gerettet.

Ingrid fragte Jenny, warum sie ihr keine ordentlichen Kleider gegeben hatte, ehe sie sie vor Weihnachten auf den Dampfer gebracht hatte. Jenny lächelte:

»Du warst ja nich aus den Klamotten zu kriegen, weißte nich mehr?«

Doch, Ingrid wusste es noch, aber:

»Warn das denn meine?«

»Ja ...«

»Wie sah ich aus?«

»Nich gut, die haben dich bestimmt zusammengeschlagen ...«

Eva Sofie führte sie über die vereiste Laufplanke in die fremde Stadt und in das Auto, das sie zum Krankenhaus brachte, wo sie, zusammen mit den beiden anderen, die sie noch immer nicht sehen konnte, unter ihrem richtigen Namen eingewiesen wurde, den sie selbst diktierte, und unter die heiße Dusche und danach zwischen die weißen Laken gesteckt wurde, es waren Ada und Signy, die beiden alten Frauen mit den gleichen grauen Haaren, auch sie waren vom Krieg getroffen.

6

Sie standen vor dem Kramladen und sahen, wie Markus und zwei Ladenschwengel die Waage hineintrugen. Die anderen Frauen verabschiedeten sich und gingen jede zu ihrem Haus. Ingrid blieb stehen und sah sich um. Barbro musterte sie abwartend. Ingrid sagte:

»Muss'n Brief schreiben.«

»Ach ...?«

Sie gingen den Hang zum Pfarrhof hoch und standen noch im Eingang und wischten sich gegenseitig den Schnee ab, als die Küchentür geöffnet wurde und Sara den Kopf herausstreckte, Ingrid erkannte und wieder ins Haus rannte.

Die Küche sah unmöglich aus, Ingrid sagte großer Gott und Barbro sagte zur Hölle, und Anja freute sich über das Wiedersehen und umarmte Ingrid und musterte sie forschend, wie um sich davon zu überzeugen, dass Ingrid in stabilem Zustand sei.

Ingrid befreite sich aus der Umarmung und fragte nach Mikkel, der unter dem Tisch Zuflucht gesucht hatte und sich weigerte, herauszukommen, und nach Ante, den sie durch die Wohnzimmertür erspähte, er saß auf dem Boden mit einer halben Porzellantasse im Mund. Nelvy und Gunvor saßen jede auf einem Stuhl und aßen mit den Fingern Essensreste, Nelvy hatte sich die alte rote Mütze über die

Ohren gezogen und kurze braune Haarbüschel lugten aus zwei Löchern hervor.

Ingrid fragte, warum sie nicht in der Schule seien, und erfuhr, dass der Lehrer krank war. Sie blickte Anja durchbohrend an, und die zuckte mit den Schultern. Barbro bückte sich und sah Mikkel und fragte, was er unter dem Tisch treibe. Er schlug die Hände vors Gesicht. Nun kam auch Ellen angelaufen und wollte auf dem Schoß von Ingrid sitzen, die auf den Holzkasten gesunken war, sie fragte, ob Ingrid Plätzchen habe.

»Ihr habt doch Essen«, sagte Ingrid mit Blick auf die Teller auf dem Tisch, hob Ellen von ihrem Schoß und sagte, sie könne mit ihr kommen und einen Brief schreiben, ging ins Arbeitszimmer, wo die beiden Ledersofas als Betten zurechtgemacht waren. Sie fragte, wer dort schlief. Sara kam hinterher und sagte, sie beide, im Zimmer sei es zu kalt.

Ingrid fragte, ob sie Kaffee kochen könnten. Sie wechselten einen Blick. Ingrid sagte, sie sollten ihre Mutter bitten, Kaffee zu kochen. Sie liefen hinaus. Ingrid setzte sich an den Schreibtisch des Pastors, fand Papier, Feder und Tinte, und schrieb Liebe Eva Sofie, und sie sei unversehrt nach Hause gekommen und jetzt in einem Zustand, in dem sie sich für alles bedanken könne, woran sie sich endlich erinnerte, das Essen auf dem Dampfer, die Schrift an der Wand und Eva Sofies strenge Geduld, sie seien doch sicher zusammen mit Ada und Signy gefahren?

Die solle sie grüßen.

Und den Arzt Erik Falc.

Ingrid würde sie alle nicht vergessen, sie vergaß nicht mehr, aber da war noch immer die Frage der Kleider, ob das ihre gewesen seien, und dann, ob die zerfetzt gewesen seien, als Eva Sofie sich ihrer angenommen hatte. Und auch, wenn sie annehmen könne, dass Hargel kein Gewaltverbrecher sei, so waren da doch immer noch Henriksens eiternde Augen.

Sie steckte den Brief in einen Umschlag, suchte sich Briefmarken und ging in die Küche und trank den Kaffee im Stehen, während sie mit Barbro über das Wetter und darüber sprach, wieviel Heu sie dem Schaf gegeben hatten.

Sie beschlossen, im Pfarrhof zu übernachten, und Ingrid ging mit dem Brief hinunter zu Margot.

Sie kochten das Mittagessen, dann putzten sie ein Zimmer nach dem anderen, zusammen mit Anja und Johanna Matea und der anderen Säuglingsmutter. Die beiden Männer waren ausgezogen und schliefen in der Handelsstation. Ingrid fragte Johanna Matea, warum sie im Zimmer der Mädchen nicht einheizte. Johanna Matea sagte, Henriksen habe ihr befohlen, mit dem Brennstoff sparsam umzugehen. Ingrid sagte, der Schuppen sei voll Holz und den Kokskoben habe im ganzen Winter noch niemand angerührt, sie solle in allen Zimmern einheizen.

Johanna Matea machte ein unsicheres Gesicht.

Ingrid sagte, wenn sie nicht gehorche, werde sie ihr die Schlüssel wegnehmen und sie vor die Tür setzen. Johanna Matea sagte, na gut, aber die Mädchen müssten selbst Koks holen und Feuer machen, und ihr eines Kind habe Ausschlag, ob Ingrid sich ihn ansehen wolle?

Ingrid sah einen gutgenährten Jungen mit roten Apfelbäckchen, ein gutes halbes Jahr alt, sie fühlte seinen Puls, stellte fest, dass er kein Fieber hatte, und lud ihn Barbro auf den Schoß. Barbro kniff ihn in die Wange, sodass er die Augen aufriss und losschrie, und sagte, wenn ihm überhaupt etwas fehle, dann, dass er zu fett sei.

Die Kinder lachten.

Johanna Matea lachte nicht. Ingrid fragte jetzt, ob Henriksen oft zu Besuch komme. Johanna Matea schwieg auf eine Weise, die andeutete, er sei oft im Haus. Ingrid fragte, ob er sie belästige. Johanna Matea schaute sich um und sagte noch immer so deutlich wie möglich nichts. Ingrid sagte, das brauche sie sich nicht gefallen zu lassen. Johanna Matea sagte, Ingrid habe gut reden. Nein, sagte Ingrid, er sei ein altes Schwein, dem sie rein gar nichts schulde, sie solle nachts beide Haustüren abschließen. Johanna Matea sagte, abschließen sei verboten. Ingrid wiederholte die Drohung, wenn Johanna Matea nicht gehorche, werde sie sie vor die Tür setzen. Johanna Matea schien mit den Tränen zu kämpfen, überlegte sich die Sache aber anders und hatte dringend etwas zu tun, den Rücken Ingrid zugewandt.

Ingrid zog Nelvy mit sich ins Wohnzimmer und fragte, ob sie sich ihren Kopf ansehen dürfe. Nelvy schien so etwas erwartet zu haben und nahm freiwillig die Mütze ab. Ingrid betastete die seltsamen Beulen unter den dichten Haaren, die die Beulen besser verbargen, und sagte, Nelvy habe einen schönen Kopf und brauche keine Mütze zu tragen, jedenfalls nicht im Haus. Nelvy fragte, warum sie keinen so runden Kopf habe wie die anderen Kinder. Ingrid sagte, das wisse sie nicht, aber ein Kopf könne so viele Beulen haben, wie er nur wolle, so lange man die Haare wachsen lasse und sie sauber halte, sodass sie nicht faulten und unter einer schmutzigen Mütze ausfielen.

Nelvy dachte darüber nach.

Ingrid fragte, ob sie Schmerzen habe.

Nelvy sagte nein.

Ingrid suchte sich einen Wollfaden, band eine Schleife um eine Haarsträhne und sagte, Nelvy solle in den großen Spiegel in der Diele sehen. Nelvy betrachtete sich im Spiegel und kam zurück. Ingrid fragte, was sie meine. Nelvy meinte, sie sei hübsch so.

Sie gingen zurück in die Küche und Ingrid bat Barbro zu singen. Barbro war verlegen und sagte, darum bitte Ingrid sonst nie. Ingrid sah sie überrascht an. Nein, Barbro wollte nicht singen. Aber Sara sagte ja, ja, und die anderen nickten. Barbro kehrte ihnen den Rücken zu und sang auf eine Weise, dass keine wusste, was sie machen sollte, als das Lied zu Ende war. Johanna Matea schaute sich mit weit aufgerissenen Augen um und sagte, sie sollten in die Hände klatschen. Barbro griff nach einem Handtuch und sagte, nein, solln se nich. Sie klatschten trotzdem, Barbro wurde rot und Nelvy setzte die Mütze nicht wieder auf.

Sie holten die Bettwäsche aus dem Arbeitszimmer, scheuerten auch die beiden Zimmer, in denen die Männer geschlafen hatten, und verbrachten die Nacht auf dem Pfarrhof.

Am nächsten Morgen ging Ingrid mit den Kindern zur Schule, erfuhr, dass der Lehrer wirklich krank war, und ging lachend mit ihnen zurück und sagte gerade zu Johanna Matea, sie werde jetzt jede Woche herüberkommen und nach ihnen sehen, als ihr aufging, dass etwas nicht stimmte, etwas, das sie nicht sehen, aber spüren konnte, das dem ähnelte, das im Winter auf Barrøy passiert war, und sie fragte, ob Nelvy mit hinaus auf die Insel kommen wolle.

Anja und Johanna Matea hielten das für eine seltsame Frage, ob Ingrid denn die Erlaubnis des Ausschusses habe?

Nelvy sagte ja.

Es gab ein bisschen Streit über die Verteilung des Inhaltes in dem Sack, den sie mit Gunvor teilte, aber Ingrid sagte, draußen gebe es Kleider genug, auch feine Kleider, wenn sie nur genug anhabe, um während der Überfahrt warm zu bleiben. Nelvy frage, ob Gunvor nicht auch mitkommen könne. Ingrid sagte, doch. Aber Gunvor sagte, sie wolle bei Sara bleiben, und Nelvy schien das nicht schwerzunehmen.

Ingrid fragte, ob sie Nelvy an der Hand nehmen sollte, als sie zum Einkaufen nach unten gingen. Nelvy entschied die Sache, indem sie Ingrids Hand nahm und nicht losließ, auch nicht, als sie vor dem Tresen bei Margot standen, die nach getanem Handel anfing zu tuscheln und Grimassen schnitt, worauf Ingrid sie aufforderte, lauter zu reden.

Margot schnitt noch mehr Grimassen und bat sie, mit ins Lager zu kommen. Ingrid schob Nelvys Hand in Barbros, ging mit Margot zwischen die Regale und ließ sich anvertrauen, dass sie das Geld, von dem Margot aus irgendeinem Grund wusste, dass Ingrid es von Pastor Malmberget erhalten hatte, ganz schnell aufbrauchen müsste, denn bald werde etwas passieren, das habe ihr Sohn ihr versichert, er liefere ja nicht nur Waren ins Fort, sondern habe auch ein Radio, und wenn alles zusammenbricht, ist das Geld nichts wert.

Ingrid zögerte.

Margot presste ihre Brüste zu einem gewaltigen Bogen zusammen, fauchte, in all den Jahren habe es immer wieder Ärger mit dieser Ingrid gegeben, aber eine dumme

Gans sei sie ja nich. Ingrid dachte, hier solle sie entweder in die Falle gelockt werden oder habe einen unverdient guten Rat erhalten, unklar aus welchem Grund, aber es eile nicht so, das zu ergründen. Sie drehte sich um und ging zurück in den Laden, mit Margots Stimme im Ohr:

»Die nehmen uns alles weg, und denk dran, dass ich dir das gesagt hab.«

Sie gingen zum Boot nach unten und ruderten durch den stillen Schneefall, und dann fiel ihnen ein, dass sie schon wieder die Katze vergessen hatten – und lachten, denn sie hatten ja Nelvy. Als sie auf der Insel ankamen, gaben sie dem Schaf Futter, brachten Nelvy in Ingrids Kinderzimmer unter und zeigten ihr ihre neuen Kleider und Sachen, damit verging der ganze Tag, und abends legten sie Netze aus, zwei Ketten.

7

Der März ist der unnützeste Monat im ganzen Jahr. Die Menschen sehen die Sonne höher steigen und lassen sich vom Licht betrügen, das nur den Winter sichtbarer macht. Und der April ist ebenso trügerisch und führt sein Schauspiel auf. Aber der Austernfischer kommt immerhin und schlägt Krach, es gibt Geräusche am Himmel und auf den Schären, eine Schicht Kopftücher und Socken kann weggelassen werden, das große Schaf wandert wogend durch die braunen Gärten und rupft braune Grashalme aus, während die Schneefälle immer dann einsetzen, wenn die Hoffnung droht, im Gemüt der Menschen ein oder zwei Lächeln hervorzulocken; sie fluchen und frieren mehr als im Januar, aber sie nehmen doch noch ein Kopftuch weg, wollen den Frühling *heraufbeschwören*.

Auf den Trockengestellen, wo im Winter Sträflingsanzüge hingen, ist jetzt ein wenig Fisch zu sehen. Die drei Brüder aus Skarsvåg haben ihn dort angebracht, und Ingrid merkt, wie sich der normale Anblick über den alten schiebt, ohne ihn zu verdrängen, dass auch das eine Uhr ist, ein Zeitlauf, der vorwärts zeigt, und ihren Weg gehen kann.

Die Brüder kommen Anfang März heraus und werden im Schuppen auf dem Schwedenkai einquartiert. Sie heizen in ihrem eigenen Ofen ein, nehmen alle Mahlzeiten im Haupthaus ein und bekommen die Kleider der männlichen Bevölkerung, die nicht mehr da ist. Aber obwohl sie an einem noch wilderen Meer aufgewachsen sind als dem, über das Ingrid und Barbro herrschen, sind sie eine Mischung aus Tischler und Kind und brauchen Zeit, um sich mit Booten und Hof und allem vertraut zu machen, das Barrøy von dem trennt, das sie kennen. Sie sind seefest und lernen schnell und frieren nie.

Ingrid ist anfangs bei ihnen und sagt ihnen, wo die Netze ausgelegt werden sollen, und die Leinen, und Barbro lehrt sie, zu flicken und Köder anzubringen. Und der große Bruder Arne mit dem toten Auge versteht es, alles an Kräften aus den kleinen Brüdern herauszuholen, was sie haben, er sagt, wenn sie durchhalten, wird er sie eines Tages mit zurück nach Hammerfest nehmen.

Sverre und Helmer finden, ihr Heimatort sei Skarsvåg, Hammerfest sei nur das Grab ihrer Eltern.

Ja, aber können sie sich denn überhaupt an Skarsvåg erinnern?

Natürlich.

Aber auch gut genug?

Arne frischt ihre Erinnerungen auf, an Nachbarn und Verwandte und steile, schwarze Berge, die im Sommer grüne Füße bekommen. Aber er findet immer, dass er auf zu wenig Gehör stößt, und dann lugt er hinüber zu Ingrid, die sagt, sie könnten so lange sie wollen auf Barrøy bleiben, jetzt will sie sich an Margots Rat halten und den Rest ihres Geldes für einen Stapel Bretter ausgeben, der seit Jahren im Windschatten bei der Handelsstation liegt und darauf wartet, zu einem verlängerten Steg zur Konservenfabrik zu werden, eine Verlängerung, aus der nie etwas wird, so, wie sie den Vorarbeiter kennt. Er hat ihre Anfrage zweimal abgelehnt, aber Ingrid weiß, dass er eines Tages ja sagen wird, und dass dieser Tag näherrückt – sie will die Häuser in Karvika wieder aufbauen, die Ruinen in ein Zuhause verwandeln, Angst und Aberglauben vertreiben und endlich den Brief an ihren Vetter Lars auf den Lofoten schreiben und ihn bitten zurückzukommen, den Brief, den sie schon vor so langer Zeit hätte schreiben müssen, dass sie vergessen hat, woher ihr Trotz gekommen war, die Art von Vergessen, die selbst ein Erik Falc zu schätzen weiß, Ingrid beginnt zu wagen, was auch ein Teil des Aufgebens ist.

An einem Tag mit gutem Wetter rudern sie und Arne los, um das größere Boot bei Adolf in Malvika zu holen, und auf dem Rückweg fragt Arne, ob er und seine Brüder für die Arbeit auf Barrøy Lohn erhalten werden, in Molandsvika bekamen sie keine fünf Öre und kaum zu essen.

Ingrid registriert, dass er fast einen Monat gebraucht hat, um mit dieser Frage herauszurücken. Sie lacht und sagt, eines Tages werden wir alle Lohn erhalten, sie werden den Fisch in diesem Jahr so früh wie möglich verkaufen, hoffentlich zur richtigen Zeit, denn sie war in Margots Lager und hat gesehen, dass das vor Waren geradezu überquillt, die vermutlich eine viel solidere Währung darstellen als Geld, in Zeiten wie diesen.

Arne und seine Brüder sollen bekommen, was sie verdienen.

Dann werden sie Eier sammeln und diese ebenfalls verkaufen, und Daunen, aber die werden wie üblich erst in einem oder zehn Jahren veräußert werden, am besten in dem Moment, in dem sie fast so viel dafür erhalten, wie die Daunen wert sind. Ingrids Vater kannte den Preis für eine Daunendecke, jetzt kennt Ingrid den auch, und es hat auf dieser Erde niemals weniger Zusammenhang zwischen dem gegeben, was eine Ware kostet, und dem, was die, die diese Ware erbringen, dafür erhalten.

Arne versteht.

Ingrid fragt, was er vorhat.

Arne rudert energisch und will nicht ins Detail gehen, er hat etwas Vages an sich, aber eins steht fest, sie wollen zurück nach Finnmark.

Sein Auge ist keine rote Laterne mehr, sondern ein Stück mattes Glas, in dem Ingrid jetzt lesen kann. Sie sagt, dass es in Finnmark nichts gibt. Er sagt, wenn es sich mit dem Geld so verhält, wie sie sagt, dann kann das bedeuten, dass der Krieg bald zu Ende ist, und dann wird das, was jetzt nichts ist, wieder aufgebaut werden.

Ingrid sagt, das mit dem Ende des Krieges sei wohl vor allem eine Hoffnung.

»Na gut«, sagt Arne und rudert weiter mit gewaltigen Armen, und Ingrid fragt ihn, wann die Brüder Geburtstag haben. Er fragt, warum sie das wissen will. Einfach so, sagt Ingrid.

Ehe sie Barrøy erreichen, kann sie noch fragen, ob Arne die Arbeit übernehmen will, die Häuser in Karvika wiederaufzubauen, er sei doch Tischler, sie sagt, er werde auch dafür bezahlt werden.

Er fragt:

»Mit Geld, das nix wert is?«

Ingrid lacht.

Aber in diesem Frühling lacht sie nicht oft, und niemals laut, denn mit Nelvy haben sie ein stilles und rätselhaftes

Wesen ins Haus bekommen. Sie bleibt nicht nur in dieser ersten Woche dort, ist aber stumm und unergründlich, auch wenn sie Ingrids Hand hält und auf die Frage, ob ihr Gunvor fehlt, mit Nein antwortet. Ingrid bringt es nämlich nicht über sich, sie zum Pfarrhof zurückzuschicken, als die Schule wieder losgeht, aus demselben unerklärlichen Grund, aus dem sie Nelvy mit nach Barrøy genommen hat.

Nelvys Haare wachsen und sind schön und dicht. Ingrid darf sie waschen und kämmen und zu kleinen Zöpfen flechten. Nelvy trägt keine Mütze mehr, sondern ein Kopftuch. Ihre Lippen sind dünn und die Zähne weiß und auf eine schöne Weise regelmäßig, und sie hat zwei blaue Bögen um die Nasenflügel, die mit jedem Tag deutlicher werden, auch wenn Ingrid sich alle Mühe gibt, sie zu übersehen.

Barbro sagt, mit der Kleinen stimme etwas nicht.

Ingrid sagt, sie sei so, wie sie sein solle; in Gedanken sagt sie, sie ist genau wie *ich*, siehst du das nicht, du blödes Frauenzimmer.

Sie stellen die Zeiger der reparierten Uhr nach eigenem Gutdünken, zum Beispiel auf drei, und lesen in Ingrids alten Schulbüchern, bis die Uhr vier zeigt; sie schreiben bis fünf Uhr Buchstaben, und zeichnen Muscheln, von denen Ingrid behauptet, sie seien das Schönste, was auf der Insel zu finden sei; sie sammeln die Muscheln auch, obwohl die seltsamerweise rein gar nichts wert sind, ja, es gibt auf der ganzen Insel kaum etwas, das weniger wert wäre, auch Nelvy findet das rätselhaft.

Sie isst etwas weniger, als die anderen für richtig halten, aber sie sagt, Barbros Essen schmecke ihr, sie repariert Eiderentenhäuser mit Ingrid und packt mit bei den Fischen an, die die Jungen aus Finnmark an Land bringen, und nimmt die Fische aus und hängt sie auf. Aber sie schafft es am besten, wenn jemand ihr hilft. Und obwohl sie bei Buchstaben und Wörtern Fortschritte macht, findet Ingrid, sie beantworte zu viele Fragen – ob sie sich zum Beispiel an ihre Eltern oder an etwas von der Fahrt von Kirkenes nach Hammerfest erinnert – damit, dass sie schlafen gehen will, sogar mitten am Tag. Und Ingrid merkt, dass es eine Form von Faulheit ist, die sie nicht wütend macht, sondern kraftlos, in einer Zeit, in der kein Platz für noch mehr Kraftlosigkeit ist, denn auch wenn Ingrid immer mehr von dem erträgt, woran sie sich immer mehr erinnert, so hat sie doch einen Brief von Eva Sofie erhalten, die ihr sagt, dass ihre Kleider unversehrt waren, als sie angekommen ist, soweit Eva Sofie das noch weiß, aber wer weiß so etwas schon, und es ist nicht die absolut sichere Antwort, die Ingrid gern hätte, und die blauen Bögen um Nelvys Nasenflügel werden immer deutlicher, je mehr der Frühling nicht kommt.

Ingrid überlegt, ob sie Nelvy zu sich in den Nordsaal holen soll, damit sie sie rund um die Uhr im Auge behalten kann, ob sie mit ihr zum Arzt gehen soll, schiebt es aber vor sich her.

Die Eiderenten watscheln an Land, die großen Möwen legen ihre ersten Eier, die die Inselbewohner in Wassereimer setzen und in Halbtonnen in Sandkreisen arrangieren, dann folgen die kleineren Möwen. Nelvy gefällt diese Arbeit, das warme Ei in der Hand, und Ingrid muss immer wieder ihren Kopf nehmen und die Beulen abtasten und untersuchen, ob die nicht bald verschwinden werden.

Nelvy sagt eines Tages, dass ihre Eltern tot sind.

Ingrid weiß nicht, was sie antworten soll, sie fragt, woher Nelvy das wissen will, und Nelvy lächelt vage. Sie bauen drei neue Eiderentenhäuser aus Schieferplatten, die sie am Strand am Westufer sammeln und sauber wischen, zwei Platten werden Wände und eine wird als Dach darüber gelegt. Dann bedecken sie sie mit Torf und füllen sie mit trockenem Gras aus dem Vorjahr, und am nächsten Morgen finden sie Nelvy tot im Bett.

Ingrid legt sich neben sie und bleibt liegen, bis Nelvy kalt ist, und merkt nicht, dass Barbro kommt und sie hochreißen will und ruft, es stinkt, das Kind habe sich geöffnet.

Ingrid hat es schon einmal erlebt, dass es unmöglich ist, damit zu leben, dass jemand stirbt. Später am Abend steht sie auf, jagt die anderen aus dem Haus, trägt Nelvy nach unten und wäscht sie in der Küche, den weißen Kinderleib ohne Beulen, und zieht ihr ihre eigenen schönen Kleider aus ihrer Kindheit an. Arne und die Brüder schreinern über Nacht einen Sarg, und Nelvy steht auf zwei Böcken im Bootsschuppen, bis sie neben Ingrids Großeltern auf dem Friedhof am Meer begraben wird, obwohl es keinen Geistlichen im Dorf gibt, ein alter Kapitän aus Finnmark sagt die letzten Worte.

Er heißt Lukas Wara und spricht in dem grellen Licht der Sonne, die an diesem Tag aus irgendeinem Grund scheint, über die Schönheit der Gnade und den Fluch des Lebens, und er hat auch einen frommen Husten.

Sie überlegen, ob sie Nelvy Barrøy auf das Kreuz schreiben sollen, denn es stellt sich heraus, dass Arvola nicht Nelvys Name ist, sondern Gunvors, in Henriksens Papieren steht kein Nachname für Nelvy. Sie haben auch keinen Geburtstag, deshalb lassen sie auch den Todestag weg, und so steht dort nur Hier ruht Nelvy in fremder Erde, samt der Jahreszahl.

Auch Nelvy ist durch den Krieg gestorben, daran kann es keinen Zweifel geben, und in denen, die stumm um den Sarg stehen, gibt es mehr abgrundtiefen Ernst als Tränen, mit Ausnahme von Helmer, der weint wie ein Mensch, er, der Nelvy immer aufgezogen hat, weil sie keine Fische bündeln konnte. Aber es kann auch damit zu tun haben, dass sie fast gleich alt waren und aus dem selben Land kamen, einem Land, das es nicht mehr gibt, worüber Kapitän Wara ebenfalls einige Worte sagt; er kommt aus der Stadt Vadsø am Varangerfjord, wo Finnen und Norweger seit hundert Jahren Seite an Seite leben, er stammt von beiden Völkern ab, und er sagt, er könne nur ein griechisches Wort, und die anderen zucken zusammen, denn sie haben mit einem finnischen gerechnet, aber es sei zum Ausgleich das wichtigste, nämlich angelos, das bedeutet Engel, und er endet damit, dass die düstere Erinnerung an das verlorene Land Nelvy ins Grab und in den Himmel begleiten wird. Die anderen trösten Helmer, der sich hinter den Brüdern versteckt und nichts davon wissen will. Arne sagt, sie sollten ihn in Ruhe lassen, und sie rudern in zwei Booten zurück nach Barrøy.

8

Nelvys Tod ist von der Sorte Tod, die dafür sorgt, dass die Lebenden nicht wieder in Gang kommen, obwohl sie doch geglaubt hatten, in Gang zu *sein*, es ist ein zutiefst persönlicher Tod, anders als alles, womit sie ihn vergleichen können. Deshalb stehen sie spät aus ihren Betten auf und laufen umher und machen nichts. Das Essen wird so ziemlich dem Zufall überlassen, denn auch Barbro ist betroffen, sie essen Krümel und Reste wie verdient, und haben abermals die Hoffnung verloren, die auf den Frühling und die auf den Frieden.

Um diese Zeit entdeckt Ingrid den Schlaf, ihr Körper liegt mit einem neuen Leben zwischen den Laken, während sie etwas träumt, das sie ertragen kann, während sie schimmernde Bilder und Erinnerungen sieht und eine seltsame Begebenheit, über die sie sogar lächeln kann, im Schlaf. Dann erwacht sie und ist geisteskrank wie eh und je und setzt sich auf den Topf und legt sich wieder hin, zu denselben unerträglichen Träumen, sodass eine Liebe zwischen Schlaf und Tod entstehen kann.

Als Barbro sich wieder gefasst hat und fragt, ob sie vorhaben, hier draußen allesamt zugrunde zu gehen, kehrt Ingrid ihr voller Verachtung den Rücken zu und schläft weiter und lässt sich erst bewegen, als Sverre eines Morgens mit rotem und erregtem Gesicht in ihr Zimmer platzt und ruft, das Schaf habe drei Lämmer bekommen, die alle leben, und keins davon sei ein Widder.

Ingrid sagt mit geschlossenen Augen, er sei ein guter Junge, aber jetzt solle er wieder hinausgehen, denn sie wolle aufstehen und sei nackt. Er ist noch immer rot im Gesicht und geht nicht hinaus. Ingrid steht auf und zieht sich langsam an und geht dicht gefolgt von Sverre hinaus, er ist nicht wie seine Brüder, er ist redselig und geschäftig und munter, wie geschaffen dazu, sein Licht über den jüngeren und den älteren leuchten zu lassen, und sie in größeren Angelegenheiten zu vertreten; er sieht ihnen auch nicht ähnlich, er ist blond, sie sind dunkel.

Ingrid untersucht die Lämmer und spricht mit Barbro über Milch und Zitzen des Schafs, dann geht sie mit Ohrensausen zum Süden der Insel, durch einen Sonnenschein, der nicht wärmt, und sieht, dass es in den drei Nelvy-Häusern Nester gibt, wie auch in allen anderen.

Sie geht zurück und fragt Barbro, ob sie jemals in allen Häusern Nester gehabt haben. Barbro kann sich nicht erinnern, macht auch keinen Versuch, nachzudenken, und Ingrid sagt, sie könne sich jedenfalls nicht erinnern.

Sie isst etwas mehr als beim letzten Mal und sagt, dass Sverre sie nach Stangholmen rudern und nicht mit den Brüdern hinausfahren soll. Arne sagt, sie seien seit über einer Woche nicht mehr hinausgefahren. Ingrid sagt, dann sei es aber an der Zeit, wieder in Gang zu kommen. Sverre strahlt. Aber Ingrid sitzt nicht neben ihm auf der Ruderbank, sondern im Achtersteven, die Hände um den Bauch gelegt, und sie hat noch immer Ohrensausen und ist blind für den Sonnenschein und das blanke Meer, auf das sie so lange warten mussten, dass sie es vergessen haben.

Sie fragt, ob auch Sverre wieder nach Hause nach Finnmark wolle.

Er ist zwölf Jahre alt und sagt ja.

Auf Stangholmen kauft sie die beiden Schafe, die Thomas und Inga noch haben, und auch die vier Lämmer, die sie soeben bekommen haben, sowie zwei Rollen Heudraht und den fast neuen Pflug. Sie sagt, sie sollten das Geld sofort ausgeben. Thomas sagt, das wisse er, auch er habe Margots Lager gesehen; jetzt werde ihr Sohn Atle sie bald holen können und sie würden den Rest ihres Lebens an einem Ort im Binnenland verbringen, von dem Ingrid nie gehört hat, aber es ist gut, dass er ihr noch die Hand drücken kann, ehe sie aufbrechen.

Ingrid gibt auch Inga die Hand.

Sverre rudert auch auf dem Heimweg, während Ingrid mitten im Ohrensausen überlegt, ob sie sich auf dem blankstillen Meer ausziehen und aufrecht im Boot stehen soll, es ist eine Faust von Gedanke, denn als sie dem alten Ehepaar ein letztes Mal zuwinkt, geht ihr auf, dass auch ihr Russe tot ist, Alexander, der junge Ingenieur aus Leningrad, er ist erschlagen worden und sie wird ihn niemals wiedersehen.

Das eine Schaf erschrickt bei ihrem Ausruf und will ins Meer springen, aber Ingrid packt es am Fell und hält seinen Kopf auf ihrem Schoß und hat keine Hemmungen, Wörter zu murmeln, für die sie sich schämt. Sverre hört nicht zu und ist ein guter Ruderer. Zu Hause angekommen, überlegt Ingrid, warum sie auch diesen Tag ertragen hat.

Als die Brüder vom Meer kommen, sieht sie sich den Fang an, hört Arne zu, der vier neue Netze braucht, sagt, sie sollten Barbro bitten, die fertig zu machen, Barbro habe Netze genug, und bittet sie, nach Stangholmen zu rudern, als sie mit dem Ausnehmen der Fische fertig sind, und den Pflug zu holen, für den sie und Sverre nicht genug Platz hatten. Danach geht sie nach oben und legt sich mit demselben Ohrensausen hin und träumt etwas, das sie ertragen kann, in jeder Hinsicht, und ein verwirrtes Lächeln im Gesicht, das sie zu erkennen glaubt, aber es ist nicht immer dasselbe Gesicht, es verschwindet und kommt zurück, und der Schlaf ist kein Schlupfwinkel mehr.

Dennoch steht sie nicht auf.

Sie liegt da und verwest in wachem Zustand, bis eines Morgens auf ihrer Bettkante eine Gestalt sitzt, die sie nicht wiedererkennt, es ist Suzanne, und die Sonne liegt so golden auf den Sprossen des Nordostfensters, dass es Abend sein muss, falls es nicht Morgen ist und sie am falschen Ende des Hauses liegt, sie setzt sich auf und schaut sich um.

Suzanne ist jung und auffallend schön, ohne dass man so genau feststellen könnte, was ihre Schönheit ausmacht, oder etwas Vernünftiges darüber sagen könnte, warum sie ein Blickfang ist, sie war einfach immer schon so. Jetzt sieht sie erschöpft und besorgt aus, hat künstliche Locken in hanffarbenem glänzenden Haar, Lippenstift auf Lippen und Schneidezähnen, die ein wenig vor den anderen stehen, und sie trägt ein weißes Kleid mit gestickten gelben Blumen und kleinen grünen Tannenzweigen, Ingrid lächelt sie an.

»Du bist gekommen?«

Ja, Suzanne ist gekommen, sie sagt:

»Hitler is tot.«

Und es steht noch ein fremdes Wesen im Zimmer, ein Junge von sieben, vielleicht acht Jahren, in guten Reisekleidern und flachen polierten Schuhen, wie ein Konfirmand, er hat blonde gekämmte Haare und die gleiche besorgte Miene wie seine Mutter. »Das ist Fredrik«, sagt Suzanne. Ingrid lächelt Fredrik an und fragte:

»Und wie geht's dem Burschen?«

Fredrik sieht seine Mutter fragend an, aber Suzanne lässt sich nicht zu einer Erklärung herab. Ingrid hört in der Ferne Hammerschläge, schaut aus zusammengekniffenen Augen zum Fenster hinüber und fragt, was diese Geräusche zu bedeuten hätten.

»Die Jungen bauen ein Haus«, sagt Suzanne und schaut sich im Zimmer um, in dem sie aufgewachsen ist, in den Jahren, in denen Ingrid geübt hat, ihr eine Mutter zu sein, und Suzanne die Tochter.

»Sind die Bretter da?«, fragt Ingrid.

»Offenbar, sie bauen jedenfalls, und das ausgerechnet in Karvika.«

Suzanne verdreht die Augen und Ingrid steht auf. Jetzt ist sie nicht nackt, wie an dem Tag, als Sverre sie geweckt hat und es sein musste. Sie streift ein Kleid über ihr Nachthemd und sieht viel bleicher aus als Suzanne, als sie in die Küche hinuntergehen, über die Barbro wieder mit voller Kraft herrscht. Sie strahlt und erzählt, dass Suzanne sie immer wieder umarmt und sie in ihren Speck kneift, jetzt tut sie es schon wieder.

Ingrid wird nicht umarmt.

Suzanne hat Arbeit in einer Telefonvermittlung und kann Dialekte und Sprachfehler nachmachen und sagt:

»Es ist doch verständlich, dass Ingrid im Bett Zuflucht suchen musste, so besorgniserregend, wie die Lage hier ist.«

Sie greift zu Wörtern wie bezaubernd, herzhaft zulangen und Kneipp-Brot, kann aber – inspiriert von der Umgebung – auch auf die normale Sprache überwechseln, und Barbro serviert Kaffee in Tassen aus polnischem Porzellan, die Suzanne mit einem Aufschluchzen erkennt und ins Licht hält, während sich noch eine besorgte Furche durch die schöne Stirn winden kann, und sie murmelt etwas, das die anderen nicht verstehen.

Ingrid sagt, sie hätten das Service von Suzannes Mutter Zezenie erhalten, als Suzanne damals mit ihrem Bruder Felix auf die Insel gekommen sei. Aber die Neuangekommene kann sich daran nicht erinnern und stellt die Tasse wieder hin und steht auf und sagt, sie habe einige Geschenke mitgebracht, und öffnet einen Koffer, den Ingrid bisher nicht bemerkt hat. Vier Kilo Kaffee, etwas, das sie einen Topfschaber nennt, und zwei Bügeleisen kommen auf den Tisch, das eine elektrisch, so weit sie sich erinnern kann, gibt es auf Barrøy doch kein Bügeleisen, hier, wo es nur Frauenzimmer gibt, ha, ha.

Ingrid sagt, sie hätten nicht einmal auf der Hauptinsel Strom, aber die Schnur ist schön, sie ähnelt dem Fallreep an einem Besansegel. Suzanne sagt, sie könnten sie mit einer Zange abschneiden und das Eisen wie ein altes Plätteisen auf den Ofen stellen – und dann hat jede eins, Barbro und Ingrid. Aber der größte Erfolg ist der Topfschaber, nachdem Suzanne vorgeführt hat, wie der benutzt wird.

Doch mitten in all der willkommenen guten Laune muss sie sich mit einer Hand mit rotem Lack auf allen Nägeln ins Gesicht fassen und zu Ingrid sagen, sie wolle bei dem schönen Wetter die Insel sehen, sie habe so viele Sehnsüchte und Erwartungen gehabt, Fredrik könne doch so lange bei Tante Barbro bleiben?

Ingrid und Barbro wechseln einen Blick, der Junge isst Spekulatius mit Butter, die der Besuch aus der Stadt mitgebracht hat, und sie haben erst den Hofplatz erreicht, als Suzanne auch schon in heftiges Schluchzen ausbricht.

»Hier ist ja alles so schrecklich …«

Ingrid sieht sie sprachlos an.

»Wie scheußlich«, kommt es aus tiefstem Herzen. »Ich wusst ja nich mehr, wie schrecklich das ist …«

Aber Ingrid hat die Insel niemals als größeres Reich betrachtet, sie ist ein Schock für ihre offenen Augen, ob das nun an den überraschenden Worten liegt oder an einem heftigen und plötzlichen Empfinden. Sie kehrt Suzanne und dem Nagellack den Rücken zu und geht mit großen Schritten über den Hügel nach Karvika und sieht zu, wie Arne und Helmer und Sverre die letzte Schwelle in die Grundmauer des Hauses legen. Alle tragen Overalls, die teilweise umgenähten und enger genähten Overalls ihres Vaters und ihres Vetters, und sie haben die alten Löcher in den Steinen der Grundmauer genutzt, die sie zuerst auseinandergenommen und dann wieder zusammengesetzt haben, damit alles ganz gerade und fest liegt, aber sie haben neue Bolzen, und Arne sieht Ingrid fragend an, als sie ankommt, und seine Brüder tun es ihm nach. Ingrid sieht, dass das Gras um die entstehenden Häuser niedergetrampelt ist und Wege und Pfade aufweist, dass das Grundstück von Menschen gezähmt und eingeweiht worden ist, dass es bereits bewohnt aussieht, deshalb krümmt sie den Rücken und legt beide Hände um die Schwelle und reißt so fest sie kann daran, aber die lässt sich nicht bewegen.

9

Und Barrøy ist nicht so lange schrecklich, Suzanne wacht schon nach einer Nacht im Südsaal als sie selbst auf, während Fredrik in Ingrids altem Kinderzimmer schläft, in dem Bett, in dem vor kurzer Zeit jemand gestorben ist, was aber niemand erwähnt.

Es stellt sich heraus, dass Suzanne in ihrem Amerikakoffer auch Kleider hat, die besser zu Barrøy und dem Meer und ihrer besorgten Miene passen, für die sie bis auf Weiteres keine Erklärung liefert. Sie ist eine Lebende unter Toten, ist ein Doppelmensch aus einer feinen und vornehm redenden Stadtdame, die im einen Moment nichtsdestotrotz sagt und im nächsten die Bautätigkeit in Karvika mit der ortsüblichen Terminologie inspiziert; sie kann Fisch ausnehmen und Netze flicken und Schafe scheren, was sie schon längst hätten tun müssen, jetzt stopfen sie die Wolle in Säcke und reden leise und wegwerfend darüber, wie viel oder wenig sie dafür wohl bekommen werden, um nicht zu sagen, in welcher Währung, oder ob sie sie auch gleich behalten können.

Suzanne meint, die Wolle sei viel wert, als sie da sitzt und an ihren Fingern riecht und aufschaut und eine Träne zerdrücken muss, die die anderen übersehen. Die anderen lächeln auch im Stillen, wenn sie mit ihrem hilflosen Sohn verhandelt, dem Stadtknaben Fredrik, der zu nichts zu gebrauchen ist, und dem man erklären muss, was ein Fisch ist, ein Boot und ein Meer und eine Eiderente, Themen, die ihn trotzdem nicht interessieren. Er fragt sie die ganze Zeit, ob sie etwas machen können, von dem die anderen nicht wissen, worum es sich handelt, und erschaudert ohne sich zu schämen, wie im Theater, wenn seine Mutter ihn zwingt, die Eingeweide vom Fang des Tages anzufassen, den die Brüder Skarsvåg soeben an Land gebracht haben, während sie die Jungen zugleich ausschimpft, weil sie nicht schon auf dem Meer ausgenommen haben, was die drei mit breitem Grinsen überhören.

Sie werfen den Fang in den Korb und hieven ihn zum Kai hoch, es ist kein kleiner Fang, und sie klettern die Leiter hoch und stehen da und bewundern Fredriks elenden Umgang mit dem Messer, bei dem ihm die resignierten Anweisungen seiner Mutter helfen. Ingrid sagt zu Suzanne, er ist ebenso hilflos wie dein Bruder war, als er hergekommen ist, der Felix, aber das weißte wohl nich mehr?

Nein, das weiß Suzanne nicht mehr.

»Nein, woher denn auch«, lacht Ingrid, »du warst drei und vielleicht nich mal das.«

»Das weiß ich auch nicht mehr«, sagt Suzanne und tippt Helmer mit dem Finger auf die Brust und sagt, von nun an sei es seine Aufgabe, ihren Sohn anzulernen.

Helmer schaut zu Arne hoch. Arne nickt. Helmer nimmt das Messer und einen Kabeljau von mindestens drei Kilo, bohrt den linken Zeigefinger ins Auge, presst den Daumen unter den Wangenknochen und schiebt den kreideweißen Bauch nach oben, zeigt Fredrik, dass die Blutadern schon aufgeschnitten sind, hier, damit das Blut herauslaufen kann, das Ausbluten wird auf dem Meer gemacht, nicht das Ausnehmen, er schiebt die Messerspitze ungefähr einen Daumenbreit unterhalb des Schnittes hinein und zieht sie flachgehalten weiter, sodass die Eingeweide herausquellen und an einem dünnen Faden hängen bleiben, schneidet die Gräten hinter den Kiemen durch und bricht das Genick an der Kante des Arbeitstisches, macht noch zwei Schnitte und reißt den Kopf ab und wirft ihn zur Seite und hält das Geschöpf wie eine Fahne in die Luft, schiebt zwei Finger ganz oben in die Wunde und reißt die Eingeweide mit einem Ruck heraus, fragt, ob Ingrid die Leber will, Ingrid sagt nein, die sei zu grob, es ist Frühling, und Helmer erklärt Fredrik, dass Fische, die getrocknet werden sollen, wie dieser, nicht ganz geöffnet werden dürfen, legt ihn neben einen gleich großen, der fertig ausgenommen auf dem Tisch liegt, greift nach dem Haufen von Bindegarn und wickelt einen Faden um die beiden Fische und dreht sie dreimal um und hält das Bündel in die Luft, und Ingrid sagt, sie hätten längst schon mit Trocknen aufhören sollen, es sei zu warm, aber sie könnten ja auch nicht filetieren.

»Du hast vergessen, den auszuspülen«, sagt Suzanne.

Helmer wird rot, wirft das Bündel in den Ausspüleimer und zieht es einige Male durch das rote Wasser und hält es zur allgemeinen Belustigung wieder hoch. Auch Fredrik lacht und blickt fragend zu seiner Mutter hoch, die sagt:

»Jetzt bist du an der Reihe. Und zeig ihm auch, wie man die Zunge rausschneidet, heute gibt's gebratene Zunge.«

Aber das kann niemand.

Ingrid geht zum ersten Mal seit dem Winter auf den neuen Kai und schaut durch das rissige Schieferdach hoch zu einem weißen Himmel, registriert, dass es auf dem

Steinboden keine anderen Spuren gibt als sauberes, nasses Wasser, findet den Kasten mit den Haken, nimmt ihn mit hinaus zu Suzanne, die vier jungen Männern vorführen kann, wie Zungen herausgeschnitten werden.

Ingrid lächelt beeindruckt.

»Die ist zum Schneiden geboren.«

Sie versuchen es einer nach dem anderen, schieben Kabeljauköpfe auf den Haken, stemmen das Maul auf und ahmen den Kreisschnitt nach, den Suzanne ihnen gezeigt hat, sodass die Zungen übereinander auf dem Spieß liegen bleiben. Jeder schafft es auf seine Weise, auch Fredrik, der von seiner Mutter noch besonders angeleitet wird, weil er zögert, die Finger in die Kabeljauaugen zu schieben, mit der Folge, dass die Köpfe ihm aus der Hand gleiten, aber er heimst auch mehr Lob ein, als er verdient, denn er gibt sich alle Mühe, gut zu arbeiten, statt schnell, und er versucht auch nicht, beides zu schaffen, wie die aus Finnmark.

Ingrid sieht ihnen zu, bis sie fertig sind und die Fische nun aufhängen wollen. Sie geht um den neuen Kaischuppen herum wie um eine undetonierte Bombe, jetzt war sie drinnen, sie hat dort gestanden und hat sich umgesehen und nichts anderes wahrgenommen als den Geruch von Fisch und Meer und Teer, und von fauligem Tang, einer Fäule, die dort hingehört, und ihr Blick war die ganze Zeit leer und weiß und gleichgültig.

Sie fragt Arne, ob er das Dach reparieren kann, sie haben Schiefer genug, auch eine Leiter, dort hinten im Gras, wo sie übrigens nicht hingehört, aber sicher hat der Wind sie vom Haken gerissen, und sie hebt die Zungenkiste auf, als Barbro zum Felsen hochruft:

»Häng se auch am Kreuz auf!«

Was für Fredrik offenbar übersetzt werden muss. Ingrid geht mit der Stimme der Tante in den Ohren nach Hause: »Nimm den Bambushaken.«

Was die Sache nicht besser macht, aber jetzt wird jedenfalls gelacht, und Ingrid ist so stark nach dem erfolgreichen Besuch am neuen Kai, dass sie über die Seiten an Nelvy nachdenken kann, die ihr keine Ruhe lassen, dass kein Mensch so wie Nelvy gelebt hat und gestorben ist. Und ihr fällt ein, als sie in der Küche steht und mit Kochen anfangen will, am Ende dieses fast unerträglichen Tages – Kartoffeln und gebratene Kabeljauzungen –, dass sie Nelvys Leben nicht gekannt hat, nur ihren Tod, und dass Nelvy aus diesem Grund niemals verschwinden, sondern immer zu Schock und erbarmungsloser Reue zurückkehren wird, und zu etwas noch Wichtigerem, das mit Ingrids eigenem schwarzen Inneren zu tun hat. Aber hier in der Küche ist sie allein und unsichtbar, sogar Barbro ist draußen, sie kann die Stimme ihrer Tante durch das Fenster hören, das sie aufgeschlagen hat, um Dampf hinaus- und Frühling hereinzulassen, sie wendet die Zungen in weißem Mehl und legt sie halbwegs übereinander in eine Schüssel, sodass sie zur Mitte hin eine perfekte Spirale bilden, und dann sind auch die Kartoffeln gar.

10

Barrøy ist das Land des Schweigens, wo die Erwachsenen den Kindern nicht erklären, was sie zu tun haben, sie zeigen es ihnen, und die Kinder ahmen nach, und die Jungen aus Finnmark sind fast schon Jungen von Barrøy, ein wortkarger Menschenschlag, mit großer Weisheit in Händen und Füßen, während Fredrik wissen will, *warum* er mit dem Hammer auf einen Meißel schlagen soll, Fragen, auf die es keine Antwort gibt, es muss eben getan werden – auf diese Weise, so gut wie nichts lässt sich mit Buchstaben ausrichten.

Sie hören, dass Fredrik Klavierstunden gehabt hat, noch ein Zeichen für Fehlanpassung, aber Barbro sagt, Klavier sei schön, sie hat im Krankenhaus Klavier gehört, und in der Kirche haben sie eine Orgel, mit Tasten, und die Tatsache, dass Klavierspielen etwas ist, das man mit den Händen ausübt, trägt dazu bei, dass Fredrik billiger davonkommt als verdient. Aber schon am nächsten Tag kommt er triefnass in die Küche gestürzt und wirft sich in die Arme seiner Mutter.

»Um alles in der Welt«, sagt Suzanne.

»Der hat mich geschlagen«, brüllt der Sohn.

»Wer denn?«

»Der eben!«

Er fuchtelt blindlings in Richtung der Jungen aus Finnmark, die ihm gefolgt sind und sich wie eine Reihe von

Schuldigen aufgestellt haben, Helmer hat geschlagen, der Mann mit der Verantwortung für Fredriks Erziehung, aber die Brüder haben ihn gemeinsam ins Wasser geworfen, es ließ sich einfach nicht vermeiden, murmelt Arne.

Suzanne will sich auf sie stürzen, aber Ingrid greift ein und fragt, warum.

Damit will nicht einmal Fredrik herausrücken, und sein Auge wird vom vielen Weinen nicht weniger geschwollen, es wird jetzt blau. Suzanne lässt jedoch nicht locker, und widerwillig kommt an den Tag, dass Fredrik sein Werkzeug ins Meer geworfen hat, weil er faul ist und keine Lust hat zu arbeiten.

Fredrik ruft, die seien ihm ins Wasser *gefallen*, der Hammer und die beiden Bolzen, oder waren es drei. Und die Jungen aus Finnmark schweigen weiterhin eisern, wie drei Soldaten vor dem Kriegsgericht, bis Suzanne auf ihren Sohn hinunterblickt, der endlich sein Schluchzen unter Kontrolle gebracht hat und gespannt zu ihr aufschaut und auf das Urteil wartet, sie sagt:

»Du kannst doch schwimmen.«

Barbro lacht leise über ihrer Abwaschbütte, die anderen verziehen keine Miene.

»Aber ich kann nicht *tauchen*!«

»Doch, das kannst du!«

»Es ist kalt!«

»Was für ein Blödsinn, wenn du dein Werkzeug ins Meer schmeißen kannst, kannst du es auch wieder rausholen, komm her.«

Sie zerrt ihn nach draußen. Die anderen laufen hinter ihnen her über den Hügel und dann hinunter nach Karvika, auch Barbro, und sie lacht noch immer. Helmer zeigt auf das Meer vor dem vorragenden Felsen, der zu einer Mole im neuen Anleger werden soll. Fredrik blickt flehend zu seiner Mutter hoch. Aber die Sonne scheint, und es gibt keine Gnade. Er watet durch den Tanggürtel, aber kaum reicht ihm das Wasser bis über die Knöchel, da heult er auch schon, es sei kalt, kalt …

Arne atmet schwer und schaut Ingrid an. Ingrid nickt. Arne streift die Stiefel ab und reißt sich die Kleidung vom Oberkörper, schiebt Fredrik zur Seite, wirft sich ins Wasser und bleibt verschwunden, lange.

Sie sehen ihn wie einen weißen flatternden Vogel unten im Grünen, bis er dann gar nicht mehr zu sehen ist. Endlich taucht er wieder auf, mit dem Hammer und ohne die Bolzen, er zieht sich mühsam auf den krustigen Felsen und kann mit seinen blauen Lippen nicht sprechen, als er da in den Tangdolden steht und zittert und nur aus Sehnen und Muskeln besteht, in einer perfekten Anatomiezeichnung von Leonardo da Vinci, wie sie in jedem einzelnen Schulzimmer entlang der Küste hängt. Ingrid hat eine Decke mitgebracht und wirft sie über ihn, sagt, er soll die Hose ausziehen, und seine Brüder sollen auf ihn einschlagen.

Es wird ein Spiel und ein Handgemenge mit kleinen und großen Fäusten, bis Arne seine Stimme wiedergefunden hat und die anderen auffordern kann, sich zum Teufel zu scheren. Sie stehen da und sehen zu, wie er sich abtrocknet und unter der Decke nackt ist. Dann gehen sie hinter ihm her wieder den Hang hoch, wie eine Prozession, auf diesem Weg, den die Jungen aus Finnmark nach Karvika hinunter ausgetreten haben, wohin die anderen noch immer nur sehr selten gehen, es fällt ihnen schwer, sich an die Vorstellung zu gewöhnen, aber sie sind schon dabei, nähern sich dem Gedanken, dass eines Tages selbst aus einem Fluch etwas Gutes entstehen kann, und niemand kann überhören, dass Suzanne ihren Sohn als »Idiot« bezeichnet.

Ingrid bleibt stehen und sieht sie an. Suzanne schlägt die Augen nieder und sagt:

»Na gut.«

Sie geht weiter mit dem Jungen im Schlepp. Alle hören auch, was sie als Nächstes sagt: »Krücke.«

Aber sie wissen nicht, was das bedeutet.

Am selben Abend geht Arne zu Ingrid, die im südlichsten Garten nach den Lämmern sieht, und sagt, da unten liege ein Boot, auf dem Grund von Karvika.

Ingrid sieht ihn an. Dann fragt sie, warum er ihr das jetzt sagt, und außer Hörweite der anderen. Er zuckt mit den Schultern.

»Du hast nen guten Blick«, sagt sie.

Arne sagt, ja, an der Sicht, die ihm geblieben ist, sei nichts auszusetzen, er habe den Hammer gefunden, aber nicht die Bolzen. Ingrid sagt, das spiele keine Rolle und er solle sich ins Gras setzen, während sie selbst stehen bleibt, für den Fall, dass jemand sie von den Häusern her sieht.

Er gehorcht.

Sie erzählt, was das für ein Boot ist, woher es kommt und womit es geladen war, und sie kann darüber sprechen, ohne dass es vor ihren Augen flimmert, wie in guten Momenten im Krankenhaus, oder als sie es Barbro erzählt hat, und aus dem Wichtigen lässt sie die Liebe weg, denn es sind dennoch nicht ihre Worte, sondern die des Arztes, und am Ende sagt sie, Arne soll es nicht weitersagen, es gehe niemanden etwas an.

Er nickt und scheint zu verstehen, dass sie etwas verschweigt, aber er kann sich durchaus damit zufriedengeben, in ein halbes Geheimnis eingeweiht worden zu sein. Doch dann gibt sein Auge ihr das Gefühl, dass er überlegt, ob die Zeit reif sei, zu fragen, ob sie jemals verheiratet gewesen sei oder einen Mann habe, ihr Bauch ist jetzt groß, als ob das etwas mit dem Boot unten in Karvika zu tun haben könnte, deshalb macht Ingrid kehrt und geht zu den Häusern nach oben.

11

Mit der Insel ist etwas geschehen, als Arne wie ein Faun aus dem eiskalten Meer stieg, ein Ticken in einem viel größeren Uhrwerk, als das, das noch immer verwirrt im Haus an der Wand hängt: Der letzte Schnee fällt, trifft grüne Keime und verschwindet nach wenigen Minuten, geteerte Boote liegen mit dem Bauch nach oben da und müssen mit Planen vor der Sonne geschützt werden, der Frühling kommt nicht mehr kriechend und lauernd, sondern bricht plötzlich über sie herein und packt sie erbarmungslos im Nacken, wie ein Sommer.

Das Gerüst einer Wand ist jetzt fertig, das Kartoffelfeld wird mit dem neuen Pflug gepflügt, den Arne und Barbro ziehen, während die anderen die Keime für die Ernte des Herbstes setzen, gekrümmte Rücken über brauner, dampfender Erde, und es gibt Essen und Kaffee im Freien.

Fredrik tut sein Bestes, was noch immer nicht gut genug ist, Ingrid hütet Eiderenten und Schafe, hält beim Stockfisch besorgt Ausschau nach Würmern und Weltuntergang, und Suzanne scheut nicht davor zurück, mit Arne zu flirten; sie fragt, warum er nur ein Auge habe, ob er sie damit besser sehen könne, in ihrem neuen Kleid, oder ob sie ihm nicht bald die langen Haare abschneiden dürfe, er sehe aus wie ein Mädchen.

Die eher beherrschte Ingrid muss weggehen, aber nur so

weit, dass sie von ihrem Posten auf dem Hügel über der Bucht weiterhin das Gespräch verfolgen kann, Arne auf der Leiter vor einer weiteren Wand, Suzanne unten auf dem Boden, wo sie in den Sonnenschein hinaufruft, und Ingrid sieht zum ersten Mal ein Lächeln im Gesicht des ältesten der Gebrüder Skarsvåg, der nach eigener Aussage in einer Woche siebzehn wird; er hat endlich ihre Frage nach den Geburtstagen der Jungen beantwortet, Ingrid findet diese Tage wichtig, alle haben den Anspruch auf einen Geburtstag, sie hat sie im Almanach notiert. Suzanne ist jetzt gerade zweiundzwanzig, und Fredrik bald sieben, aber nach Aussage seiner Mutter kann er bereits lesen.

Doch während sie da alle auf ihre jeweilige wunderbare Weise im Frühling stehen, hören sie am Himmel einen gewaltigen Lärm, ein Nebelhorn aus dem vierten Buche Mose; ein schwarz-weißer Berg löst sich vom Festland und gleitet langsam in den blankstillen Fjord, er scheint von der Handelsstation zu kommen, aber es ist der Küstendampfer, der zu normalen und unnormalen Zeiten der Fahrrinne auf der Innenseite der Hauptinsel folgt, ein Küstendampfer auf Abwegen, und der führt die norwegische Flagge, nicht nur an Masten und Schornsteinen, an Bug und Heck, sondern sie weht wie der pure Christbaumschmuck von allen Stagen, und er lärmt weiterhin dermaßen, dass Schafe und Vögel verstummen und sich mit den Menschen auf den Felsen aufstellen und dieses Monstrum von Schiff anstarren, das näher an Barrøy herangleitet, als es jemals ein ähnliches Geschöpf gewagt hat. An der Reling stehen die Menschen dicht an dicht und winken mit Hüten und Mützen und Ellbogen und Knien, als ob sie sich über die Eingeborenen lustig machten, das Schiff strahlt Wildheit und Sonnenaufgang aus, ein vornehm schwimmendes Trinkgelage von Menschen, die den Verstand verloren haben, es ist der 10. Mai.

Die Einwohner von Barrøy stehen starr und sprachlos da und spüren, dass dieser Anblick in ihnen eine gewaltige Sehnsucht hinterlässt, als das Schiff schließlich verschwindet, auch wenn sie nicht wissen, was sie gesehen haben, und sie winken erst zurück, als es vorbei ist, und sie machen weiter damit, bis sie sich dumm vorkommen. Aber daran, dass sie hier eine Offenbarung erlebt haben, kann es keinen Zweifel geben, etwas, das die Stimmung einer ganzen Insel hebt und alle hektisch und redselig macht. Ingrid läuft davon und holt das Fernglas, das schon so viele Blicke verwirrt hat, und sieht das riesige Schiff in den Horizont sinken und zu einem schwarzen Punkt unter einem bleichen Mond werden.

Damit ist Barrøy nicht mehr stumm und verschlossen, sie reden wild durcheinander über etwas, das sie nicht begriffen haben, und Barbro ruft, jetzt müssten sie verflixt noch mal ein Lamm schlachten und Fleisch fressen.

Sie jubeln, ehe Ingrid sich besinnen kann, also gibt sie sich geschlagen, und das Lamm wird geschlachtet und zerlegt, und sie reden weiter wild durcheinander bei der Mahlzeit in der guten Stube, als seien sowohl Winter als auch Krieg zu Ende, und was das alles an Möglichkeiten und Veränderungen im Himmel und auf Erden mit sich bringen kann.

Aber als sie zum Platzen satt darauf warten, dass Suzanne etwas serviert, das sie Dessert nennt, die anderen aber Suppe, und es ist auch eine Suppe, sie ist rot, mit Graupen und Rosinen, gleiten Ingrids Blicke über die Wand und treffen auf ein Gemälde eines Segelschiffes, das ihr Vater einmal mitgebracht hat, und sie bricht in ein Weinen aus, in dem es weder Schluchzen noch andere Geräusche gibt, nur einen Strom aus stillem Wasser. Niemand begreift etwas, auch sie selbst nicht, und Arne sagt, jetzt denke Ingrid wieder an Nelvy.

Suzanne stellt die Suppenschüssel auf den Tisch und fragt, wer Nelvy sei, aber niemand antwortet.

Sie fragt noch einmal und teilt Suppe aus und reicht die Teller auf dem Tisch herum. Ingrid steht auf und legt Arne eine Hand auf die Schulter, als ob er ihr Sohn wäre, und geht hinaus in einen plötzlichen Nieselregen und setzt sich in den Busengarten, mit dem ersten Schaf, das sie Leah genannt hat, nach einer biblischen Frau, die im Schatten ihrer Schwester stand, die aber dann mit sehr viel mehr Nachkommen gesegnet wurde als diese, sie sitzt da und begräbt ihr Gesicht in feuchter Wolle, dann geht sie wieder ins Haus und trocknet sich ab und kann mit den anderen zusammensitzen, die noch immer über die Bedeutung des Schiffes diskutieren, ihr Lachen ist nicht einmal angestrengt.

Aber Ingrid geht es nicht aus dem Kopf, was Arne gesagt hat, dass sie an Nelvy gedacht habe, denn das hat sie getan, aber vor allem hat sie an den Ingenieur aus Leningrad gedacht, und jetzt hatte sie das Gefühl, er müsse am Leben sein, das hat sie bis ins Mark erschüttert, zusammen mit dem Leben in ihr, sie spürt jetzt, wie es strampelt, und von nun an wird sie keine einzige Träne mehr vergießen.

12

Ingrid lässt sich von Arne zur Handelsstation hinüberrudern, zögernd. Sie sitzt achtern mit einer Decke über den Schultern, und hat die Arme um den Bauch geschlungen. Und es ist eine seltsame Reise, denn die Leute von Barrøy rudern nirgendwohin, ohne ein Ziel damit zu verbinden, und jetzt wissen weder die, die auf der Insel zurückbleiben, noch der, der rudert, was das Ziel dieser Reise ist. Und sie nehmen auch Fredrik mit, weil Arne ihn nicht allein mit den Brüdern lassen will, er wird nicht seekrank, will aber nicht rudern.

Im Dorf erfahren sie, dass der Krieg wirklich zu Ende ist und dass es wirklich neues Geld geben wird, die Welt erhebt sich aus der Asche, ein weiteres Mal. Auch der Vorarbeiter ist neu, ein junger Mann aus dem Binnenland mit struppigen Haaren und zu großen Augen, falls nicht sein Gesicht zu klein ist; er sagt, sie sollten nur bringen, was sie an Eiern, Fisch, Daunen haben, jetzt sei es wichtiger denn je, die Räder am Laufen zu halten.

Und die Preise?

Es gibt einzelne Dinge, die sich niemals ändern.

Die Deutschen haben sich davongemacht, und die englischen Befreier haben Kanonen und schweres Material ins Meer geworfen, damit die Norweger in England alles neu kaufen können, wenn sie erst wieder zur Besinnung gekommen sind. Ansonsten lassen sich auch die Briten nicht sehen. Was sich sehen lässt, sind Norweger, Männer, Frauen und Kinder, die aus ihren Häusern strömen und im Sonnenschein weiß und frischgewaschen aussehen. In der alten Garnison findet eine Auktion statt, eine Versteigerung von übrig gebliebenen deutschen Habseligkeiten, stinkende Spinde und abgenutzte Büromöbel mit Schubladen voller Mottenkugeln, Schreibfedern und Stempeln mit dem Reichsadler; Stehlampen und Sessel und Kleider, die zu nichts zu gebrauchen sind. Auch die Gummiräder der Kanonenlafetten aus dem Fort sind aufbewahrt worden, sie können zu passenden Stücken geschnitten und Schuhsohlen werden. Und nicht zuletzt die vielen Pferde, die Pferde, die die Deutschen beschlagnahmt haben, als sie gekommen sind, jetzt fünf Jahre älter und gezeichnet von den Schrecken des Krieges, wie sie dort stehen und düster in ihrem Geschirr vor sich hinstarren. Aber sie werden von ihren alten Herren erkannt, sie haben sogar norwegische Namen, wie es sich herausstellt, und diese Namen wecken sie langsam aus ihrem Dämmerzustand, als gerufen und geboten wird, aus notwendigen und sentimentalen Gründen.

Ingrid trägt ein Kleid, das sie von Suzanne bekommen hat, es passt ihr auf eine gewisse Weise, die sie nicht fremd macht, weder in ihren eigenen Augen noch in denen der anderen, und auch sie fragt sich, ob sie ein Pferd kaufen soll, für Geld, das sie nicht hat, aber das zivile Wirrwarr hält sie davon zurück: Es ist ein friedlicher Rummelplatz, alles Gesichter, die sie wiedererkennt, mit vorsichtiger, neuer und gespannter Miene. Anja ist mit allen vier Kindern sowie Gunvor aus dem Pfarrhof in das geräumige Haus eines der Fischkutterbesitzer im Dorf gezogen, ein

Mann, den Ingrid aus Schultagen her kennt, er hat es nicht geschafft, zu heiraten, aber es sieht aus, als könnte es ihm jetzt gelingen, er trägt einen breitkrempigen Hut, hält Ante an der Hand und hat an die ganze Bande Kandiszucker in braunen Tüten verteilt. Anja flüstert Ingrid zu, dass ihr Ehemann wohl nicht mehr gesund werden wird, sie habe es schriftlich, hier.

Ingrid wird ein Brief in die Hand gedrückt, und sie erkennt die Schrift des Arztes Erik Falc und ihr fällt etwas ein, das sie sofort wieder vergisst, denn die Kinder sind nicht mehr verlegen, sie geben ihr die Hand und sehen gutangezogen und wohlgenährt aus, Friedenskinder, voll von etwas, mit dem sie herumlärmen können, und als sie Gunvor etwas fragen will, das mit Nelvy zu tun hat, und als Arne ihr ins Gesicht sieht, wie immer, er ist fast zu ihrem Bewacher geworden, und als Fredrik den Blick nicht von den Pferden losreißen kann, fasst Ingrid einen Beschluss, der sie schon beunruhigt, seit sie von diesem seltsamen Gespür für Leben und Tod des Ingenieurs getroffen worden ist.

Sie verlässt die lärmende Menge und geht den weißen Weg in der Talsenke oberhalb des Pfarrhofes hoch, gefolgt von den beiden Jungen, und sie betritt ein rotgestrichenes Haus, das dem gehört, der einst der Häuptling im Dorf war, ein großer und alles überragender Mann.

Niemand antwortet, als sie anklopft, aber ein Räuspern ganz hinten in ihrer Erinnerung bringt sie dazu, die Tür zu öffnen und hineinzugehen und ein Heim in Unordnung zu sehen, ein Haus ohne eine Frau, und einen Mann, der über dem Küchentisch liegt, zwischen schmutzigen Tellern und Tassen, in dem, was einst vermutlich etwas war, das vorgezeigt wurde, er sieht aus, als ob er begraben werden wolle, und er murmelt ebenso resigniert wie damals im Winter, als sie mit der Salthammer angekommen ist:

»Du bis das.«

Sein heruntergekommener Zustand beruhigt sie so weit, dass sie sich setzt, während Arne und Fredrik stehen bleiben und etwas suchen, an dem ihre Blicke ruhen können. Sie fragt, ob Henriksen noch immer die Unterlagen über seine Tätigkeit als Vorsitzender des Versorgungsausschusses habe.

Er sagt mürrisch nein und sieht sie weiter an, bis alle Hoffnung schwindet, macht einen unbeholfenen Versuch aufzustehen, und zeigt vage auf eine Kommode, die unter Pullovern und Overalls begraben ist. Ingrid steht auf und schiebt die Kleidungsstücke zur Seite und zieht eine Schublade auf, hört ein gereiztes Nein, öffnet die nächste und sieht eine Art Kartothek in fünf Kolonnen, eine letzte Ordnung.

Er sagt, sie solle suchen, ihm sei das scheißegal.

Sie blättert sich durch das Alphabet hindurch und findet etwas, das einer Postkarte ohne Briefmarke ähnelt, mit dem mit zitternder Hand geschriebenen Namen Jadwiga aus Mehamn. Keine Informationen über Nachnamen, Geburtsdatum, Geburtsort, frühere Wohnungen oder Alter, nur, dass sie sich als Evakuierte bei der Familie Abelsen in Finnvika aufhält, zusammen mit zwei Jungen, an die sich Ingrid aus der Kombüse der Salthammer erinnert, und auch mit dem Kapitän, der Nelvy bestattet hat, Lukas Wara; sie alle stehen auf derselben Karte, nur die Jungen haben ein Geburtsdatum, sie sind um die fünfzehn und keine Brüder.

Ingrid weiß, dass Abelsens ganz im Süden der Hauptinsel wohnen, fragt aber dennoch, um ein letztes Mal diese Stimme zu hören, die keine Bedeutung mehr hat. Henriksen sagt, was zum Henker, und Ingrid, die ihn vor einem halben Jahr noch zu gern tot und misshandelt gesehen hätte, entscheidet, dass er das bereits ist, oder so leidend, dass er bald Mitleid erregen wird, deshalb schiebt sie sich die Karte unter das Kleid und verlässt ganz schnell das Haus.

Er ruft hinter ihnen her, er habe ihr das Leben gerettet, sie müsse für ihn aussagen …

Ingrid geht wieder ins Dorf hinunter, vorbei an der Versteigerung und in den Kramladen, wo Margot nicht anwesend ist, aber einer ihrer Ladenschwengel sagt, Markus mit dem Auto – das ist im Laufe des vergangenen Jahres zu seinem Namen geworden – sei weggeschickt worden, angeblich für immer, wenn Ingrid also eine Mitfahrgelegenheit braucht, muss sie den Molkereiwagen fragen, der eigentlich eher ein Traktor ist, und Ingrid erzählt Arne noch immer nicht, was sie eigentlich will, er fragt auch nicht danach, und Fredrik ist es egal, er fragt, ob sie keine Süßigkeiten kaufen können, in den großen Gläsern auf dem Tresen liegen doch Bonbons und Schokolade?

Ingrid sagt nein.

Dann bleibt sie stehen und fragt, ob er schon jemals Schokolade gegessen habe.

Er sagt ja, oft sogar.

Sie fragt, wann.

Er schaut sich um, als suche er nach einer Antwort, die sie zufriedenstellen kann, und Ingrid lässt die Angelegenheit fallen.

Jakob Abelsen in Finnvika ist alt, er ist Witwer, er ist mit Ingrids Vater und Großvater zum Fischen ausgefahren und erinnert sich an die beiden und an die Fischgründe so gut, dass er sofort darüber sprechen muss, als er Ingrid sieht. Zusammen mit ihm auf dem gepflegten Hof – mit nicht weniger als sechs Pächtern – wohnt eine Magd in mittleren Jahren, die aussieht, als wolle sie zur Frau des Hauses werden oder als sei sie das bereits. Die beiden Jungen aus Finnmark setzen Kartoffeln auf einem frischgepflügten Acker, und Jadwiga sitzt in einem Schaukelstuhl im Sonnenlicht vor einem großen Fenster in der guten Stube, wo sie friedlich mit offenem Mund schläft und aufwacht, als die Magd ihr eine Hand aufs Knie legt und sagt, sie habe Besuch, sie fragt, ob sie Kaffee wollten.

Ingrid sagt ja.

Jadwiga lässt sich Zeit damit, einen klaren Kopf zu bekommen, und der Kaffee steht schon auf dem Tisch, als Ingrid endlich das Blatt hervorziehen und ihr auf den Schoß legen kann, das Blatt aus dem Zeichenblock mit den drei gleichlangen Strophen untereinander. Jadwiga hält es ein gutes Stück von ihren Augen weg und kneift sie zusammen und lächelt mit einem Fächer aus weißen Fältchen.

»Da steht, ich liebe dich.«

Fährt mit einem stumpfen, verformten Nagel über die Zeilen und sagt: »Neun Mal.«

»Dasselbe?«, fragt Ingrid. »*Neun* Mal?«

Jadwiga zählt durch und sagt ja, neun Mal, greift nach der Tasse, sieht sie an und hebt sie langsam an ihre Lippen.

Ingrid fragt:

»Nix sonst, Namen, Adresse ...?«

»Nein.«

Das Fenster ist frischgeputzt und klar wie Wasser, sie kann weit sehen, ein weißes Laken fällt durch ihr Blickfeld, die Wiesen sind grün und wogen im Sommerwind, hinter ihnen streckt sich dasselbe Meer hinaus und verschwindet, als er diese gleiche Zeile neun Mal schreibt, ohne ihr das zu sagen, was sie eigentlich wissen will, und das noch dazu mit einem warmen Lächeln.

Ein neues Laken fällt durch ihr Blickfeld und ihre Finger zittern, als sie das Blatt zusammenfaltet und damit zum Fenster hinwinkt, als sei dort draußen jemand. Jadwiga trinkt Kaffee und sieht sie gelassen an.

Ingrid legt ihr eine Hand aufs Knie und sagt danke, geht hinaus in die Sommerwärme und muss eine Runde um das Haus drehen, vorbei an einem Schleifstein und einem Holzstapel und einem Torfschuppen, einem in den Boden gerammten Spaten, mit einem angebrochenen Schaft, und auf dem Hofplatz stehen nicht nur Arne und Fredrik und zwei andere Jungen und lachen über irgendetwas, sondern auch der alte Abelsen mit der Pfeife im Mund, und hören Kapitän Lukas Wara zu, der sich ausgiebig darüber verbreitet, dass er nach Hause will.

Ingrid läuft hinüber und sagt, die Behörden – auch die neuen – hätten ihnen die Rückkehr verboten, sie hat die Mitteilung im Kramladen gesehen. Wara schnaubt und sagt, das sei ihm doch scheißegal, er will nach Hause, und wenn er zu Fuß gehen muss, das können doch nicht viel mehr als zweitausend Kilometer sein.

Die anderen lachen. Aber der Kapitän hat endlich einen Brief bekommen, auf den Verlass ist, und nicht weniger als ein Drittel seiner Stadt hat überlebt, auch sein kleiner Stall, er kann dort schlafen, während er das Wohnhaus wieder aufbaut, es ist Sommer, rund um die Uhr hell.

Jakob schmunzelt und nimmt die Pfeife aus dem Mund.

»Ach, bleib du doch einfach hier, du bist zu alt.«

»Das ist doch wie das Armenhaus!«

»Ach – gefällt dir die Kost nich?«

»Was faselt ihr da?«, ruft die Magd, die jetzt in die Tür getreten ist.

»Dem schmeckt es hier nich!«, ruft Jakob.

Sie ruft etwas zurück, das die anderen nicht verstehen können und geht hinein und knallt mit der Tür. Jakob wischt sich das Grinsen aus dem Gesicht und sagt, auf dich wartet da oben doch niemand.

Wara sieht aus, als ob er gleich platzen werde, aber er wiederholt, es sei eine Schande, sich hier auf fremdem Boden herumzudrücken, wenn man seinen eigenen hat.

»Ach, geh doch zum Teufel«, sagt Jakob und dreht sich zu den Jungen um. »Müsst ihr keine Kartoffeln setzen?«

Ingrid sagt, sie müssten sich auf den Weg machen. Jakob begleitet sie bis zum Weg und redet weiter über das Meer und die Jahre auf den Lofoten, Erinnerungen, für die sie keinen Platz hat. Sie bringt es auch nicht über sich, nach dem Schiffbruch zu fragen, als ob es auch dafür keinen Platz gebe, und als sie auf dem Anhänger des Traktors sitzen, redet auch Fredrik drauflos, als ob der Friede auch ihn getroffen habe, er will wissen, wo Finnmark liegt, und wo Skarsvåg.

Arne antwortet, und Fredrik fragt nach Feuer und Krieg. Nein, da ist nur Asche übrig, und Fredrik ist eifrig, während Arne bei jeder Antwort, die er sich abringt, träger wird. Als sie zur Handelsstation hinuntergehen – sie haben nicht einmal eingekauft, Ingrid hat vergessen einzukaufen, also gehen sie wieder hoch und kaufen ein, lassen anschreiben, und als sie zum zweiten Mal nach unten gehen, sagt Arne, dass sie bald keine Bretter mehr für den Neubau haben werden.

Ingrid hatte mit etwas anderem gerechnet und sagt, das wisse sie.

Drei Wände, sagt Arne, einer mit Täfelung und Dachstuhl, was sie denn vorhabe?

Sie wiederholt, das wisse sie nicht, es komme auf ihn an.

Er fragt, was sie damit meine.

Ihr wollt doch weg?

Er sagt, dass er natürlich wegwill, aber es klingt die ganze Zeit, als entscheide sie. Und Ingrid schweigt.

Auf der Rückfahrt redet Fredrik weiter, jetzt über seinen Vater, den weder er noch Suzanne bisher erwähnt haben; er lebt offenbar noch und arbeitet in einem Geschäft, verkauft etwas, das Fredrik nicht erklären kann, aber es stellt sich heraus, dass er sich nur selten oder nie sehen lässt.

Arne fragt, warum nicht.

Fredrik sagt, sein Vater sei beschäftigt. Arne fragt:

»Was ist das?«

Fredrik sagt, er habe Wichtiges zu tun. Davon wird Arne auch nicht klüger, und Fredrik fängt an, seinen abwesenden Vater zu verteidigen, der nun offenbar in Ungnade gefallen ist, und dann taucht noch ein Stiefvater auf, ein Deutscher namens Armin, aber auch der lässt sich nicht besonders oft sehen.

»Armin?«, fragt Arne.

Fredrik rutscht auf der Ruderbank hin und her und sieht keinen Ausweg, obwohl Ingrid sagt, Armin sei sicher nett.

Fredrik starrt Arne flehend an, und Arne legt sich in die Riemen und rudert, dass sein Rücken nur so knackt, und fragt, ob der Pianist nicht bald rudern lernen will.

Doch, Fredrik kann gern rudern.

Er setzt sich neben ihn, sie rudern schief und wortlos durch den Nieselregen, der plötzlich über das kabbelige Meer fällt, während Ingrid beobachtet, was sich zwischen den beiden abspielt, und Geld zählt und Erinnerungen sortiert, um sich etwas zu entziehen, das dabei ist, sie zu überwältigen.

Als sie das Boot in den Schuppen gebracht haben, sagt Arne zu Fredrik, dass ja, ja, jetzt hast du noch einen Tag überlebt, und sie legen die Waren in einen Fischkasten, packen sich den auf die Schultern und gehen nach oben.

Ingrid nimmt Fredrik an der Hand und sagt, dass er sich auf Barrøy wohlfühlen wird, und er solle nicht mehr an diese Väter denken und auch nicht über sie reden. Fredrik sagt, ja, es sei eine schöne Insel. Ingrid sagt laut, der Friede sei nicht viel anders als der Krieg, und geht geradewegs in den Nordsaal hinauf und nimmt das Blatt mit den Zeilen hervor, weil sie es verbrennen will.

Aber was macht sie dann im Nordsaal, hier gibt es doch keinen Ofen?

Sie befindet sich im Nordsaal, weil sie allein sein muss, wenn sie es noch einmal liest, und sie geht an diesem Tag nicht wieder nach unten, sondern liegt unter der Decke und weiß abermals, dass er tot ist, sie spürt es im eigenen Leib, eine große Lähmung neben einer kleineren, eine Stahlsaite, die durch ihr ganzes Dasein vibriert.

Aber dann steht sie wieder auf und geht ans Fenster und schaut nach Norden über Wiesen und Meer nach Oterholmen, und sie hat plötzlich das Gefühl, dass er doch am Leben sein muss, tot oder lebendig, er kann nicht sterben, da sie sich in diesem Zimmer befindet, in dem sie den ganzen Abend lang hin und her geht, und von dem sie nun weiß, dass sie es niemals verlassen wird, egal, wie hart der Frost im Winter wird. Suzanne kann im Südsaal wohnen.

13

Mit dem Frost kehrt auch der Pastor Johannes Malmberget zurück. Niemand weiß, wo er gewesen ist, aber er gehört dermaßen hierher, dass auch niemand fragt, er sieht so alt aus, dass nur seine Stimme noch von ihm übrig ist.

Die ist zum Ausgleich schallend, nachdem die beiden jüngsten Söhne ihn vor den Altar getragen und sie ihn in einen Sessel vor ein Mikrofon und einen ausrangierten deutschen Lautsprecher gesetzt haben. Die Gemeinde findet, es klinge wie eine Rede aus London in einem verbotenen Radio, und hätte fast applaudiert. Und abermals richtet er die Aufmerksamkeit auf die Frage, die ihn seit so vielen Jahren verwirrt und ein getreuer Bestandteil einer jeden Predigt ist, die er verfasst hat: Ist der Mensch groß oder klein?

Zum ersten Mal begreifen sie auch, was er meint, er ist nämlich zu einem Schluss gekommen: Der Mensch ist groß.

Sie überlegen einen Moment, ob der Mann durch den langen Krieg banal geworden sein kann, aber er begründet seine Antwort mit bewegenden Wörtern wie wetterfest und ausdauernd, Sandkorn und zählebig, das, was niemals untergehen kann, zieht am Ende auch noch Jesu Auferstehung und Himmelfahrt mit hinein, obwohl es weder Ostern noch Pfingsten ist, sondern erst der erste Sonntag nach Johannis, dem Tag des Täufers; seine abgenutzten Gleichnisse über Salz und Schärengürtel und Inseln sind plötzlich wieder frisch und blank, wie in Stein gehauen.

Er ruft wie in einem grandiosen Finale, dass vielen von euch sicher die Entwicklung an den unterschiedlichen Frontabschnitten draußen in der Welt bekannt ist, und in dieser Perspektive ist man hier oben am grauen Rand der Welt in so bedeutungsloser wie glücklicher Lage; das klingt vielleicht nicht einleuchtend, aber bitte, denkt erst einmal darüber nach und seht, ob ihr nicht zur Rede eines weisen Mannes erwacht, nicht meiner, sondern der des Herrn.

Ein erbautes Summen erhebt sich im Kirchenraum, der Gottesdienst ist gut besucht, fast alle Überlebenden sind wieder da. Ingrid sieht Nelly wieder, die den Winter draußen in Havstein verbracht hat, und ihre Familie, Bekannte aus den Schultagen, Jenny und Hanna mit den Katzen, und nicht zuletzt Anja, die mit allen Kindern den Kapitän verlassen und eine Karte für die Fahrt mit dem Küstendampfer nach Norden hat, sie fährt nicht nach Hause, sondern in ein Sammellager, um ihren Mann zu treffen, der offenbar doch wieder genesen ist. Sie sieht ein wenig unglücklich aus, aber sie befindet sich nicht mehr in dem vom Krieg verwüsteten und undefinierbaren Alter zwischen zwanzig und sechzig, sondern sieht eher aus wie die neunundzwanzig Jahre, die in Henriksens Papieren angeführt sind, und Ingrid sagt, sie werde sie nicht vergessen, sie auch nicht, sie solle schreiben.

Anja fragt, wie es *ihr* denn gehe.

Ingrid sieht sie an und sagt, das wisse sie nicht, noch nicht, und legt Sara eine Hand auf den Kopf.

Ingrid hat um eine kurze Unterredung mit dem Pastor gebeten.

Die Söhne tragen ihn durch den Mittelgang, setzen ihn in den Beiwagen eines deutschen Motorrades, das sie auf der Versteigerung erworben haben, und schieben ihn zwischen die Gräber, damit das Gespräch so privat stattfinden kann, wie Ingrid es sich wünscht.

Sie kann Johannes Malmberget anvertrauen, dass sie schwanger ist, als ob er das nicht selbst merken würde, ihre Kleider sind leicht und sommerlich, und diesem Kind darf kein Makel anhaften, was niemand besser garantieren kann als der Pastor.

Das tut er auch, mit einer einfachen Handbewegung, und er fragt auch nicht nach dem Vater. Ingrid sagt sicherheitshalber, es sei ein Widerstandsmann gewesen, der auf den Inseln in Deckung gegangen sei.

»Und lebt er noch?«, fragt Johannes Malmberget.

Ingrid nickt. Und der Pastor zweifelt, hier gibt es so viele ohne Vater, das hier ist kein Bauernland, wo die Männer das ganze Jahr sicher eingeschlossen bei Weib und Kind sitzen, Ingrid soll sich über das Geschenk freuen, ein neues Leben, und ob sie sich schon einen Namen für das Kind überlegt habe.

»Alexander.«

Der Pastor sagt, das sei hier in der Gegend kein häufiger Name. Ingrid ist ganz seiner Meinung.

»Und wenn's ein Mädel wird?«

»Kaja.«

»Ja, ja, so hieß ja auch deine Großmutter.«

Er verspricht, sich am Leben zu erhalten, bis er das Kind taufen kann.

Und dann hat er auch etwas auf dem Herzen, er schiebt eine unsichere Hand unter seine Weste und zieht einen Geldbeutel hervor, den er ihr reicht. Ingrid weicht zurück.

Er sagt laut, sie soll das Geld nehmen. Aber sie ist keine neunzehn mehr und erwähnt den Brief, den er ihr ins Krankenhaus geschickt hat, mit Geld, diesen odiösen Brief, an dessen Bedeutung sie sich erinnert, und sagt, sie wolle endlich eine Erklärung für diese seltsame Nichtbeziehung zwischen ihm und dem Vater, und damit gerät das Gespräch ins Stocken.

Johannes Malmberget kann aber auch nicht um Hilfe rufen, deshalb schauen sie sich zwischen den Gräbern um, bekannte und unbekannte Namen auf Steinen und Kreuzen, Wiesenblumen und die üppigen Wiesen am Hang zum Meer, das Gras steht schon hoch und Ingrid hat jetzt rote Wangen, doch sie wiederholt ihre Frage.

Er sagt, ohne sie anzusehen, in seinem vorigen Leben habe er bei der Bank des Dorfes, in der kleinen heruntergekommenen Sparkasse, um einem seiner zahlreichen Söhne zu helfen, der aber nicht viel getaugt habe, gibt er zu, der Sohn sei jetzt tot, Geld geliehen, mit Sicherheit in Barrøy, und er habe ihrem Vater einige Öre dafür bezahlt, die Insel sei nämlich nicht belastet gewesen.

»Sicherheit *geliehen*?«

»Ja, gewissermaßen.«

»Sie haben doch eigenen Grundbesitz, Herr Pastor?«, fragt Ingrid.

Ja, das schon, aber … auch der war beliehen, sie hat die Hälfte seiner Schuld im Krankenhaus bekommen, und jetzt den Rest, versteht sie, was er sagt?

Ingrid sagt nein, aber sie könne das Geld als Darlehen betrachten.

»Als Darlehen?«

»Ja.«

»Das ist doch dein Geld.«

»Ist es altes oder neues?«

Er lacht düster und fragt, ob sie hofft, dass er bald sterben werde.

Ingrid fragt, ob er diese Hoffnung über ihren Vater gehegt habe, und der Pastor sieht unglücklich und wütend zugleich aus und murmelt, es sei jedenfalls so viel Geld, dass sie es in Margots Kramladen ausgeben könne, deren Sohn sei übrigens wieder da, ihm werde als aufrechtem Widerstandsmann gehuldigt.

Ingrid schiebt das Geld unter ihre Strickjacke und will schon sagen, dass er jedenfalls im richtigen Moment gekommen ist, aber dann fällt ihr ein, dass das eben nicht der Fall ist, er kommt zu spät, jetzt wie damals.

Johannes Malmberget lässt seinen Blick über die Menschen schweifen, die sich in schwarzgekleideten Gruppen vor der Kirche zusammendrängen, die leisen Stimmen beim Gotteshaus, die lauter werden, wenn sie sich davon entfernen, um dann in frivoles Lachen umzuschlagen, wenn sie nur weit genug gekommen sind. Er hebt einen Arm, um seine Söhne herbeizuwinken, aber die sehen ihn nicht. Ingrid muss rufen, und sie kommen angelaufen, während der Alte sagt, es sei schön gewesen, heute Barbro zu hören, welche Stimme.

»Aber den Text kannse noch immer nich?«

»Nein.«

»Nein, nein.«

Ingrid läuft zu den anderen, die wissen wollen, was sie mit dem Pastor zu besprechen hatte. Das weiß sie selbst noch nicht so genau, sie sagt etwas über die Taufe.

Aber auf Barrøy geht sie an diesem Abend mit Barbro durch die Gärten nach Süden und erzählt von dem Geld, sie hat es jetzt gezählt, es ist genauso viel, wie sie im Krankenhaus bekommen hat, das Geld, mit dem sie die Bretter für Karvika gekauft hat, sowie Schafe und Essen und einen Pflug und noch vieles andere, aber sie verrät den Betrag nicht, sie fragt stattdessen, ob die Tante meint, Suzanne könne gekommen sein, um sich auf der Insel zu verstecken.

Die Frage kommt für Barbro sehr überraschend.

Ingrid fragt, ob Fredrik ihr von seinem Vater erzählt hat, er hängt doch ewig an Barbros Rockzipfel, oder vielleicht von dem Stiefvater oder einem Onkel?

Barbro sagt nein, und murmelt, auch Suzanne habe nichts erwähnt.

Ingrid sagt, er sei Deutscher.

Barbro fragt, wer Deutscher sei.

Der Stiefvater.

Barbro ist noch immer verwirrt.

»Die ist mit vierzehn weggegangen«, sagt sie vage.

»Es ist *Friede*!«, sagt Ingrid laut.

»Du kannst das ja glauben«, sagt Barbro wütend und fragt, ob das bedeutet, dass sie vielleicht auch wieder das idiotische Leuchtfeuer dahinten aufstellen sollen.

Ingrid verdreht die Augen und sagt, um sie zu beruhigen, dass es auch Zeit ist, den Brief zu schreiben.

Welchen Brief?

An Lars, wir sind hier im Winter allein, drei Frauenzimmer und ein kleiner Junge, der in die Schule muss.

Barbro sagt, die Jungen aus Finnmark seien doch da, aber dann bekommt sie die törichte Miene, bei der Ingrid immer auf der Hut ist.

Sie sagt, wir können die Jungen aus Finnmark vielleicht bis nach der Ernte hier behalten, wenn wir Glück haben, worüber Barbro denn jetzt nachdenke?

Barbro muss das Entscheidende zugeben – der Brief ist bereits geschrieben.

»Was?!«

Ja, von Suzanne, unter Barbros Oberaufsicht, sie hat sogar einige Wörter diktiert, abgeschickt ist er auch, nicht an Lars, sondern an Felix, sie sind doch in all den Jahren zusammen gerudert, und wenn irgendjemand Lars dazu überreden kann, wieder nach Süden zu kommen, dann doch Felix, Arne hat den Brief vor mehreren Wochen losgeschickt.

»Arne hat was getan?«

Barbro dreht sich um, breitet die Hände aus und heult über feuchtem Klee und Hahnenfuß, dass sie Ingrids Gejammer bis sonst wo stehen hat, und ihre Fäuste bewegen sich wie Kolben an ihren Oberschenkeln auf und ab, als sie durch das kniehohe Gras nach oben geht.

Ingrid wartet, bis sie durch die Tür des Windfangs verschwunden ist, holt Luft und bewegt sich mit langsamen Schritten zu den Klippen im Westen, folgt den Felsen nach Norden vorbei an Bolzen und Netzen, die nicht mehr vorhanden sind, und kommt zum Schwedensteg, wo die Brüder Skarsvåg einen Eisenring in einen Pfahl geschlagen haben und Fredrik beibringen, wie man Senksteine an den Leinen befestigt. Ingrid hat das Gefühl, in etwas hineinzuplatzen, Fredriks aufgeblasenes Kindergesicht und der naive Blick, der hier noch immer nichts zu suchen hat, Helmer und Sverre, die sich zusammenreißen, jeder sitzt auf einer Leinentrommel, hat die Ellbogen auf die Knie gestützt und bewegt die Finger, als ob ihnen ein Gebet fehlte. Fredrik steht mit einem Stein zwischen den kleinen Händen da und versucht, die Senksteine richtig anzubringen, und auch er sieht Ingrid fragend an.

Ingrid geht mit Arne hinter den Steg und steckt zwei Finger in die Brusttasche seines frischgewaschenen Hemdes und zieht daran, wie um ihn zu sich zu ziehen, dann schiebt sie ihn wieder weg und fragt, ob sie bis nach der Ernte auf Barrøy bleiben können.

Er sieht sie mit seinem Auge an und streckt ebenfalls den Arm aus, lässt die Fingerspitzen über ihren Oberarm gleiten, es ist jetzt gegen Abend kühl und der Tau glitzert auf Haut und Haaren, er sagt, er wisse nicht, was die Brüder wollen, sie hätten schon lange nicht mehr über Finnmark gesprochen, sie hätten angefangen zu vergessen, sie seien doch noch so jung.

Ingrid fragt, was *er* will, sie braucht jetzt eine klare Antwort.

Er zieht die Hand zurück und sagt, er wisse es auch nicht.

Ingrid sagt, doch, er wisse es.

Er sagt, ja.

Sie dreht ihm den Rücken zu und geht einige Schritte, dreht sich dann wieder um und sagt, er könne in der Nacht zu ihr in den Nordsaal kommen, aber sie macht sich nicht die Mühe, sich davon zu überzeugen, dass er das verstanden hat. Sie ruft Fredrik und geht zusammen mit ihm zum Haus hoch und sagt zu Barbro, es sei gut, dass sie den Brief an Felix geschrieben haben, hoffentlich könne er Lars überreden, großer Gott, und verpasst Suzanne eine Ohrfeige. Suzanne fragt, was das denn soll, sieht aber aus, als frage sie sich, ob sie die Ohrfeige verdient hat. Ingrid nimmt Wasser mit und geht nach oben, ohne zu essen, und macht sich zurecht und legt sich mit dem Zittern des letzten Winters hin, demselben Frost, aber nicht derselben Wärme.

Arne schleicht sich barfuß die Treppen hoch und zu ihr, als das Licht am dunkelsten ist und alle schlafen. Sie sagt, er solle vorsichtig sein und hinter ihr stehen, damit dem Kind nichts passiert. Er ist eifrig und grob, und es dauert nicht lange. Sie sagt, er dürfe nicht dort schlafen, nicht in diesem Raum, aber sie hoffe, er und seine Brüder würden bis nach der Ernte bleiben, bis sie auch die Moore auf den Inseln abgemäht haben. Er sagt etwas, aber sie versteht nicht, was, es klingt wie ein Schluchzen, und sie sieht nicht nach. Er legt die Hände um ihren Bauch, die sind warm und hart wie eine zerbrochene Schale um ein riesiges Ei. Als er so lautlos verschwindet, wie er gekommen ist, fehlen ihr seine Hände, aber gleich danach schläft sie ein und träumt nichts.

14

In diesem Sommer gibt es keine normale Mahd, die Erde hat in den beiden Jahren, seit Ingrid und Barbro zuletzt gemäht haben, brachgelegen, und auch damals haben sie sehr oberflächlich gemäht, im Vergleich zu den Jahren davor, als sie auch allein waren und versuchten, die Traditionen aus der Zeit der Männer durch gemietete Arbeitskraft aus Havstein aufrechtzuerhalten, die nicht dieselbe Hingabe aufbrachte.

Jetzt steht die Mähmaschine da und rostet zwischen den Mauern, und die Sense beißt sich fest an Büscheln und altem Gras, und sie fluchen mehr als sie mähen und müssen das wadenhohe Gras schneiden. Ingrid kann es nicht mit ansehen und geht so weit, Daunen zu einer Jahreszeit zu verkaufen, in der sie nicht verkauft werden dürften, es ist ein Bruch mit den Traditionen, aber sie kann das Geld des Pastors nicht anrühren, denn sie weiß nicht, was es bedeutet.

Sie verkauft nicht nur die zwei Kilo von den Vögeln des Jahres, sondern auch einen der alten Säcke aus der Scheune. Dann sucht sie den ewigen Adolf auf, der nicht nur einen, sondern zwei Pferde herüberbringen lässt. Er selbst ist nicht dabei, wohl aber sein Sohn, Daniel, der den Leuten auf Barrøy erzählen kann, ihre Insel sei ein sinkendes Schiff, so ein Elend … Er sagt – beim Anblick des guillotinierten Grases, das wie Stroh an den Reutern hängt und bei jedem Windhauch weggeweht wird und zusammengeharkt und neu aufgehängt werden muss –, dass sie nicht alle Gärten aufpflügen können, dass er aber eine Art Egge und auch eine Walze mit Eisenzähnen herüberbringen kann, die den alten Dreck aufwühlt, aus dem sie dann das Gröbste mit der Hand lesen müssen, zusammen mit dem Stein, und den ganzen Mist müssen sie dann auf einen Haufen legen, ungefähr wie in der Senke da unten, sagt er, und hoffen, dass dort eines Tages ein Baum wachsen wird, ha, ha.

Sowie das Heu im Haus ist und Poller und Schnüre verstaut sind, machen sie sich an diese Arbeit, die auf Barrøy bisher auch noch nicht vorgekommen ist. Und Daniel sieht nicht nur das, was ist, sondern auch das, was sein kann, er ist ein fröhlicher, waghalsiger und weitsichtiger Mann von fünfundzwanzig, der für einen guten Preis, den Ingrid ihm in aller Heimlichkeit versprochen hat, so ungefähr rund um die Uhr arbeitet. Aber als er drei junge Leute dazuholen will, die er aus Havstein kennt, sagt Ingrid, er soll lieber versuchen, die beiden evakuierten Jungen von Abelsen in Finnvika zu bekommen, Abelsen wäre sicher nur froh, sie loszusein, jetzt, wo er seine Ernte im Haus hat, sie erinnert sich daran, wie ihr Vater Jakob charakterisiert hat, ein guter Mann, aber geizig.

Daniel segelt hinüber und kommt zurück und sagt, sie wollten nicht ohne Jadwiga kommen. Ingrid sagt, dann sollten eben alle drei kommen. Daniel fragt, was sie mit dem alten Kapitän Lukas Wara anfangen sollen. Ingrid lacht und sagt, der habe sich sicher bei Jakob gut eingelebt, aber auch er sei willkommen, wenn er wolle.

Daniel segelt abermals über den Fjord und kommt mit den beiden Jungen und Jadwiga zurück, die sie auf einer Bahre aus Gerüststangen zum Haus hochtragen und in den Schaukelstuhl in der Küche setzen, und da schaut sie sich um und sagt, hier sei es aber nett, ob sie Kaffee hätten.

Lukas Wara ist bei Abelsen wirklich zur Ruhe gekommen, jetzt hat er sich noch dazu den Fuß verletzt, ein Umstand, der ihn nicht weniger streitsüchtig gemacht hat.

Die beiden Jungen heißen Benjamin und Jørgen, sie sind sechzehn und siebzehn und sagen, sie könnten nicht lange auf Barrøy bleiben, denn sie hätten erfahren, dass ihre Eltern und Geschwister gefunden seien und sich in einem Lager bei Harstad befänden und auf die Erlaubnis der Behörden zur Heimkehr warteten, sie wollten zu ihnen ins Lager.

Daniel sagt, Ingrid werde ihnen eine Fahrgelegenheit nach Norden besorgen, und sie zudem für ihre Arbeit bezahlen, wenn sie ihre Abreise einen Monat aufschieben.

Sie überlegen sich die Sache. Arne fragt:

»Was is mit uns?«

»Ihr auch«, sagt Ingrid und fügt hinzu – was sie gar nicht weiß –, dass das Schiff Barrøy II in einigen Wochen von den Lofoten kommen wird, es kann sie dann zur nächsten Schiffsanlegestelle bringen.

Sie wechseln einen Blick und sehen auch Daniel an, und nicken, aber keiner von ihnen sagt hörbar ja.

Benjamin und Jørgen haben allerlei Kleider und einiges ausrangiertes Werkzeug mitgebracht, das Jakob ihnen gegeben hat, und Jadwiga passt in die alten Kleider von Barbro und auch in das Bett des alten Martin in der Kammer hinter der Stube, dorthin kann sie auf eigenen Beinen gehen. Die Tage vertreibt sie sich im Schaukelstuhl in der Küche, zusammen mit Barbro, die sie zwischen ihren Nickerchen mit kleinen, absurden Erinnerungen an eine Welt überrascht, von der niemand je gehört hat, sie will wissen, wie viele Kinder Barbro habe.

»Eins.«

Jadwiga hat fünf. Sie hebt die Hand und zeigt fünf Finger, Barbro fragt, wo sin die denn?

Jadwiga schließt die Augen.

Anfang September sehen drei der neun Gärten nicht nur aus wie frischgepflügte Felder, sondern auch, als ob sie mit Liebe gemacht seien. Sie bringen die Schafe hinüber nach Gjesøya und machen sich an einen weiteren Garten, während Barbro für allesamt bäckt und kocht und Ingrid immer mehr Verantwortung Daniel und Arne überlässt, und Beeren pflückt und einweckt und Saft macht und ausrechnet, wie die kommende Ernte sich zu der und jener Anzahl von Schafen verhalten wird, während sie Heuballen und Tiere zählt und vor allem die Kuh, die ihnen fehlt, und zu dem Ergebnis kommt, dass es vielleicht reicht, dieses *vielleicht*, das ein Mantra im todernsten Glaubensleben eines jeden Fischerbauern ist.

Da sich, auch als der vierte Garten fertig ist, kein Boot am Horizont zeigt, sagt sie ja zu Daniels Vorschlag, sich an einen weiteren Acker zu machen, es gefällt ihm auf Barrøy, was, wie Ingrid meint, mit Suzanne zu tun haben kann, auch sie geht gebückt und energisch mit den jungen Leuten über das Feld, liest ohne zu klagen Grasbüschel und Steine auf, und dann werden sie den Mist hinausfahren, der jetzt hinter dem Stall liegt, verteilen, da liegt viel, hier gibt's ja nix anneres, sagt Daniel und lacht.

Jetzt hat Ingrid auch aus Suzanne herausgeholt, wie es sich mit ihren beiden Männern verhält: Der erste war ein norwegischer Nazi, und der zweite – Armin – ein deutscher Unteroffizier, der von seinen eigenen Leuten erschossen wurde, weil er für Suzanne und Fredrik Marken und Essen gestohlen hatte, unter anderem, aus dem Depot, für das er verantwortlich war, sie war mit keinem der beiden verheiratet.

Ingrid fragt, ob das die ganze Wahrheit sei.

Suzanne schneidet eine Grimasse und sieht aus, als sei es jedenfalls wahr genug für einen gesetzlosen Winkel wie diesen.

Ingrid fragt, warum sie Fredrik in ihren Briefen nie erwähnt hat. Suzanne sagt, sie habe das nicht der Erwähnung wert gefunden, der Vater wollte nichts von ihm wissen. Und da sagt Ingrid nichts mehr. Doch, sie möchte wissen, wie Suzanne in diesen Jahren unterschrieben hat, mit Tommesen oder mit Barrøy.

»Tommesen«, sagt Suzanne.

Ingrid sagt, damit solle sie vielleicht aufhören und anfangen, Barrøy zu benutzen, denn das hat sie selbst hinter Fredriks Namen geschrieben, als sie ihn in der Schule angemeldet hat.

»Die Schule, ja …«

Suzanne nickt langsam.

Ingrid sagt auch, sie sollte in der ersten Schulwoche mit Fredrik in Havstein wohnen, sie kann bei Nelly wohnen, an die sie sich sicher erinnert, auch dafür ist bereits gesorgt.

»Die, die stottert?«

»Ja, sie stottert.«

Aber nicht das wollte Suzanne sagen, es fiel ihr nur ein wie etwas Störendes, sie wollte fragen, warum sie mit Fredrik in Havstein wohnen soll.

Aber darauf braucht Ingrid keine Antwort zu geben, denn obwohl Fredrik bei der Feldarbeit fast ein halber Mann war und schon längst aufgehört hat, Werkzeug ins Meer zu werfen, ist er, wie er ist.

Also rudern Mutter und Sohn an einem glasklaren Morgen mit Sonne und unsichtbarem Dunst, der die Inseln zittern und vibrieren lässt, mit dem Boot los, sie kommen nur zwei Wochen zu spät, auch das ist eine Tradition bei den Bewohnern von Barrøy.

Und während Suzanne und Fredrik in Havstein sind, muss Ingrid auf die Knie, ihre Zeit ist gekommen, an Zählen und Berechnungen hat es nicht gefehlt, und es ist ungeheuer früh, je nachdem, wie man es sieht. Sie will auch nicht, dass die anderen sie sehen, deshalb stellt sie den halbvollen Beereneimer vorsichtig ins Gras und schleppt sich in den Bootsschuppen und kann das größere Boot ins Wasser schieben, kann sich an Bord quälen und die Ruder fassen, und sie will rudern, schafft aber höchstens ein Dutzend Faden, dann muss sie auf die Planken in die große Kammer hinunter, ihre Schreie holen die anderen herbei.

Die ganze Herde kommt angelaufen, sie ahnt sie über den frischgestrichenen Bootsrand hinweg, als sie sich nacheinander zwischen Bootsschuppen und Flutstreifen aufstellen und zu ihr und dem Boot herausstarren, noch nie gab es auf Barrøy so viele junge Leute, die dort nicht zu

Hause sind, sie sind sieben. Ingrid sieht ihre Köpfe und die unterschiedlichen Größen und Haarlängen durch grünen Nebel, während ihr Atem sich wie ein Kolben hebt und senkt. Mitten zwischen ihnen steht Barbro mit offenem Mund und einem erhobenen Arm, wie zu einem hilflosen Gruß, der Himmel ist grau an diesem Tag und das Meer weiß wie eine verschneite Hochebene.

Es ist eine schwere Geburt, brutal, aber von kurzer Dauer. Ingrid tut, wie Barbro ihr geheißen hat, und kniet zwischen den Ruderbänken. Und wieder ist es Arne, der sich die Kleider vom Leib reißen und losschwimmen muss. Er schafft es auch ins Boot, kann aber kein Menschenblut in dem Raum sehen, in dem er so viele tausend Fische ausgeblutet hat, und er kann Ingrids kreideweißes Gesicht nicht sehen, deshalb kneift er die Augen zu und bringt das Fahrzeug an Land, dann springt er ans Ufer und läuft, gefolgt von den erstaunten Blicken seiner Brüder, nach Süden. Sie laufen hinter ihm her, und dann folgen auch Benjamin und Jørgen.

Barbro und Daniel holen Ingrid und das Kleine aus dem Boot und hoch ins Haus. Barbro kann zudem eine Schnur durchschneiden und sie verknoten und das Blut anhalten. Ingrid ist die ganze Zeit bei Bewusstsein, und das Kind lebt, sie braucht ihm nur in die Augen zu schauen.

Barbro begreift, was sie tut, und sagt, Neugeborene hätten noch nicht ihre richtige Augenfarbe, die Farbe, die sie später bekommen werden, ihre eigene Farbe, sie weiß, wovon sie redet. Und Ingrid merkt, dass sie auch jetzt nicht weinen muss, und dass sie durchaus warten kann, denn es ist ein Mädchen, sie soll Kaja heißen, und sie kann die unverkennbaren Züge sehen, es ist der Russe, und die farblosen Augen Tausender unschuldig Getöteter auf dem Sklavenschiff Rigel, die alle vergessen haben, auch ihr Vater ist ermordet worden, Ingrid kann es jetzt hinnehmen, Kaja ist Rigels Kind.

15

Gott liebt die Menschen an der Küste nicht so sehr wie die in Binnenland und Städten; über lange Zeiträume hinweg vergisst er sie ganz, und sie vergessen ihn; sie sprechen vielleicht vor dem Essen ein kurzes Gebet und seufzen über dem Kaffee, aber wenn er dann ein seltenes Mal die Spendierhosen anzieht, besteht kein Zweifel daran, wohin sie ihre Danksagungen richten sollen. Nicht, dass Ingrid die Hände faltete und gen Himmel riefe, aber sie weiß endlich, wie ein Erdrutsch in blinder Finsternis, dass, falls auch in dem entsetzlichen Jahr, das hinter ihr liegt, rein gar nichts einen Sinn hatte, jetzt doch einer entstanden ist, ein Hoffnungsblitz aus glasklarem Himmel, und sie lässt das Kind nicht aus den Augen, verpasst kein Geräusch und keine Bewegung, ob sie nun schläft oder wach ist, es gibt keinen Unterschied zwischen den Tageszeiten, das Licht leuchtet grell in alle Ecken, auch wenn es schon längst auf den Herbst zugeht.

Barbro will wissen, was sie im Boot vorhatte, als ihre Zeit gekommen war. Das wüsste auch Ingrid gern. Barbro zeigt ihr, wie sie stillen und eine Windel so binden kann, dass sie besser sitzt als bei Ingrids Versuchen. Ingrid lässt sie machen, und Jadwiga nickt, dass es richtig so sei. Barbro ist gewaltig. Sie singt jetzt auch im Alltag, auf Jadwigas Aufforderung, das liegt an dem Kind und dem Gras, das in den kommenden Jahren in den fünf schwarzen Gärten wachsen soll, an dem Sohn, der bald heimkehren wird, aber es hat auch damit zu tun, dass Ingrid nicht mehr die Hälfte ihrer selbst ist, und es macht nichts, dass das Kind schreit, vor allem nachts, es ist das Gebrüll des kommenden Tages, das in ihren Ohren gellt.

Mit Daniel wird abgerechnet, er verteilt den Betrag zwischen sich und den anderen, nach einer Rechnung, die ihm um einiges mehr gibt als ihnen, und fährt mit Pferden und Ausrüstung auf dem neuen Frachtboot davon, das Ingrid für ihr letztes Daunengeld bestellt hat. Der, der verschwindet, und die, die zurückbleiben, winken, und die Wehmut ist nur so groß, dass sich ein vorübergehender Friede über die Insel senkt, der jetzt nur von dem noch immer vorhandenen Heimweh der Jungen aus Finnmark beunruhigt wird, oder vor allem von Arnes, sowie von einigen raschen Regenschauern und einem Adler, der auf einem Felsbrocken in der Nähe der Schafe landet.

Es ist also an der Zeit, Fug und Recht walten zu lassen.

Sie suchen den Schlüssel heraus – Ingrid hat sich das Kind mit einem riesigen geblümten Schal ihrer Mutter vorgebunden, Barbro trägt ihr Kirchenkleid, das sie an den belanglosesten Tagen überstreift. Sie öffnen den Lofotschuppen und ziehen die drei Kisten ans Tageslicht und mustern sie mit kritischem Blick, so alt und abgenutzt sind die Kisten, dass die Farbe, mit der sie vielleicht einst angestrichen waren, als Staub an der ganzen Küste verteilt ist.

Die eine hat Ingrids Vater gehört, die zweite ihrem Großvater und die dritte ihrem Urgroßvater, darauf stehen dieselben Initialen wie auf der ihres Vaters, H. B. für Hans

Barrøy, und die Jahreszahl 1831. Es ist auch die größte und solideste der drei, denn der Mann ist in so jungem Alter auf See geblieben, dass sein Sohn noch nicht einmal mit einem Paar Ruder umgehen konnte.

Sie bitten Arne und die Brüder, die Kiste ins Haus zu tragen und in die gute Stube zu stellen. Benjamin und Jørgen tragen die hoch, auf der Martin Barrøy steht, 1864. Arne fragt, wozu das gut sein soll, zwei Lofotkisten auf dem Boden, wo sonst der Esstisch steht, den mussten sie an die Wand schieben, darum herum stehen die Stühle wie ein Kreis aus stummen Zuschauern, es ist Ende September.

Aber dann kommt der Hering und abermals kommt alles ins Stocken.

Ingrid beschließt, selbst zu salzen, statt in den Ketten der Lohnarbeit in der Handelsstation auszunehmen. Arne und Benjamin sehen das auch so.

Sie rudern mit zwei Booten hinüber und kaufen Tonnen und Salz, lassen es von dem neuen Vorarbeiter mit dem seltsamen Aussehen anschreiben, dem Ingrid Daunen verkauft hat, drücken den Preis so weit wie möglich, sie brauchen Halbtonnen, der Kran auf Barrøy kann mehr nicht heben. Und am selben Nachmittag riegeln sie auf Ingrids Anweisung den Sund zwischen Moltholmen und einer der Lundeschären ab, setzen auch westlich der anderen Schäre Netze, sodass eine Art Trichter entsteht, oder ein halber Heringszaun, wie sie hier immer einen hatten.

Aber obwohl sie Vögel wie wandernde Windhosen über dem Meer im Westen und Norden sehen, auch dicht bei den Schären, gibt es erst nach mehr als einer Woche einen Fang. Dann aber brechen die Netze unter dem Neumond fast schon zusammen, sie müssen sie hinter den Booten her an Land schleppen und büßen den halben Fang ein. Aber sie retten dreizehn Halbtonnen. Und es ist Atlantischer Hering, und Ingrid entscheidet, dem den Kopf abzuschneiden, statt ihn auszunehmen.

Fredrik Barrøy kommt aus der Schule nach Hause und muss Wasser tragen und die Lake herstellen, die in die Tonnen nachgefüllt werden muss, wenn sie aufgeschnitten auf der Seite liegen, und Arne hat Löcher in eine Daube in der Mitte gebohrt. Ingrid überlegt, sie könnten eine Pumpe am Kai gebrauchen, jetzt müssen sie Eimer mit Meerwasser für die Spülwannen tragen oder hochhieven, es ist so, wie es immer schon war, Barrøy hat alles, und ihm fehlt etwas absolut Wesentliches.

Sie hat noch immer Kaja vor dem Bauch, wenn sie arbeitet, bald wird sie das Kind auf den Rücken nehmen, und jetzt schreit sie nur, wenn Ingrid sie weglegt, Kaja mag Bewegungen.

Sie kaufen weitere Tonnen und noch mehr Salz und legen weiter Netze aus und es geschieht an einem Nachmittag, als Suzanne und Ingrid in ihren Schürzen am Kai stehen und Hering und Salz ordentlich in die Tonnen stapeln, dass sie im Norden unverkennbare Geräusche hören und eine weiße Waltonne mit der typischen schwarzen Bauchbinde an Oterholmen vorbeigleiten sehen, es ist nicht die Barrøy II, auf die sie seit Abschicken des entscheidenden Briefes warten, sondern die Salthammer.

Das sieht nur Ingrid.

Sie waschen sich und stehen nebeneinander am Kai, Ingrid mit den Händen unter dem Rock, damit sie sie am

Kind wärmen kann, das gluckst und sie mit den Augen der Rigel ansieht.

Suzanne entdeckt eine vertraute Gestalt, die mit der Trosse am Bug bereitsteht, sie springt auf und ab und ruft, mit den Händen vor dem Mund, während Ingrid keinen Finger rührt, als Lars die Trosse auf den Kai wirft und Helmer die Schlinge über den Poller streift und Jørgen die Achtervertäuung auffängt.

»Seid ihr's«, sagt sie hinunter zu dem Schiff.

Lars kommt ohne zu antworten herunter an Deck, ein Mann im besten Alter, aber mit Haaren, die jetzt deutliche graue Sprenkel aufweisen, sein Körper ist noch hölzerner und untersetzter als in Ingrids Erinnerung, aber geschmeidig und schnell. Er stellt sich vor das Steuerhaus, wo ein Fenster heruntergelassen wird, und Magnus Mannvik steckt den Kopf heraus und wirft einen kurzen Blick auf Ingrid, die kurz zurücknickt, und hört auf etwas, das Lars sagt, und verschwindet wieder drinnen, und die Maschine wird angehalten.

Lars hebt die Klappe am Bug und ruft hinunter in die Kajüte. Zwei kleine Mädchen in identischen Kleidern und Jacken und Strumpfhosen springen heraus, sie haben auch die gleichen Haare und die gleiche Größe und die gleichen Bewegungen, als sie sich auf Larsens Wink hin umdrehen und zu Ingrid und Suzanne hochblicken, die ihnen zuwinken und auf sie herunterlächeln. Nach ihnen kommt eine Frau ganz in Schwarz, sie ist etwas größer als Lars, sie hat auch schwarze Haare, aber ein gelbweißes Kopftuch, das im Herbstlicht aussieht wie Seide. Aus dem Köderhaus kommen zwei Jungen, Ingrid erkennt in dem einen Ole, und bei ihnen ist ein acht oder neun Jahre alter Knabe, der sicher Larsens Sohn ist, Hans, sie hebt die Hand und winkt wieder, aber er winkt nicht zurück, und Suzanne ruft:

»Woßn der Felix?«

»Auf See«, sagt Lars.

Er hebt die eine Ladeluke, und Magnus – der an Deck gekommen ist – hilft ihm beim Heben der anderen. Ingrid hört sie diskutieren, welchen Kran sie benutzen sollen, und dann lachen sie kurz. Magnus lässt die Maschine wieder an, und noch eine Frau und ein Junge kommen aus der Kajüte, die Frau trägt einen roten Rock und einen noch röteren Wollkragen an einer dicken Friesjacke, auch sie hat ein Kopftuch. Die beiden Frauen bleiben stehen und sehen sich um. Die Schwarzgekleidete mischt sich in etwas ein, das Magnus mit der Winsch vornimmt, sie überzeugt sich davon, dass eine Kommode unversehrt durch die Ladeluke bugsiert wird und dann an dem Tau schwebt, das Lars bis ganz oben unter den Ladebaum zieht, bis er den dann über den Kai schwenkt, und Suzanne brüllt:

»Wo denn auf See?«

Lars sagt: »Im Barents-Meer.«

Lars sagt, Thor Iversen-Bank, ohne die Kommode aus den Augen zu lassen, die sich langsam zu Ingrids Füßen senkt, und sich in ihrer Pracht mit der Kommode messen kann, die ihr Vater einmal gekauft hat, als er den Verstand verloren hatte, ihr ist klar, dass die anderen bleiben wollen.

Sie löst die Taue und zieht sie unter dem Möbelstück hindurch, damit sie mit dem Haken geschleppt werden können, den Lars abermals in den Laderaum senkt, aus dem Kisten und Säcke und Betten und Matratzen und Stühle und Tische in imponierender Vielfalt feierlich in einer stillen Ordnung hochgehievt und wie die Einrichtung von zwei guten Stuben, sechs Schlafzimmern und zwei Küchen auf den mit Steinen gepflasterten Kai gestellt werden, während ein Regenschauer heranzieht und die Schwarzgekleidete, die jetzt auf dem Kai steht, eine Ölplane über die Kommode wirft und sich als Hanna vorstellt, knickst und sagt, sie sei mit Felix verheiratet.

Ingrid stellt fest, dass sie wie die Frauen aus Finnmark einen unsichtbaren Säugling unter dem Rock hat, einen Jungen von nur einem Monat, ihr und Felixens drittes Kind, Oskar. Suzanne steckt ihm einen Finger in den Schlund und begreift, dass auch die Zwillinge zu Felix gehören, ihre Nichten. Sie fällt auf die Knie und hilft ihnen über die Kaikante und macht ihnen in der Sprache der Hauptstadt Komplimente, weil sie so schöne Kleider haben und so feine Locken, und sie gibt jeder die Hand und fragt, wie sie heißen, und sagt, wie sie selbst heißt, und ruft Fredrik, der unangefochten mit zwei neuen Eimern Meerwasser auf dem Weg zum Ebbestreifen ist, in mindestens drei Tonnen ist nicht genug Lake.

Hanna ähnelt einer Tante von Ingrid, die einmal in einer Krise bei ihnen gewohnt hat, sie ist eine todernste und tiefreligiöse Person, die ihr bitteres Schicksal auf sich genommen hat, das aber mit einer Stärke, die trotz allem nur so groß ist, dass sie zugrunde gehen wird, wenn ihre Männer das tun, Ingrid kann das sehen, und das beruhigt sie.

Sie erfahren, dass Felix rechtzeitig vor Weihnachten mit der Barrøy II kommen wird, gleich nach Neujahr müssen sie ja zu einer neuen Fangsaison zurück zu den Lofoten.

Ingrid dreht sich zu Magnus um, der ebenfalls jetzt auf dem Kai steht, und zeigt ihm ganz kurz das Kind, damit er sehen kann, dass es zu dieser Angelegenheit nichts mehr zu sagen gibt.

Er hat eine höfliche und angenehme Stimme und sagt einige Wörter, die ihr eine irritierende Röte in die Wangen steigen lassen. Sie dreht sich zu der anderen Frau um, die sagt, sie heiße Selma und sei mit Lars verheiratet, sie ist so klein wie er, aber schmächtig und fröhlich und hell, mit wogenden wilden und buttergelben Haaren. Selma streckt die Hand aus und befiehlt auch den beiden Jungen, das zu tun, Hans ist neun und Martin fünf, und Ingrid kann sagen, ja, ja, da haben wir doch endlich wieder einen Hans und einen Martin auf Barrøy, und um Haaresbreite wäre ihr Vorsatz, ja keine Träne zu vergießen, furchtbar in die Binsen gegangen.

Barbro dagegen hört nicht auf zu weinen, sie hat ihren Backtrog verlassen, sowie die Geräusche der Salthammer dort in der Küche ihre scharfsinnigen Ohren erreichten, und sie hat mit Mehl in Haaren und Gesicht und an ihren rundlichen Armen dagestanden, seit die Kommode gelöscht wurde, und den Sohn angestarrt, der die Winsch lenkt und keine Augen für sie hat; sie muss durch ihre Tränen seinen Namen heulen. Er antwortet, als ein Monstrum von rostrotem Sessel über ihren Kopf geschwenkt wird und katzenweich neben dem einen Esstisch landet:

»Dasste dich nich schämst, Mutter.«

Barbro hat ihren Sohn seit neun Jahren nicht gesehen, jetzt wartet sie geduldig, bis das Schiff geleert ist, denn es folgt noch eine Menge interessanter Waren, Mehl, Zucker, drei Säcke Möhren sowie zwei Eimer Würste, wie Ingrid sie seit vor dem Krieg nicht mehr gesehen hat, und nicht zuletzt, ein zerlegtes eingepökeltes Schwein in einer Tonne.

Endlich steigt Lars auf den Kai, und Barbro kann sich neben ihn stellen und hören, wie er gereizt auf Ingrid einredet, etwas sagt, das er eigentlich nicht erwähnen wollte, sagt er, aber im Brief stand doch, dass sie Häuser genug für sie haben würden, aber so weit er sehen kann, stehen drüben in Karvika nur ein Rohbau mit Dach und ein halber Bootsschuppen?

Ingrid spürt wieder ihr unklares Verhältnis zu diesem Vetter, Bedrohung und Sicherheit, aber sie lacht und sagt, nicht sie habe den Brief geschrieben.

»Ach?«

»Das war die Suzanne. Und deine Mutter.«

»Das hat der Felix nich gesagt.«

»Der hat sicher Heimweh.«

Lars lässt sich in den einen Sessel fallen und verschwindet in dessen Umarmung, entdeckt, wie klein er ist und springt wieder auf. Nun setzt sich Magnus, er passt viel besser hinein, und sagt, da könnten sie die Möbel ja einfach auf den Steg schaffen und da stehen lassen, während sie die Häuser bauen; es ist als Scherz gemeint, aber Hanna und Selma wechseln einen Blick und ein Zwilling fragt die Mutter, wo sie wohnen sollen.

»Bei uns«, sagt Ingrid und dreht sich zu Arne um und sagt, er solle seine Jungen zusammenrufen und mit ihr kommen.

Oben im Haus nimmt sie drei angebrannte Brote aus dem Ofen, kratzt schwarze Kruste herunter und legt sie auf dem Rücken auf den Tisch und öffnet das Fenster und bittet Jørgen, den Wagen zu holen. Sie tragen die beiden Kisten hinaus und schaffen sie in zwei Fuhren hinunter zum Kai. In den Kisten der Brüder Skarsvåg liegen Kleider und Besteck und Hausrat sowie das, was Ingrid an Aussteuer und Werkzeug entbehren konnte, und nur Kleider in der, die sie Benjamin und Jørgen mitgibt. Sie bekommen außerdem für jeden einen Flickenteppich, die acht alten Schaffelle, die Ingrid auf dem Dachboden hatte, einige Decken, Bettwäsche und die Kleider, die sie am Leib haben, dazu die neuen Stiefel mit den Sohlen aus den Gummireifen der deutschen Kanonenlafetten.

Sie ruft zu Ole hinunter, er solle abermals die Winsch hochdrehen.

Magnus fragt aus dem Sessel, in dem er noch immer sitzt, was sie da mache, auf dem einen Esstisch steht Schnaps mit einem Kreis aus kleinen Gläsern, die anderen haben sich gesetzt, als ob sie auf Bedienung warteten. Ingrid sagt, er müsse sechs Fahrgäste mit zurück nach Norden nehmen.

»Wen?«, fragt Magnus und steht auf.

»Die kennste«, sagt sie.

Er lässt seinen Blick mit vager Skepsis über die junge Reisegesellschaft gleiten, lächelt, als er Jørgen entdeckt, und gibt ihm die Hand. Benjamin bekommt ein Nicken, die drei Brüder müssen sich eins teilen.

»Ich fahr nach Süden.«

»Dann musst du sie in der Stadt absetzen«, sagt Ingrid. »Die wollen nach Norden.«

Er stemmt die Hände in die Seiten und beißt sich in die Unterlippe, sieht Ole an, der fragend zu ihm aufblickt, und erhält endlich ein Nicken. Ole trifft hinter die Hebel und führt abermals die Winsch zum Kai.

»Als wir das letzte Mal zusammen waren, haste mich Fettweib genannt«, sagt Ingrid, während sie Urgroßvater Barrøys Lofotkiste in den Laderaum schweben sehen.

»Ja, war auch so gemeint«, sagt Magnus.

Sie lächeln.

Lars hat mit seinen Söhnen am Kai ein Feuer gemacht, zwischen den Steinen, auf denen sonst die Spülwanne liegt, das Wetter ist gut, er packt den Hammer, den Arne für die Heringstonnen benutzt hat, und schlägt den Deckel von dem einen Wursteimer ein und stellt ihn auf das Feuer und Ingrid denkt daran, dass er immer genau hier Feuer gemacht hat, wenn er es früher zu kalt zum Arbeiten fand und es doch nicht lassen konnte. Jetzt schiebt er seine Söhne vor Barbro hin und sagt, sie sollten ihre Großmutter begrüßen, dreht sich dann wieder zur Flasche um und schraubt den Verschluss ab und füllt ein Glas und reicht es Ingrid.

Ingrid nimmt es an und trinkt, sagt auch fast ja auf seine unausgesprochene Frage, ob er nun der Herr auf Barrøy sei. Er schenkt noch ein Glas ein und reicht es seiner Mutter, die an den Händen zittert und schlabbert und es wegstellt und jedem Enkelkind eine Hand auf den Kopf legt und den Sohn fragt, wem der entsetzliche Sessel gehöre.

»Der is für dich, Mutter«, sagt Lars mit dem Rücken zu ihr und schenkt weiter ein.

Ingrid geht zusammen mit den frisch eingetroffenen Frauen zum Haus hoch und zeigt ihnen, wo sie schlafen sollen, Hanna und der Säugling und die kleinen Mädchen im Südsaal, Selma in der Kammer des Großvaters, ihre Söhne und Lars im Schwedenschuppen, der soeben frei geworden ist, und Suzanne wird zu Fredrik in Ingrids altes Kinderzimmer vertrieben.

Sie schneiden die sechs Brote, die Barbro gebacken hat, in Scheiben, und legen sie mit soeben eingetroffener Butter und Marmelade und süßem Weichkäse in einen Holzkasten, und Selma fragt, wer die alte Frau sei, die dort im Schaukelstuhl sitzt und schläft.

»Das is die Jadwiga«, sagt Ingrid.

Es ist dunkel geworden und gießt wie aus Kannen. Die Tore im Neubau sind aufgerissen, das Licht des Feuers lodert über der Versammlung, die jetzt die Möbel eingeräumt hat und an zwei Tischen mit Tischdecken sitzt, wie in einem Restaurant, und isst und trinkt und redet, es sieht aus wie eine Gastwirtschaft mit vier Schlafzimmern, zwei zusammenhängenden guten Stuben und zwei Küchen: Barbro thront am einen Ende des Tisches, mit einem Enkelkind unter jedem Arm, sie weiß nicht, was sie zu ihnen sagen soll, aber sie legt ihnen Würste auf den Teller, und die Kinder essen die Würste mit den Händen, und sie schmiert Butter auf die Brotscheiben, und überlegt, ob sie fragen soll, ob sie Süßkäse mögen.

Magnus und Lars sitzen zusammen mit Ole und seinem Kumpel am anderen Tischende und reden über Walfang, Lars überlegt, ob das auch für ihn etwas sein könnte, Zwergwalfang in der Mitternachtssonne im Vestfjord und im Barentsmeer, dann braucht er im Sommer nicht untätig herumzusitzen. Magnus sagt, er müsse sich doch um den Boden kümmern, Lars sagt, das machten die Frauenzimmer, das sei schon immer so gewesen.

An der einen Längsseite sitzen die Jungen aus Finnmark, die sich soeben in den verschiedenen Kojen auf der Salthammer eingerichtet haben und sich fragen, ob sie gemeinsame Sache machen sollen, wenn sie erst im Norden sind, sie sprechen nicht zum ersten Mal darüber, es ist nicht weit von Mehamn nach Skarsvåg, aber es ist ja auch so, dass Jørgen und Benjamin Familien haben, die auf sie warten, sie wollen auch versuchen, Jadwigas verschollene Kinder ausfindig zu machen, und das Gespräch zerbröselt zu einer Stille, die nicht so leicht zu vertreiben ist.

Ihnen gegenüber sitzt Suzanne zwischen ihren Nichten und plaudert und bedient sie und fragt sie nach ihrem Vater. Und an ihren Seiten sitzen Selma und Hanna und essen mit Messer und Gabel und trinken Milch – und was Selma angeht – Schnaps, während Fredrik nirgendwo sitzt, sondern ruhelos um den Tisch läuft und sich an den verschiedenen Stuhlrücken festhält und zuhört, was gesagt wird, ehe er weitergeht und weiter zuhört und zusammenzuckt, als Lars ruft:

»Was zum Teufel issn das?«

Etwas tropft in sein Glas. »Ist das hier undicht?«

Alle schauen auf. Arne beugt sich über den Tisch und sagt, er habe das Dach repariert, nur habe der Schiefer nicht ausgereicht, es fehle noch eine Platte.

Sie schauen zu einer schwarzen Schuhsohle unter der Decke hoch, und zu den Tropfen, die davon herunterfallen. Lars springt auf und fuchtelt mit den Händen, alle stehen auf und tragen die Tische einen Meter weiter nach Norden und setzen sich wieder, und Lars stellt den leeren Wursteimer auf den Boden, sodass sie die Tropfen auf dem Blech und dann im Wasser hören können, bis sie endlich lautlos werden, und Fredrik in seiner neuen Sprache fragt:

»Woßn die Ingrid?«

Ingrid ist die Einzige, die nicht da ist. Sie liegt im Nordsaal und stillt. Als Kaja eingeschlafen ist, legt sie sie auf die andere Seite, damit das bisschen Nachtlicht, das durch die nassen Fensterscheiben kommt, nicht in ihr Gesicht leuchten kann, und die Zeit anhalten und alles gerinnen und Ingrid versuchen kann, Nelvy zu vergessen.

16

Barbro und Hanna hatten auch für den Tag gebacken, an dem die Jungen aus Finnmark aufbrechen würden. Die Salthammer war inzwischen zweimal im Dorf gewesen, mit Heringstonnen, und hatte Baumaterial geholt, das Lars mit dem Geld bezahlte, das er für die Häuser in Reine bekommen hatte, in bar. Und eine Ladung Koks, da Ingrid es im Sommer nicht geschafft hatte, Torf zu stechen. Magnus Mannvik hatte sich mit Barrøy vertraut gemacht, vor allem mit dem Stand der Bauarbeiten in Karvika, die er lobte, aber nicht mit Ingrid, die ihre eigenen Wege gegangen war.

Im Augenblick des Aufbruchs nahm er ihre Hand und bedankte sich für alles Mögliche. Er sah aus, als ob er sie noch einmal Fettweib nennen und das passende Lächeln aufsetzen wollte, fand aber keins.

Ingrid gab auch Arne die Hand, umarmte Sverre und sagte zu Helmer, der nicht umarmt werden wollte, sie werde ihn vermissen. Jadwiga wurde in dem riesigen Sessel an Bord gehievt und im Laderaum untergebracht. Barbro wollte den Sessel nicht. Magnus öffnete im Steuerhaus das Backbordfenster, steckte den Kopf heraus und sagte:

»Ja, ja, Wetter is ja man nich schlecht.«

Er warf die Maschine an, und die Salthammer glitt in die Fahrrinne.

Keiner an Bord winkte, nur Jadwiga hob eine Hand. Von denen an Land winkten alle, außer Fredrik, der weinte und wurde von dem neuen Hans Barrøy ausgelacht, der wiederum von Suzanne und Selma ausgeschimpft wurde, und hilfesuchend zu seinem Vater aufschaute. Lars sagte, er solle sich jetzt sofort mit Fredrik anfreunden, sie müssen zusammen zur Schule gehen und überdies gemeinsam Häuser bauen.

Der Sohn lachte höhnisch und sagte etwas, das die anderen lieber nicht gehört hätten, kassierte eine schallende Ohrfeige und fing ebenfalls an zu weinen. Fredrik lächelte unter Tränen.

Dann gingen sie nach oben.

Lars neben Ingrid. Er sagte, dass das nicht gutgehen werde.

Ingrid meinte, sie würden schon Freunde werden.

Lars sagte, er habe nicht Fredrik gemeint, sondern die Jungen aus Finnmark.

Ingrid dachte darüber nach, mit dem alten Gefühl, etwas übersehen zu haben, das Lars nicht hatte. Sie fragte, was er von der Arbeit halte, die sie in die Gärten investiert hatten, dazu hatte er noch nichts gesagt. Er sagte, es sei – imponierend, und dass sie sich zum nächsten Jahr eine Kuh anschaffen müssen. Sie fragte, ob zwei nicht besser wären. Er sagte, das müssten sie dann sehen.

Seit Lars wieder auf Barrøy war, lief die Milchroute die Insel wieder an, obwohl sie keine Milch hatten. Die Milchroute brachte Waren und Baumaterial, holte volle Heringstonnen ab und schaffte leere zurück, es waren jetzt Volltonnen, und den ganzen Monat lang gab es reichen Fischfang. Das

Boot brachte auch Telegramme von Felix und eines Tages Ende November drei Briefe für Ingrid.

An diesem Tag war scheußliches Wetter, und sie und Kaja und die Briefe waren nass, als sie ins Haus kamen und Zuflucht in der guten Stube suchen konnten.

Eva Sofie schrieb, sie habe sich mit einem der Fahrer aus dem Krankenhaus verlobt, an den Ingrid sich vielleicht erinnerte, der, der sie gefahren hatte? Eva Sofie war in glücklichen Umständen, wie sie das nannte, würde irgendwann im Frühling niederkommen, wie sie das ebenfalls nannte, und der Fahrer bringe ihr Haus in Ordnung. Aber sie traue dem Frieden dann doch nicht, sie müsse so oft an Ingrid denken und das lasse ihr keine Ruhe …

Ingrid versuchte zu lächeln und hängte den Brief zum Trocknen über den Ofen.

Auch Erik Falc Johannesen dachte an Ingrid, obwohl sein Brief vor allem Berichte über den Krankenhausbetrieb der letzten Zeit enthielt. Aber er nannte sie mein Naturkind, zwei Mal, und schrieb, es sei schade, dass er sie nicht habe zähmen können, eine zudringliche und zweideutige Formulierung, die Ingrid verlegen machte, obwohl sie doch allein war; sie las den Brief noch einmal, verspürte dasselbe Unbehagen und schob ihn in den Ofen.

Aber sie blieb mit dem beigelegten Foto stehen, von Ingrid und Erik Falc, die mit einem Rokokostuhl in einem blühenden Apfelgarten standen und starr einen unsichtbaren Punkt über ihren Haarwurzeln ansahen. Es war nicht schwer, sie zu erkennen, obwohl weder er noch sie sich ähnlich sah.

Sie ging mit dem Foto in die Küche und zeigte es den anderen. Suzanne wischte mit dem Handrücken Wasser von dem Bild und musterte es, sagte, das sei ein fescher Mann, wer ist das? Selma sagte, Ingrid sehe jung aus. Hanna meinte, sie sehe ängstlich aus, und Barbro fragte, wer die Dame auf dem Bild sei, den Mann kannte sie auch nicht.

Ingrid hängte auch das Foto zum Trocknen auf und dachte, dass sie eines Tages mit Kaja in die Stadt fahren und sie ebenfalls fotografieren lassen würde, ein Porträt von Mutter und Tochter, und möglicherweise würde sie jemandem einen Abzug schicken, aber das eilte nicht, da das Kind mit jedem Tag nur noch wunderbarer wurde. Sie fragte Hanna, was das wohl kosten könne.

»Das's teuer«, sagte Hanna.

Der dritte Brief war von Arne.

Ingrid steht an einem seltsamen Abend in der Tür. Das Seltsame ist, dass es nicht Abend ist, sondern mitten am Tag. Sie sieht, wie die Milchroute anlegt und Fredrik und Hans an Land lässt, sie kommen aus der Schule, es ist Samstag. Aber sie geht ihnen nicht wie sonst entgegen, es reicht zuzusehen, wie sie ihren Wettlauf zum Haus machen. Sie sieht auch eine Gestalt beim Bootsschuppen, es ist Lars.

Sie fragt, wie es den Jungen in der Schule gehe, hört die Antwort aber nicht, sondern geht hinunter und sieht, dass Lars die Schafe in den Bootsschuppen getrieben hat. Sie fragt, warum.

Er sieht sie und das Kind an, streichelt Kajas Wange, als habe das etwas mit ihr zu tun.

Ingrid schiebt die Hand hinter das Kind und zieht Arnes Brief hervor und reicht ihn ihm. Lars liest und sagt:

»Du hast denen das Geld gegeben?«

Ingrid sagt ja, sie habe den ledernen Geldbeutel von Pastor Malmberget in die Einlage der Kiste gelegt, die die Jungen mitnehmen durften, der Kiste von Hans Barrøy anno 1834, wofür sich Arne ausführlich und wortreicher als nötig bedankt. Lars fragt:

»Was hab ich gesagt?«

Ingrid zuckt mit den Schultern und sagt nichts.

Im Brief steht, dass die Brüder zu einem Trümmerhaufen und im Stockfinsteren heimgekehrt sind, wie erwartet, dass sie danach in einer Baracke in Honningsvåg gehaust haben, dann in einer weiteren Baracke in Hammerfest, und dass sie jetzt in Tromsø seien, in einer von Nonnen betriebenen Herberge, was der Herzensgüte der Nonnen und Ingrids Geld zu verdanken sei, und dass sie nicht wissen, was sie tun wollen, während sie auf Frühling und Licht warten.

Lars schwenkt den Brief und fragt:

»Was meinsten du?«

Ingrid sagt:

»Im Winter brauchste Leute, die Köder an die Leinenhaken stecken können.«

»Die ham wir.«

»Kannste auswechseln.«

»Den einäugigen Jung?«

Ingrid begreift abermals, dass sie nicht antworten soll. Lars sagt: »Können die das denn?«

Ingrid sagt:

»Die können aufm Meer sein.«

»Wir fahren weit raus.«

»Arne kann aufm Meer sein, die Kleinen können mit den Ködern arbeiten.«

Lars denkt darüber nach und sagt, ohne eine Miene zu verziehen, sie könne den Brüdern schreiben, sie sollten auf die Lofoten kommen und sich auf der Handelsstation von Conrad Hartvigsen in Reine melden, und sagen, dass sie über Weihnachten in Lars Barrøys Fischerhütte wohnen können, bis Lars und Felix Anfang Januar nach Norden kommen.

Ingrid schaut hinunter auf Kaja, die blinzelt und lange schwarze Wimpern hat, und sie bringt es nicht über sich, Danke zu sagen, ihr Blick irrt durch den Bootsschuppen, und sie wiederholt ihre Frage, warum er die Schafe hier hereingetrieben hat.

Lars fragt:

»Biste denn neuerdings blind?«

Kehrt ihr den Rücken zu und schreitet hinaus in den dunklen Tag und südwärts auf seinem neuen Pfad nach Karvika, der fast zu einem Weg geworden ist, und er hat es eilig.

Ingrid läuft hinterher, wird aber von einer unsichtbaren Hand festgehalten und bleibt stehen und sieht sich um, die ganze Insel auf einen kurzen Blick, die Tür, die oben im Haus sperrangelweit aufschlägt, und die Jungen, die herauskommen, jetzt alle drei, jeder mit einem Stück Brot in der Hand. Sie entdecken Lars und stürzen los über den Hügel, um ihn abzufangen, der Rauch aus dem Schornstein in kleinen trägen Stößen, Barbro, die herauskommt und skeptische Blicke nach Norden und Süden wirft und zum Kleiderfelsen rennt und die Kleidungsstücke herunternimmt, die dort so schwarz in der weiten Stille hängen, das Fenster in der Küche, das aufgerissen wird, Hannas Gesicht und ihr offener Mund, der Barbro etwas zuruft, Barbro, die sich umdreht und antwortet, es sieht aus wie eine Frage, zwei Fragen, Ingrid sieht das alles, halb im Schlaf, sieht, dass der erste Wintersturm heraufzieht.